Harper
Collins

Peter Barlach

Caroline hat einen Plan

Roman

Aus dem Schwedischen von
Ulla Ackermann

Harper
Collins

HarperCollins®
Band 100112

FSC MIX Papier FSC® C014496

1. Auflage: Dezember 2017

Deutsche Erstausgabe

Titel der schwedischen Originalausgabe:
Konsten att vara Caroline

Umschlaggestaltung: Hafen Werbeagentur, Hamburg
Umschlagabbildung: Peter Glass / Getty Images, Rustic / Shutterstock
Redaktion: Carla Felgentreff
Satz: GGP Media GmbH, Pößneck
Printed in Germany
Dieses Buch wurde auf FSC®-zertifiziertem Papier gedruckt.
ISBN 978-3-95967-152-1

www.harpercollins.de

1

Der Wind dringt mir förmlich unter die Haut. Es ist Montagmorgen, ich steige in Lidingö-Zentrum aus dem Bus und versuche, optimistisch zu sein und mich auf die Arbeit zu freuen.

In meinem Kopfhörer singt Robyn. Aber nicht einmal sie hilft. Es fängt an zu regnen, ich suche Schutz unter dem Schrägdach und gehe an den noch geschlossenen Geschäften vorbei.

Svetlana und die anderen Obdachlosen sind noch nicht da. Ich betrete den Supermarkt, passiere die Gemüseabteilung und die absurd lange Frischetheke, ohne jemanden zu grüßen. In dem schmalen Personalgang ziehe ich meine Karte durch die Stempeluhr, die irgendjemand auf den Namen Agda getauft hat.

„Du weißt doch, dass man erst *nach* dem Umziehen einstempeln soll, oder, Carro?“

Daniella. Sie weiß ganz genau, dass ich es hasse, wenn man mich Carro nennt.

Ich drehe mich um, sie steht in der kleinen Nische, in der nur Platz für den Kopierer ist. Sie deutet auf einen handgeschriebenen Zettel an der Pinnwand über der Stempeluhr. Ich muss nicht hinsehen. Ich weiß, was da steht: *NACH* DEM UMZIEHEN EINSTEMPELN, *VOR* DEM UMZIEHEN AUSSTEMPELN.

Mein Herz schreit: „Das kann dir doch scheißegal sein!“ Mein Mund sagt: „Natürlich, entschuldige, ich hab’s vergessen.“

„Kein Problem. Aber denk beim nächsten Mal dran." Daniella lacht über ihr ganzes solariumgebräuntes Gesicht und geht in den Laden.

Hat sie spioniert?

Früher bin ich immer gerne zur Arbeit gegangen. Beim damaligen Chef, Henrik Lundquist, hatte ich einen Stein im Brett. Bei ihm durfte ich das Kommando über die Frischetheke übernehmen und „Carolines Tapas" kreieren. Ich konnte meine Arbeitszeiten flexibel einteilen, und er hatte immer ein offenes Ohr für meine Ideen. Die Angestellten waren loyal und haben sich mit ihrem Arbeitsplatz identifiziert. Die Kunden aus dem Viertel wussten die persönliche Atmosphäre beim Einkaufen zu schätzen. Unser Supermarkt war so persönlich wie nur irgend möglich.

Dann wurde Henriks jüngste Tochter krank, und er zog mit seiner Familie nach Thailand. Den Laden verkaufte er an die Konkurrenz nebenan, und zwei große Supermärkte fusionierten zu einem gigantischen Mega-Supermarkt. Maxfood. Das Einzige, mit dem wir angeben können, ist, dass der Abstand zwischen Gurken und Milch mindestens einen Kilometer beträgt.

Jede persönliche Note ist wie weggeblasen, alles wird zentral gesteuert und verwaltet.

Daniella Andersson, die neue Supermarktleiterin, hat keine Ahnung vom Viertel, den Kunden oder Lidingö. Aber sie weiß alles über Maxfood. Sie ist um die vierzig, hat braune, leuchtende Augen, schneeweiße Zähne und niedliche Lachgrübchen. Vermutlich gibt es keinen einzigen Angestellten, der sich nicht in sie verknallt hat, als sie zum ersten Mal auf der Bildfläche erschien. Kurz darauf wurden wir eines Besseren belehrt. Einen falscheren Menschen muss man erst einmal finden. Aber alle schleimen sich bei ihr ein, und keiner verliert ein schlechtes Wort über sie.

Als Henrik Lundquist noch da war, habe ich nie etwas geklaut. Nicht einmal eine Olive. Er war für mich da, als es mir schlecht ging, und da macht man so etwas einfach nicht.

Aber jetzt. Für ein bisschen mehr Spaß bei der Arbeit habe ich todsichere Methoden entwickelt, Eins-a-Lebensmittel zu erschwinglichen Preisen zu ergattern. Im Lager steht ein Korb, in dem fast immer Fleisch liegt, das nach dem Ablauftag nicht mehr neu ausgezeichnet werden darf. Wenn ich Spätschicht habe und den Laden schließe, nehme ich es mit nach Hause. Aber das kann man ja wohl kaum als Diebstahl bezeichnen, ich verstehe es eher als Dienst an der Umwelt, und Henrik Lundquist hatte nie etwas dagegen.

Da ist es schon raffinierter, wenn ich teure Lebensmittel aus der Frischetheke verpacke, sie mit günstigen Preisen etikettiere und sie selbst kaufe.

Die heutige Belegschaft an der Fleischtheke besteht aus mir, dem Miesepeter Ralf und der flippigen, attraktiven Lesbe Anna-Lena Samuelsson, die sich selbst den Spitznamen ALS gegeben hat.

Ich fasse ein Rinderfilet von einem glücklichen Rind ins Auge, das vierzig Tage auf einem Hof in der Nähe von Flen abgehangen hat, um zu reifen. Es hat eine schöne Marmorierung und ist so dunkelrot, dass es fast schon schwarz wirkt. Der Preis: 899 Kronen pro Kilo.

Während ALS eine elegante Lidingö-Dame bedient, die mit der Auswahl der Mortadella Schwierigkeiten hat, und Ralf auf der Toilette ist, lande ich meinen bislang größten

Coup und schneide ein großes Filetstück ab. Ich peile 400 Gramm an, die Waage zeigt 393 Gramm, über mein Augenmaß konnte ich mich noch nie beklagen. Ich zeichne das Filet als Nackenstück aus, die günstigste Ware, die wir an der Fleischtheke haben. Es kostet dreiundvierzig Kronen. Hätte ich es als Rinderfilet etikettiert, wären es über dreihundertfünfzig gewesen. Ich schreibe ein C auf das Paket und verstecke es unauffällig hinter einer Fleischwurst im Personalkühlschrank hinter der Theke.

Es ist 19:02 Uhr, meine Schicht ist zu Ende. Diesmal habe ich darauf geachtet, auszustempeln, *bevor* ich mich umgezogen habe, weil ich keine Diskussion riskieren will. In meinem Korb liegen auch noch andere Lebensmittel. Verschiedene Sorten Wurzelgemüse und Kartoffeln. Einerseits sind sie billig, andererseits passen die Zutaten gut zum Eintopf, für den ich das Nackenstück gekauft habe, falls jemand fragen sollte.

Wenn ich bezahle, nehme ich immer die Kasse, an der die unerfahrenste Kollegin oder der unerfahrenste Kollege sitzt. Heute ist es ein junges Mädchen, dessen Namen ich nicht kenne. Ihr Gesicht ist mit Make-up zugekleistert, und ich muss unweigerlich an all die Blondinenwitze denken, die Östen immer im Personalraum zum Besten gibt.

„Wie ist die Blondine beim Milchtrinken gestorben?"

„Die Kuh ist auf sie gefallen."

Pause für Lacher.

Vor mir in der Schlange steht ein Typ um die dreißig. Automatisch werfe ich einen Blick in seinen Einkaufskorb und denke mir eine Geschichte über ihn aus, das ist eine Art

Hobby von mir. Dieser hier ist leicht. Er kauft irgendeins von diesen Gourmet-Fertiggerichten von einem Sterne-Restaurant, denen ich nie irgendetwas abgewinnen konnte. Der Typ ist reich, Single und glaubt, dass er Geschmack hat. Ich glaube das nicht.

Gerade als ich meine Einkäufe aufs Band legen will, kommt eine süße ältere Dame mit rotem Hut aus dem Eingangsbereich vorne an die Kasse.

„Ich habe ein paar Mineralwasserflaschen in den Pfandautomaten gesteckt und sollte achtzehn Kronen zurückbekommen, aber irgendetwas ist da schiefgelaufen …"

Die blonde Kassiererin sieht die Kundin erstaunt an.

„Kann ich Ihren Bon sehen?"

„Ich habe den gelben Knopf gedrückt."

„Den gelben Knopf?"

Mir ist sofort klar, was passiert ist. Wenn man auf den gelben Knopf drückt, spendet man den Pfandbetrag an Save the Children. Die Dame hat den Knopf aus Versehen gedrückt, und jetzt will sie ihre achtzehn Kronen haben.

Sie zeigt ihren Pfandbeleg vor. „Hier steht *Vielen Dank für Ihre Spende an Save the Children*, aber ich spende lieber auf eine andere Art."

„Ach so, aber das geht leider nicht –", setzt die Blondine zu einer Erklärung an.

„Gib ihr einfach die achtzehn Kronen, das geht schon in Ordnung", sage ich freundlich.

„Nein, das kann ich nicht machen, dann stimmt meine Kasse nicht mehr."

„Dieser Automat hat angezeigt, dass ich achtzehn Kronen herausbekomme. Es kann doch wohl nicht sein, dass, nur weil ich auf den falschen Knopf gedrückt habe –“, meldet sich die arme alte Dame wieder zu Wort.

„Sie haben recht“, pflichte ich ihr bei.

Die Blondine greift zum Telefon. „Supermarktleitung, bitte zu Kasse drei.“

Ich sage mir, dass es ganz praktisch ist, wenn es vor meinem kleinen Coup an der Kasse ein bisschen chaotisch zugeht, allerdings wäre es ganz und gar nicht gut, wenn jetzt ein hellwacher Vorgesetzter aufkreuzte.

Natürlich ist es Daniella, die an die Kasse kommt. Mir wird flau im Magen, und meine Füße fangen an, unangenehm zu kribbeln, ein typisches Zeichen, dass ich nervös bin.

„Was können wir für Sie tun?“, fragt Daniella und ringt sich ein Lächeln ab. Die Dame erklärt ein weiteres Mal, was vorgefallen ist, und Daniella bestätigt, dass Maxfood ihr in dieser Angelegenheit leider nicht weiterhelfen könne.

„Es ist doch eine noble Geste, Save the Children mit einer kleinen Spende zu unterstützen, finden Sie nicht?“

„Ich gebe regelmäßig viel Geld für wohltätige Zwecke aus, aber jetzt möchte ich meine achtzehn Kronen Pfand zurückbekommen“, beharrt die alte Frau.

„So ein Aufstand wegen ein bisschen Pfand“, murmelt Daniella.

Ich finde einen zerknitterten Zwanzig-Kronen-Schein in meiner Gesäßtasche.

„Hier, bitte“, sage ich zu der Dame.

„Nein, das kann ich doch nicht –“

„Doch, doch, das können Sie“, sage ich und lächele. „So etwas gleicht sich aus.“

„Vielen Dank“, sagt die Dame, die jetzt deutlich milder gestimmt ist. „Warten Sie, ich gebe Ihnen –“

„Nein, nein, ist schon gut.“

Die Frau bedankt sich noch einmal und verlässt das Geschäft. Daniella sieht mir tief in die Augen. Ich erwidere ihren Blick, erleichtert, dass sie sich nicht dafür interessiert, was vor ihr auf dem Band liegt.

„Ich hoffe, dir ist klar, dass du das gerade aus deiner eigenen Tasche bezahlt hast, Carro“, sagt sie scharf.

„Natürlich“, antworte ich.

„Gut, dann sind wir uns ja einig.“ Daniella macht auf dem Absatz kehrt und geht.

Die Blondine wirkt eingeschüchtert.

„Das war nett von dir. Ich hab leider kein Bargeld, sonst hätte ich auch –“

„Kein Thema.“

Sie tippt alle Waren routiniert in ihre Kasse ein, und ich verabschiede mich von ihr und den anderen Kassiererinnen. Ich achte immer darauf, beim Gehen den Rücken zu straffen, weil ich relativ klein bin und möglichst groß wirken möchte, aber heute gehe ich ganz besonders aufrecht.

Draußen setze ich meinen Kopfhörer auf, und Robyn singt an der Stelle weiter, wo sie heute Morgen aufgehört hat.

I’m just gonna dance all night.
I’m all messed up, I’m so outta line.
Stilettos and broken bottles. I’m
spinning around in circles.

So möchte ich sein. Wie Robin Hood. Oder Robyn Hood. Königin der Gesetzlosen, die vom geldgierigen Maxfood-Supermarkt nimmt und armen alten Damen gibt.

2

Ich sitze im Bus 53 in Richtung Henriksdalsberget und bin auf dem Weg zu meinem Vater.

Die Aussicht, alleine in meinem Ein-Zimmer-Apartment mit Kochnische und Schlafsofa in Kungsholmen zu sitzen und Fleisch der Spitzenklasse zu verzehren, erschien mir nicht gerade verlockend. Nur mein Vater ist es wert, in den Genuss meines butterzarten Rinderfilets zu kommen, und keiner kann es besser zubereiten als er. Er ist von Beruf Koch und würde jedem Sterne-Restaurant in Europa alle Ehre machen. Aber er sagt, dass er die Restaurantbranche hasst, weil es dort nur um Geschäftemacherei, Prestige und Konzepte gehe. Die Wahrheit ist, dass er ohne Alkohol nicht klarkommt. Sturzbetrunken ist er selten, dafür aber auch niemals völlig nüchtern, und heutzutage können Köche nicht von mittags bis spät in die Nacht trinken, egal, wie gut sie ihr Handwerk verstehen.

Das Erste, worauf mein Blick in Papas Wohnung fällt, ist der Pfifferlingberg auf dem Wohnzimmertisch.

„Hallo!“, rufe ich.

Keine Antwort. Ich durchquere das Wohnzimmer und rufe lauter.

„Papa!“

„Hallo“, murmelt es irgendwo auf dem Boden. Ich beuge mich nach unten und sehe, dass er unter dem Sofa liegt.

„Was machst du da?“

„Ich suche."

„Ist dir ein Pfifferling ausgebüxt?"

„Nein, eine Weinbergschnecke."

„Eine Weinbergschnecke?"

An dieser Stelle könnte man vielleicht eine ausführliche Erklärung erwarten, aber ich kenne meinen Vater. Wenn es etwas gibt, das er für überflüssig hält, dann, Dinge zu erklären, die seiner Ansicht nach nicht erklärt werden müssen. Wenn man im dritten Stock hoch oben auf einem Berg nach einer Schnecke sucht, dann sucht man eben im dritten Stock hoch oben auf einem Berg nach einer Schnecke.

Ich bleibe stehen und sehe mich in der Wohnung um. Wie immer hat mein Vater Kräuter zum Trocknen aufgehängt, und überall stehen Blumentöpfe mit verschiedenen Gemüsesorten und Kräutern, die er selbst heranzieht. Auf dem Herd köcheln ein paar riesige Töpfe vor sich hin, es duftet nach Wildfond. Ich kann nicht sagen, welches Tier, tippe aber auf Reh. Am schönsten Platz im Wohnzimmer – wo normale Menschen eine Kommode oder eine Vitrine hinstellen – steht bei meinem Vater eine riesige Tiefkühltruhe. Es ist eine von insgesamt drei Kühltruhen, die mit eingekochten Fonds und allen möglichen Teilen von erlegtem Wild bestückt sind.

Papa lebt sein eigenes Leben am Rande der Gesellschaft. Ich liebe und hasse ihn dafür. Abgesehen davon, dass er Fonds an Restaurants im gesamten Stockholmer Großraumgebiet verkauft, geht er haufenweise anderen Geschäften nach. Welchen genau, weiß ich nicht, wir sprechen nie darüber.

Auf dem Boden steht ein mit Gras und Blättern gefüllter Karton, in dem Schnecken herumkriechen.

Mein Vater steht unbeholfen vom Boden auf.

„Ja, also … wir waren sowieso im Wald unterwegs, und da haben wir die Gelegenheit genutzt und vier Dutzend Weinbergschnecken gesammelt. Aber hier ging es heute ein bisschen wild zu, und da ist eine abgehauen."

„Soll ich dir suchen helfen?"

Er hört mich nicht und rechtfertigt sich weiter.

„Ich bin heute Morgen aufgewacht und hatte plötzlich Lust auf Bruschetta mit Weinbergschnecken. Hast du das schon mal gegessen?"

„Nein. Passt das denn zusammen?"

„Keine Ahnung. Ich habe noch nie davon gehört. Aber ich kann es mir gut vorstellen. Zitrone, Knoblauch, Tomate, Weinbergschnecke, Petersilie und so weiter. Die Zutaten ergänzen sich doch wunderbar."

„Ja, das klingt lecker. Soll ich dir suchen helfen?"

„Gerne. Wir haben nicht mehr viel Zeit, bevor sie das Schild abnimmt."

Mein Vater hat unglaublich viele Umschreibungen fürs Sterben. „Das Schild abnehmen" höre ich heute zum ersten Mal. In den seltenen Fällen, in denen man ihn zwingt, über den Tod seines Sohnes zu reden – was für ihn das Allerschlimmste ist –, spricht er davon, dass Sebastian „sich für den Kaffee bedankt hat" oder „in ein Ein-Zimmer-Apartment mit Deckel" gezogen ist.

„Wo wurde die Weinbergschnecke zum letzten Mal gesichtet?"

„Der Balkon war ein heißer Tipp, aber da war es eiskalt", sagt mein Vater und verschwindet mit dem Kopf wieder unter dem Sofa.

Ich hänge meinen grünen Flohmarkt-Parka an die Garderobe, meine Stiefel behalte ich an. Papa möchte nicht, dass man in Socken herumläuft. Die Stiefel sind das einzige Kleidungsstück, das ich nicht auf dem Flohmarkt erstanden habe. Heute trage ich zum Beispiel eine Markenbluse und eine Designerjeans im Gesamtwert von dreißig Kronen.

„Wie heißt die Schnecke?"

„Sie hat keinen Namen. Sobald man ihnen einen Namen gibt, geht man eine emotionale Bindung zu ihnen ein, und das kann problematisch werden. Schließlich soll man sie mästen, aushungern und waschen. Ich weiß nicht einmal, ob es ein Er oder eine Sie ist."

„Es ist eine Sie, und sie soll Annika heißen", entscheide ich.

„Hiermit taufen wir dich auf den Namen Annika!", ruft Papa, ohne ein Wort darüber zu verlieren, dass ich die Schnecke nach meiner Mutter benannt habe.

„Annika!", wiederhole ich und will mich gerade auf die Suche machen, als es unter meinem Stiefel verdächtig knirscht.

„Ich glaube, ich habe sie gefunden", sage ich zu meinem Vater, der langsam aufsteht.

„So hat es jedenfalls geklungen", erwidert er.

Ich hebe den Fuß hoch, und da liegt Annika, zusammengerollt, ihr Schneckenhaus ist zerbrochen.

„Na ja", sagt Papa. „Da waren es nur noch siebenundvierzig."

Er nimmt eine Zeitung und zerquetscht Annika, bevor er sie vom Balkon wirft.

Als er zurückkommt, fragt er mich, ob ich ein Glas Rosé trinken möchte.

„Gerne."

Ich zeige ihm das Fleisch. Er macht die Augen zu und schnuppert.

„Das war ein glückliches Rind", murmelt er zufrieden. „Wie lange ist es gereift, einen Monat, oder?"

„Vierzig Tage. Aus Flen."

Er nickt und dreht das Paket um, auf dem das Nackenstück ausgezeichnet ist.

„Kreativ, Caroline. Kreativ."

Wir sehen uns an und lächeln. Die grauen Bartstoppeln und seine faltige Haut lassen ihn noch älter aussehen, als er ist, aber seine Augen sind noch genauso blau, warm und lebhaft wie eh und je. Er reicht mir ein Glas gekühlten Rosé, die billigste Sorte, legt eine frühe CD vom schwedisch-niederländischen Liedermacher Cornelis Vreeswijk ein und macht es sich auf dem Sofa bequem. Ich setze mich ihm gegenüber an den Wohnzimmertisch, und wir machen uns daran, zwölf Kilo Pfifferlinge zu putzen.

3

Die effektivste Methode, einen Kater zu bekämpfen, ist Schwimmen mit anschließendem Saunagang. Und das beste Hallenbad in ganz Stockholm ist das Eriksdalsbadet.

Ich weiß, wovon ich rede, ich habe alle Bäder getestet.

Wie immer verzichte ich darauf, vorher zu duschen, ich bin sauber genug. Ich liebe es, ins Wasser einzutauchen. Und wenn man zuerst duscht, bringt man sich um dieses Erlebnis. Irgendjemand hat mal gesagt: „Nackt im Meer zu baden ist, wie sich mit der Ewigkeit zu verbinden." Das finde ich auch, aber leider ist das Meer um diese Jahreszeit noch zu kalt. Badeanzug und warmes Chlorwasser müssen reichen.

Um mehr Höhe zu haben, stelle ich mich auf einen Startblock. Ich schaue leicht nach oben, und kurz bevor meine Hände auf die Wasseroberfläche treffen, strecke ich mich. Ich spüre am ganzen Körper, dass es ein guter Sprung ist. Solange ich kann, schwimme ich unter Wasser, ohne zu atmen. Als ich wieder auftauche, habe ich ungefähr die Hälfte der 50-Meter-Bahn zurückgelegt. Mein Rekord ist die ganze. Aber damals bin ich mehrmals in der Woche zum Turmspring-Training gegangen, war dreizehn Jahre alt und hatte vor allem keinen Kater.

Die Schuld für meinen Brummschädel gebe ich meinem Vater. Er hat verschiedene Fonds aus einer seiner Tiefkühltruhen geholt und mit einem Wein, der im Himmel gekeltert worden sein muss, eine Rotweinjus zubereitet. Dazu gab es einen mit Cognac flambierten Lendenbraten, Pfifferlinge und Heidelbeergelee. Das war das Beste, was ich jemals gegessen habe, aber das denke ich jedes Mal, wenn mein Vater für mich kocht. Nach dem Essen sind wir zu seinem selbst gemachten Johannisbeerwein übergegangen, und ich bin auf dem Sofa eingeschlafen.

Heute bin ich fast allein im Becken. Außer mir ziehen nur zwei Rentner und eine Mutter mit ihrem Sohn ihre Bahnen. Der Junge trägt Schwimmflügel und einen grünen Kapselgehörschutz. Als ich eine Pause mache und die beiden beobachte, fällt mir auf, dass der Junge anders ist. Er ist ein wenig sonderlich, wie mein Vater immer über Sebastian gesagt hat, der alle Handicaps hatte, die man nur haben kann. Woran der Junge genau leidet, kann ich aus der Entfernung nicht sagen, aber irgendeine Beeinträchtigung hat er.

Seine Mutter spricht ruhig und liebevoll mit ihm, lobt ihn die ganze Zeit, wie toll er das macht, obwohl er nur merkwürdige Laute von sich gibt und sich unkontrolliert bewegt. Immer wieder taucht er den Kopf ins Wasser, sodass nur noch seine Arme und Schwimmflügel über der Wasseroberfläche sind. Die beiden waren schon hier, als ich gekommen bin, und sie scheinen nicht genug zu bekommen.

Ich schwimme noch ein paar Bahnen und setze mich dann wieder an den Beckenrand. Diesmal etwas näher.

Ich denke an meine Mutter, die jeden Tag mit Sebastian schwimmen gegangen ist. Sie hat mit ihm schon fast im Hallenbad gewohnt. Wie sehr ich das gehasst habe, weil sie mir nie beim Turmspringen zugesehen hat, nicht einmal bei Wettkämpfen.

Diese Mutter hat eine Engelsgeduld mit ihrem Sohn. Mittlerweile muss sie komplett durchgefroren und erschöpft sein, aber sie macht immer weiter. Ich frage mich, ob meine Mutter genauso war.

Ich fange jedenfalls an zu frieren und gehe zu den Duschen. Bevor ich in die Sauna gehe, dusche ich kalt. Wie immer um diese Uhrzeit ist der Duschraum fast leer. Zwei rundliche Frauen im mittleren Alter unterhalten sich über eine schwedische Comedyserie, die ich nicht gesehen habe. Verstohlen mustere ich ihre Körper. Ich frage mich, ob das wohl alle Frauen machen und ob sie deshalb nicht merken, dass die anderen sie auch heimlich betrachten. Oder bin ich die Einzige? Die Frauen waschen sich die Haare und haben die Augen zu, damit kein Shampoo hineinläuft, also kann ich sie in aller Seelenruhe ansehen. Sie erinnern mich an die Zeichentrickfigur Barbamama, allerdings in einer fülligeren Variante. Ich finde Rundungen schön. Ich bin auch ein kleines bisschen rundlich, aber alles an mir ist fest. Manche Männer stehen auf meinen Hintern, andere auf meine Brüste. Wenn ich ein tief ausgeschnittenes Oberteil trage und mich mit einem Mann unterhalte, dann gleitet sein Blick nicht selten nach unten. Vor ein paar Wochen bin ich mit Lina in einer Kneipe gewesen – Lina ist eine Freundin, die ich mittlerweile ein wenig überhabe (Es kommt häufiger vor, dass ich meine Freunde überhabe. Oder sie sterben.) –, und da hat uns irgend so ein besoffener Typ angequatscht und gesagt: „Ich hab nicht den blassesten Schimmer, wie viel du für diese Möpse hinblättern musstest, aber die Investition hat sich gelohnt!“

Danach ist er einfach abgehauen. Ich konnte weder Danke sagen noch etwas Geistreiches wie „Die waren genauso billig wie dein Anmachspruch“. Eigentlich hätte ich sauer werden sollen, das wäre die normale Reaktion auf Männer um die fünfzig, die so sternhagelvoll sind, dass sie keinen geraden Satz mehr rausbekommen. Aber ich habe es als Kompliment aufgefasst. Lina hat irgendeinen Feministinnen-Spruch vom Stapel gelassen, aber ich glaube, in Wahrheit war sie eifersüchtig. Komplimente machen ist nicht gerade eine meiner Stärken, und ich nehme mir immer wieder vor, besser darin zu werden, ernst gemeinte Komplimente glaubhaft rüberzubringen. Wenn eine Frau in der U-Bahn ein schönes Kleid trägt, dann wird sie sich garantiert darüber freuen, wenn es ihr jemand sagt.

Als ich gerade das Wasser abdrehen will, kommen Mutter und Sohn in den Duschraum. Ich dusche weiter, obwohl ich vor lauter Gänsehaut schon fast bibbere.

An der einen Hand hält die Frau ihren Sohn, in der anderen einen Eimer. Sie nimmt ihm die Schwimmflügel ab, den Gehörschutz behält er auf. Dann füllt sie den Eimer mit Wasser und gießt es über ihren Sohn. Es sieht merkwürdig aus, aber mir ist klar, dass das Teil ihrer Routine ist.

Ich gehe in die Sauna. Heiße Luft schlägt mir entgegen, und ich habe das Gefühl, dass sich mein Kater an der Tür verabschiedet hat. Gott sei Dank ist die Sauna leer. Ich ziehe meinen Badeanzug aus und setze mich ganz oben in der Ecke auf ein Handtuch.

Nach einer Weile erscheinen Mutter und Sohn.

Sie entschuldigt sich und fragt, ob es okay ist.

„Klar. Ist es in Ordnung, dass ich …“ Ich zeige auf meinen nackten Körper, sie versteht, was ich meine.

„Absolut, Hannes stört es nicht. Und mich auch nicht“, sagt sie, und wir grinsen beide ein bisschen.

Sie setzen sich auf die unterste Bank, und erst jetzt nimmt der Junge den Gehörschutz ab.

Er muss zehn, elf Jahre alt sein und hat ebenmäßige, schöne Gesichtszüge.

Seine Mutter ist um die vierzig, hat aschblonde Haare und große Rehaugen. Bei den meisten Frauen, die die vierzig überschritten haben, hängt alles ein bisschen schlaff, aber sie ist attraktiv, und man ahnt, dass sie mit fünfundzwanzig heißer gewesen sein muss als das Heizaggregat der Sauna.

„Hallo, Hannes“, sage ich.

Die Mutter sieht ihren Sohn an, ohne ihn zu einer Erwiderung aufzufordern.

Nach ein paar Sekunden murmelt er „Hallo“ und bewegt den Kopf auf eine ganz spezielle Art hin und her. Er schiebt das Kinn nach vorne und legt den Kopf in den Nacken, so, wie man beim Brustschwimmen nach einem Schwimmstoß wieder aus dem Wasser taucht.

„Hannes ist gerne im Hallenbad, stimmt's? Du kannst stundenlang im Becken bleiben, und die Sauna würdest du am liebsten gar nicht mehr verlassen. Es muss irgendwie am Wasser und der Wärme liegen.“

„Es hat etwas Ursprüngliches“, sage ich und bereue meine vorschnelle Bemerkung sofort.

Aber die Mutter springt darauf an. „Ja, genau! Erinnert dich das an die schöne Zeit, als du noch in Mamas Bauch warst, kleiner Mann? Ohne Sorgen und Nöte? Wenn du genug trinkst, Goldschatz, dann können wir noch ein bisschen bleiben." Sie gibt ihm eine Flasche, die er komplett austrinkt.

„Hier ist es so ruhig, dass du keinen Gehörschutz brauchst", sagt sie an Hannes gewandt, aber ich begreife, dass sie mir zu verstehen geben will, dass er extrem geräuschempfindlich ist.

Sie geht toll mit ihm um. Sie spricht mit ihm und redet gleichzeitig mit mir. Ich weiß noch, dass ich das auch immer bei Sebastian versucht habe: Wenn ich mich mit anderen unterhalten habe, sollte er sich nie ausgeschlossen fühlen. Meine Mutter hat es genau umgekehrt gemacht. Sie hat nur mit Sebastian gesprochen und alle anderen außen vor gelassen.

„Du bist eine tolle Mutter", höre ich mich sagen.

„Danke", erwidert sie und blickt mich erstaunt an. Ich sehe ihr an, dass sie sich ehrlich freut. Aber damit sie mich nicht falsch versteht, rede ich weiter.

„Du nimmst dir so viel Zeit, um –"

„Wenn du mich gestern Abend gesehen hättest, als er partout nicht ins Bett gehen wollte, würdest du das jetzt nicht sagen." Sie seufzt leise.

„Ich meine, dass du dir die Zeit nimmst, so lange mit ihm im Hallenbad zu bleiben. Mit *dir*, Hannes", betone ich.

Ich werde immer noch wütend, wenn ich daran denke, wie die Leute über Sebastians Kopf hinweg geredet haben. „Wie geht es ihm denn heute?", erkundigten sich ältere Damen regelmäßig, wenn wir mit Sebastian im Rollstuhl einen Spaziergang machten. Ich hätte bei solchen Gelegenheiten immer am liebsten geantwortet: „Frag ihn selbst, du alte Schachtel, er sitzt direkt vor dir!“ Und irgendwann habe ich das auch einmal gemacht, aber danach gab es Riesenärger.

Die Frau erzählt, dass Hannes momentan nicht zur Schule geht. Das Schulamt wollte, dass er in eine Regelschule geht, „um ihn zu integrieren“. Aber das hat nicht funktioniert, und jetzt kümmert sie sich um ihn, weil sie zurzeit sowieso arbeitslos ist. Ohne dass sie es direkt sagt, entnehme ich ihren Worten, dass sie alleinerziehend ist. Sie muss gar nicht verbittert klingen, ich weiß auch so, dass sie gerade die Hölle durchmacht.

Ich gebe ihr die Hand.

„Caroline“, stelle ich mich vor und betone deutlich das kurze i in meinem Namen, damit ihr nicht entgeht, dass die korrekte Aussprache Caro*linn* ist.

„Schön, dich kennenzulernen. Ich bin Bente“, antwortet sie und sieht mich immer noch an.

Dann wuschelt sie Hannes mit einer dieser typischen Mama-Gesten durch die Haare.

Wir schweigen. Als hätte uns jetzt, wo wir unsere Namen kennen, eine plötzliche Schüchternheit überfallen.

Ich überlege, ob meine Mutter und Sebastian wohl jemals zusammen in der Sauna gewesen sind. Ich habe nie gefragt.

4

Ich sitze in der U-Bahn und frühstücke einen Trinkjoghurt. Ein neuer Tag, ich bin auf dem Weg zur Arbeit.

Am liebsten würde ich kündigen.

Vor ein paar Jahren bin ich zwölf Monate lang durch die Welt gereist und habe mal hier, mal dort gejobbt, unter anderem in einem Pub in London. Aber in einer Kneipe zu arbeiten, die einem nicht selbst gehört, hat leider gar nichts mit Kochen zu tun. Der Besitzer war ein alkoholabhängiger Schwede aus Värmland, der jeden Morgen denselben Witz gerissen hat: „Caroline, weißt du, was man als Einziges bereut, wenn man sich morgens ein Gläschen Wein gönnt?“ Ich musste antworten: „Nee, keinen blassen Schimmer.“ Darauf er: „Dass man es nicht schon früher getrunken hat!“ Dann lachte er und goss sich ein Glas ein.

Ich habe auch immer mehr getrunken. Bis ich irgendwann das Gefühl hatte, mich in meinen Vater zu verwandeln. Da bin ich wieder nach Schweden zurückgegangen. Und ehe ich michs versah, war ich wieder in meinem alten Viertel gelandet.

Mein Traum ist es, eines Tages meine eigene Tapas-Bar zu haben: Carolines Tapas. Ich habe irgendwo gelesen, dass man für ein eigenes Restaurant mindestens eine halbe Million Kronen Startkapital braucht. Am besten eine ganze. Und so viel habe ich nicht. Ich glaube, auf meinem Sparkonto sind gerade mal zwölftausend.

Es ist Stoßzeit, und in Menschenmengen bekomme ich schnell Panik. Ein bescheidenerer Traum als die Eröffnung meiner eigenen Tapas-Bar ist eine Vespa, damit ich mich nicht mehr mit den öffentlichen Verkehrsmitteln abplagen muss.

Ich lausche der heiseren Stimme von Thåström und versuche, in seine Welt einzutauchen.

Ich verleibe mir das Letzte ein

Oh, das Letzte, heb das Letzte für mich auf
Ich verleibe mir das Letzte ein
Oh, das Letzte, heb das Letzte für mich auf

Als die U-Bahn an der Haltestelle Gärdet hält, klopft mir eine ältere Dame auf den Oberschenkel. Sie sieht mich verschmitzt an. Ich nehme meinen Kopfhörer ab und lächele sie fragend an.

„Sie haben Joghurt an der Nase", sagt sie.

Ich bedanke mich, während sie sich zwischen den Leuten durchzwängt und aussteigt. Ich fahre mir mit dem Finger über die Nase. Wir lachen und winken uns durch die Fensterscheibe noch einmal zu. Ich liebe Menschen, die kein Problem damit haben, sich auch mal außerhalb der sozialen Norm zu bewegen.

Im Personalbereich lasse ich Agda wie vorgeschrieben links liegen und gehe an den persönlichen Fächern der Angestellten vorbei. Mein Fach ist immer leer. Aber heute nicht. Heute liegt dort ein weißer Briefumschlag. Irgendjemand muss ihn falsch einsortiert haben. Nein, auf der Vorderseite steht ein großes, von Hand geschriebenes C. Im Umschlag befindet sich ein DIN-A4-Blatt. Der Text wurde auf dem Computer getippt, normale Schriftart.

Hallo Caroline,
ich weiß, dass du den Laden mit deinen kleinen Tricks um Tausende Kronen prellst.
Was meinst du, was soll ich mit diesem Wissen anfangen?
Ein Kollege

PS: Schreib deine Antwort auf das Blatt und leg es wieder in dein Fach.

Mir wird ganz flau im Magen. Ich lese die Nachricht immer wieder. Soll ich einfach zu Daniella gehen und alles gestehen? Angriff ist die beste Verteidigung, oder so ähnlich.

Nein.

Es gibt nur eine Möglichkeit. Und die ist, seine Frau zu stehen. Ich nehme einen Stift aus meiner Tasche und schreibe mit großen Blockbuchstaben: WER BIST DU, FEIGLING?

Auf dem Weg in Richtung Umkleide fühle ich mich, als würde ich taumeln. Östen und ALS sitzen auf dem blutroten Ecksofa am Pausentisch und unterhalten sich lautstark über irgendeine Kundin. Ich lächele und grüße sie, höre aber nicht, was sie antworten.

In der engen Umkleide ziehe ich mich um. Dann stempele ich bei Agda ein und gehe hinter die Fischtheke, ohne mich nach einem eventuellen Spion umzusehen. Ich fülle eine Frischhaltebox mit ungefähr einem Kilo Jakobsmuscheln im Wert von 595 Kronen, schlage die Dose in Papier ein, rechne sie als Miesmuscheln zu 59,90 ab, schreibe ein großes C auf das Paket und deponiere es im Personalkühlschrank.

Anschließend rufe ich laut und deutlich die nächste Wartenummer auf: „Achtundsechzig!"

„Hier!", meldet sich ein Mann um die fünfzig.

„Was kann ich für Sie tun?", erkundige ich mich mit meiner liebenswürdigsten Stimme, und er strahlt wie ein Honigkuchenpferd, weil er von einer so heißen Verkäuferin bedient wird, obwohl er doch nur ein paar Scheiben Graved Lachs kaufen will.

5

Ich habe mir vorgenommen, tausend Meter zu schwimmen, aber nach zehn, zwölf Bahnen zähle ich nicht mehr. Ich kann nichts dagegen tun. Meine Gedanken fahren Achterbahn.

Was will der Briefeschreiber von mir? Wer steckt dahinter?

Bente und Hannes sind auch im Hallenbad und machen dasselbe wie beim letzten Mal. Wir grüßen uns schüchtern, aber mir fällt nichts ein, was ich sagen könnte. Am liebsten würde ich sie fragen, ob wir hinterher einen Kaffee trinken oder zusammen mittagessen sollen. Die beiden üben eine angenehme Ruhe auf mich aus. Und seit ich sie letzte Woche kennengelernt habe, denke ich häufiger an meine Mutter und Sebastian, als ich es normalerweise tue.

Ich kraule ein paar Bahnen und versuche, mich auf die Technik zu konzentrieren. Achte darauf, regelmäßig zu atmen, damit ich nicht aus dem Rhythmus komme, aber auch nicht aus der Puste gerate. Meine Hüfte ist gestreckt, der Po hängt nicht zu tief im Wasser. Die Knie sind beim Beinschlag leicht angewinkelt.

Als ich zum zehnten Mal an Bente und Hannes vorbeischwimme, frage ich sie einfach: „Darf ich euch zum Mittagessen einladen, wenn wir hier fertig sind?"

„Oh, aber klar, gerne", sagt Bente erstaunt.

„Toll, in der Cafeteria gibt es superekelige Hamburger und labbrige Pommes", erwidere ich.

Bente lacht.

„Ich liebe supereklige Hamburger, und, Hannes, du isst doch sowieso nichts anderes als labbrige Pommes. Perfekt also, danke! Da sagen wir nicht Nein, oder, Hannes?“, fragt sie und sieht ihren Sohn an.

Hannes planscht weiter im Wasser. Er trägt seinen Gehörschutz und kann seine Mutter wahrscheinlich gar nicht hören.

„Hannes ist dabei“, sagt Bente und zwinkert mir fröhlich zu.

„Dann bis später“, entgegne ich und schwimme weiter.

Wir sitzen in der Cafeteria, und Hannes lutscht akribisch an jeder einzelnen Pommes in seiner Tüte. Bente erzählt, dass er wirklich nichts anderes als Pommes isst und nur Milch trinkt.

„Apropos Ursprung“, fügt sie hinzu, und ich freue mich, weil sie an unser erstes Gespräch anknüpft. „Es gibt Menschen mit Asperger-Syndrom, die nur Fleischwurst essen. Hannes isst nur Pommes.“

Bente verschlingt ihren Hamburger, als hätte sie seit Wochen nichts mehr gegessen.

Genau wie ich trägt sie kaum Make-up, nur ein bisschen Mascara. Mädchen oder Frauen wie Daniella, die sich zu stark schminken, verunsichern mich. Ansonsten sehen Bente und ich uns überhaupt nicht ähnlich. Sie ist klein und zierlich, ich bin dunkler und ein bisschen fülliger. Aber ihre Haut ist ebenso klar und rein wie meine. Wir kommen ohne viel Make-up aus.

Ich frage nach Hannes’ Vater, und Bente scheint ihre Antwort sorgfältig abzuwägen.

„Ehevertrag. Wenn ich dir einen Rat geben darf, Caroline: Falls du irgendwann vorhast zu heiraten, schließ einen Ehevertrag ab."

„Okay", sage ich. „Ich glaube, ich bin im Bilde."

„Aber uns geht es gut. Stimmt's, kleiner Mann?" Sie wischt Hannes den Mund ab. „Na ja", seufzt sie dann. „Es ist eben, wie es ist."

Ich weiß nicht, was ich sagen soll.

Bente streichelt ihrem Sohn über seine akkurat gekämmte Frisur. Er hat mittelblonde Haare und trägt einen Seitenscheitel. In diesem Punkt erkenne ich meine Mutter wieder. Sebastians Frisur musste immer tadellos sein. Sie hat ihm jeden Tag die Haare gewaschen und sie anschließend geföhnt und gekämmt. Mindestens einmal im Monat war sie mit ihm beim Friseur. Sie hat das kontrolliert, was sie kontrollieren konnte. Im Nachhinein empfinde ich ihr Verhalten als rührend und liebevoll. Aber als Kind habe ich es gehasst, dass sie so einen Aufstand wegen seiner Frisur gemacht hat.

„Ich hatte ein paar Bedenken, dass Hannes vielleicht nicht in der Cafeteria essen will. Meistens ist es hier ja ziemlich laut. Aber es scheint ihm zu gefallen. Ich glaube, das liegt daran, dass er dich mag." Vorsichtig hebt sie eine Kapsel an. „Du magst Caroline doch, oder, Hannes?"

Hannes lächelt, zieht die Nase kraus und sieht dabei so goldig aus, dass ich sterben könnte.

Ich riskiere es und hebe die andere Kapsel hoch.

„So etwas verrät man doch nicht gleich beim ersten Date, oder, Hannes?", sage ich. „Das sollte Mama eigentlich wissen."

Hannes fängt an zu lachen und bewegt den Kopf hin und her. Er findet es also lustig, wenn jede von uns in eins seiner Ohren spricht – ein riskantes Experiment, aber es ist geglückt. Wir wiederholen das Spiel noch einige Male, aber als Bente ihre Kapsel wieder auf Hannes' Ohr setzt, mache ich es auf meiner Seite ebenso. Sie weiß, wo seine Grenzen sind.

Hannes lutscht wieder an seinen Pommes, sodass sie noch labbriger werden als ohnehin schon. Bente und ich sehen ihm schweigend zu. Ich würde ihn am liebsten umarmen, tue es aber nicht. Ich weiß, dass er mich mag, und ich weiß auch, warum.

Er spürt, dass ich nicht verunsichert bin, weil er anders ist.

„Jetzt zu dir, Caroline. Wer bist du?", beendet Bente die Stille nach einer Weile. „Das Einzige, was ich von dir weiß, ist, dass du Möpse hast, für die so manche einen Mord begehen würden." Erschrocken schlägt sie sich die Hand vor den Mund.

Dann prusten wir beide wie auf Kommando los. Natürlich bin ich geschmeichelt, aber vor allem ist es einfach eine urkomische Bemerkung. Neben uns sitzt eine ganze Schulklasse, die uns verwundert anstarrt. Wie kriegen uns gar nicht mehr ein. Bentes Gesicht ist ganz rot, und sie sagt, dass sie sich nicht mehr daran erinnern kann, wann sie das letzte Mal so gelacht hat.

Mir geht es genauso.

6

Ich stehe vor meinem Fach im Personalraum und öffne einen neuen Brief, der genauso aussieht wie der erste und auf dem wieder ein mit der Hand geschriebenes C steht. Der Umschlag ist zugeklebt und enthält ebenfalls ein DIN-A4-Blatt. Ein Satz, der mit dem Computer getippt wurde: *Ich habe zuerst gefragt.*

Ohne nachzudenken, kritzele ich meine Antwort auf den Zettel.

Was verlangst du? Geld? Sex? Was willst du von mir?

Natürlich ist das nicht die Antwort, die der Briefeschreiber haben will, aber ich brauche ein paar Hinweise, wer dahintersteckt.

Ich tippe auf einen Mann, aber man kann ja nie wissen. Bis ich genauere Anhaltspunkte habe, ist jeder verdächtig. Jeder, der hier arbeitet.

Die Einzigen, die ich mit Sicherheit ausschließe, sind die beiden finnischen Urgesteine Liisa und Sirpa, die schon seit dem Winterkrieg an der Kasse sitzen. Und Daniella.

Ich glaube auch nicht, dass es Sonja ist, die blonde Kassiererin, die aussieht wie ein Engel und häufig leise vor sich hin summt. Kaum hörbare schöne Melodien. In einer gemeinsamen Mittagspause habe ich sie mal gefragt, ob sie nicht etwas für mich singen könne. Ihre Antwort kam freundlich, aber bestimmt: „Nein, tut mir leid, ich singe nur für mich selbst."

Könnte ALS die Briefeschreiberin sein? Wenn sie betrunken ist, bezeichnet sie sich selbst als „die widerwärtigste Krankheit“. Sie ist lesbisch, hat aber einen zweijährigen Sohn, den sie über alles liebt. Wenn ihr Sohn bei seiner anderen Mutter ist und ALS ihr Single-Dasein auslebt, geht sie auf die Piste, „trinkt Kurze und reißt Bräute auf“.

Nein, der Hauptverdächtige ist garantiert ein Mann. Ralf zum Beispiel. Dieser Typ hat allen Grund, extrem verbittert zu sein, weil er nach der Übernahme durch Maxfood vom Marktleiter zum stellvertretenden Marktleiter degradiert wurde, da Maxfood „jemand Neutralen“ haben wollte. Als das Chaos am größten war, verkündete Ralf mindestens einmal pro Stunde: „Veränderungen sind Teil des Lebens.“ Ein grauhaariger, alter Griesgram, der vermutlich auf seiner Position bleiben wird, bis er das Zeitliche segnet. Er ist garantiert Freizeit-Alkoholiker, und die tiefgründigste Literatur, die er liest, sind Traber-Magazine.

Oder Östen Carlsson. Außer dass er ständig Blondinenwitze erzählt, ist er ein untersetzter Mann mit Glatze, der zum Krafttraining geht. Warum müssen eigentlich alle untersetzten Männer Eisen stemmen? Okay, wenn es in der Höhe nichts mehr zu holen gibt, kann ich verstehen, dass Männer an ihrer Breite arbeiten wollen, aber kann ihnen nicht mal jemand verklickern, dass das nicht im Entferntesten sexy ist? Es ist lächerlich.

Doch ich will niemanden zu früh verurteilen. Ich werde diesen Briefwechsel weiterführen, die Nachrichten analysieren und wachsam sein.

Erpressung ist die kindischste Methode, die man sich aussuchen kann. Zumindest wenn man kein gestandenes Mafia-Mitglied ist.

Mit siebzehn habe ich versucht, einen Mann zu erpressen, der mich beinahe vergewaltigt hätte und tausend Liebhaberinnen und eine Ehefrau hatte. Ich habe seinen Computer geklaut, auf dem seine Pornofilme waren, und habe 250 000 Kronen Lösegeld verlangt. Am Ende bin ich vor Gericht gelandet. Ich hatte Glück und musste nicht ins Gefängnis. Ich habe Bewährung bekommen, allerdings mit der Auflage, wieder zu Hause bei meiner Mutter zu wohnen, was schlimmer als Knast war, aber immerhin. Außerdem musste ich zu einer Psychologin gehen. Sie hieß Agneta, und eigentlich fand ich die Sitzungen mit ihr ganz interessant. Aber ich weiß noch, dass ich mich immer aufgeregt habe, weil sie nie über sich selbst sprechen wollte. Wer will denn schon einen Seelen-Striptease vor einer Person machen, von der man lediglich weiß, dass sie verheiratet ist, zwei Kinder hat, in Nacka wohnt und Agneta heißt? Allerdings hat sie mir auch ein paar nützliche Dinge beigebracht. Zum einen, dass man von sich selbst nicht als „man" sprechen soll, wenn man über persönliche Dinge redet. Man soll „ich" sagen. Das macht wirklich einen Unterschied. Ich bin darin schon besser geworden.

Zum anderen habe ich ein gutes Wort von ihr gelernt: *Projektion*. „Du *projizierst*, Caroline", sagte sie, wenn ich ihr zum Beispiel erzählt habe, wie meine Mutter mir das Autofahren beigebracht hat und ich sie angeschrien habe, obwohl ich diejenige war, die nicht den richtigen Gang einlegen konnte.

„Du glaubst, du bist nicht gut genug, und wenn du deinen Misserfolg nicht verarbeiten kannst, *projizierst* du ihn auf deine Mutter." Und dann hat sie mir erklärt, was der

Ausdruck genau bedeutet, nämlich dass man, „um sein Selbstbild zu verteidigen, seine eigenen Schwächen anderen Menschen zuschreibt“.

Ich bin der Meinung, dass jeder zweite Mensch projiziert. Erst gestern habe ich einen Mann im Designeranzug bedient, der sich darüber beschwerte, dass das Steak trocken war. Er hat sein Selbstbild, ein guter Koch zu sein, dadurch verteidigt, dass er dem Fleisch schlechte Eigenschaften zuschrieb. Ich habe mir nicht die Mühe gemacht, ihm das auseinanderzusetzen, sondern habe ihm ein neues Steak gegeben und ihm erklärt, wie er es zubereiten muss, damit es perfekt rosa wird. Zum Glück hat Daniella nichts gemerkt.

Ansonsten hatte Agneta nur Floskeln zu bieten, zum Beispiel, dass mein Sexleben ein Zeichen von autoaggressivem Verhalten sei, weil ich mich im Grunde selbst nicht leiden könne und irgendein Ventil bräuchte, durch das ich mich schlecht fühle. So wie ein Teenager, der sich ritzt, um Druck und Angstgefühle abzubauen.

Ich war siebzehn und habe versucht, ihr zu erklären, dass Sex doch wohl allemal besser sei, als sich zu ritzen, aber sie hat es mir nicht abgenommen.

Ich ziehe mich um.

Ich stempele ein.

7

„Willst du nachher mit zum Grab gehen?“, fragt mich meine Mutter.

„Nein, ich muss arbeiten“, antworte ich automatisch, bevor ich überhaupt darüber nachgedacht habe.

Wir schweigen.

Ich sitze im Möjavägen in Nacka am Küchentisch und sehe aus dem Fenster: der Inbegriff einer Reihenhaussiedlung, Konformität pur. Jacob, der Lebensgefährte meiner Mutter, und ihr gemeinsamer Sohn August spielen Tennis. Aber ich weiß, wie das bei ihnen abläuft. Wenn in der Zwischenzeit kein Wunder geschehen ist, spielt Jacob Tennis, während August umhereiert und mit seinem Schläger herumfuchtelt.

Ich habe mir vorgenommen, mit meiner Mutter über Sebastian zu reden. Zum Beispiel darüber, was sie den lieben langen Tag im Hallenbad gemacht haben und warum sie mir nie beim Training zugesehen hat. Im Bus ist mir das noch als berechtigte Frage erschienen. Jetzt habe ich das Gefühl, erst einen Berg verschieben zu müssen, bevor ich Sebastians Namen überhaupt aussprechen kann.

Gleich gibt es *Dinch*, eine Mischung aus Dinner und Lunch. Die perfekte Lösung für mich. Für Lunch ist es schon zu spät, und Dinner erscheint mir zu förmlich. Außerdem findet meine Mutter, dass Dinch ein lustiges Wort ist. „Dinch, ich liebe Dinch“, kichert sie.

Eigentlich koche ich immer, aber heute hat meine Mutter

sich in den Kopf gesetzt, eine Quiche zu machen. Ich glaube, sie nennt ihre Kreation Spinat-Feta-Quiche, aber der Käse kommt aus Dänemark, der Spinat ist tiefgefroren und der Teig ein Fertigprodukt.

Aber ich beschwere mich nicht. Mir macht das nichts aus. Ich habe größere Probleme.

Gestern habe ich mich bei der Arbeit anderthalb Stunden hinter dem Kopierer versteckt und mein Fach im Auge behalten. Aber niemand ist aufgetaucht, und irgendwann war Ladenschluss.

Ich zermartere mir die ganze Zeit das Gehirn, wer der anonyme Briefeschreiber ist und was er oder sie mit diesen Botschaften bezwecken will.

Jacob und August kommen gerade die Einfahrt hoch. Jacob winkt und lächelt. Ich winke zurück. August starrt unverwandt auf sein Handy. Er trägt keine Mütze, und ich warte darauf, dass meine Mutter das beanstandet.

August würdigt mich auch drinnen kaum eines Blickes und geht sofort die Treppe rauf.

„Kriegt Mami denn keine Umarmung?“, ruft ihm meine Mutter vorwurfsvoll hinterher.

August bleibt auf der Treppe stehen, und wie Zehnjährige es so machen, scheint er einige Sekunden lang abzuwägen, was schlimmer ist: Mama zu umarmen oder es sein zu lassen und Ärger zu riskieren. Er kommt zurück und drückt seine Mutter so inniglich, als hielte er Styropor im Arm. Meine Mutter presst ihn zwischen ihre großen Brüste und macht „Ahhhh“, als wolle sie uns anderen weismachen, dass es eine liebevolle Umarmung ist. August windet sich geschickt aus ihrem Klammergriff.

„Caroline ist auch hier“, bemerkt sie scharf.

„Hi, August!“, sage ich und halte ihm demonstrativ meine Hand hin, damit er kapiert, dass er mich nicht umarmen muss.

Er ringt sich ein Hallo ab und verschwindet mit seinem Handy als Kompass nach oben in sein Zimmer.

Meine Mutter steht immer noch da und nestelt an ihrer Kette herum. Das macht sie immer, wenn sie nervös ist.

Seit Sebastian gestorben ist, trägt sie seinen Tauflöffel an einer Kette um den Hals. Sie nimmt sie nie ab. Sie schläft, duscht, badet mit ihr. Nicht einmal beim Sport nimmt sie die Kette ab. Vielleicht ist es eine schöne Geste, aber mich macht es vor allem wütend.

„Kochst du heute nicht?“, fragt mich Jacob.

„Mama will eine Quiche machen.“

Jacob sieht meine Mutter erstaunt an. Sie hat ihm den Rücken zugewandt, scheint aber seinen Blick zu spüren.

„Ich weiß nicht, was ihr habt! Das ist doch nichts Besonderes! Eine Quiche ist eine Quiche.“

Jacob und ich schauen uns an. Sie könnte ebenso gut sagen, ein Lied ist ein Lied. Aber es macht schon einen Unterschied, ob es von Lasse Berghagen oder Thåström ist.

„Und du darfst die Gurke klein schneiden?“, sagt er und deutet auf das Brett, das vor mir auf dem Tisch liegt.

„Mhm“, erwidere ich. „Und Tomaten und Zwiebeln.“

„Das ist, als würde Björn Borg plötzlich als Balljunge auflaufen“, murmelt Jacob, fährt sich über seinen Oberlippenbart und geht raus in den Flur.

Die Mikrowelle klingelt. Meine Mutter nimmt den aufgetauten Spinat heraus und kippt die breiige Masse direkt auf den Teig, um sicherzugehen, dass der Boden auch garantiert matschig wird.

8

Als ich in den Personalraum komme, sehe ich, wie jemand einen Brief in mein Fach legt. Ich glaube, mich trifft der Schlag.

Es ist Ralf!

Ich stürze auf ihn zu, um den Umschlag als Beweismaterial zu sichern. Er hört mich und dreht sich um. Die Schuld steht ihm förmlich ins Gesicht geschrieben. Er kapiert, was ich vorhabe, und will den Brief vor mir aus dem Fach nehmen. Aber ich bin schon neben ihm, und wir greifen gleichzeitig nach dem Umschlag. Er hält ihn nur an einer Ecke fest, während ich mit beiden Händen zupacke. Wir zerren an dem Brief wie zwei Kindergartenkinder an einer Puppe.

„Lass los!“, stöhne ich.

Er antwortet nicht, sondern keucht vor Anstrengung. Er ist viel stärker als ich, aber mein beidhändiger Griff verschafft mir die bessere Ausgangsposition.

„Was willst du?“, schreie ich. Meine Finger sind schon ganz weiß und verkrampft. Verflixt, ich bin kurz davor, den Kampf zu verlieren. „Gib mir den Brief, verdammt noch mal!“

In dem Moment lässt Ralf los.

„Es tut mir leid, entschuldige, ich kann dir alles erklären!“

„Was willst du mir erklären?“

„Den Brief“, sagt Ralf, seine Stimme klingt schrill.

„Einen Dreck musst du mir erklären, ich weiß, dass du ein alter geiler Sack bist, der versucht, junge Frauen auszunutzen –"

„Schhh!"

Liisa und Sirpa kommen auf uns zu. Wahrscheinlich haben sie draußen vor dem Hintereingang geraucht. Ralf richtet sich auf, und ich lächele den beiden zu.

„Was treibt ihr zwei Hübschen denn da?", frotzelt Sirpa.

„Die sind doch ein Liebespaar", antwortet Liisa. „Wusstest du das nicht? Caroline und Ralf sind Romeo und Julia von Maxfood."

„Ach ja, natürlich. Das war mir eine Sekunde lang entfallen", höre ich Sirpa lachend sagen, bevor die beiden im Laden verschwinden.

„Willst du, dass ich zu dir nach Hause komme und im kurzen Röckchen ohne Slip staubsauge?", zische ich, als Sirpa und Liisa außer Hörweite sind.

„Nein!"

„Soll ich zur Polizei gehen und dich wegen Erpressung anzeigen?"

„Nein, ich sage doch, ich kann es dir erklären." Ralf blickt sich verzweifelt um.

„Dann lass uns doch mal den Brief öffnen und deine neueste Mitteilung lesen."

Ich reiße den Umschlag auf und lese den Zettel.

Wir müssen uns treffen und reden. Ich habe eine Idee.

Ich bin völlig baff und weiß nicht, was ich sagen soll. Ralf scheint allmählich seine Fassung wiederzugewinnen, er atmet nicht mehr so schwer, und seine Stimme klingt wieder normal.

„Caroline, hör mir zu.“ Zum ersten Mal sieht er mir in die Augen.

„Und wenn mich nicht interessiert, was du zu sagen hast?“

„Wer weiß, vielleicht interessiert es dich ja doch?“

Am liebsten würde ich diesem Kerl eine runterhauen. Aber er sieht so unendlich traurig aus, dass ich es einfach nicht über mich bringe.

„Ich lade dich zum Essen ein. Dann erklär ich dir alles.“

„Etwa bei dir zu Hause?“

„Nein, verdammt. Ich lasse niemanden in meine Wohnung. Im Tennstopet an der Kreuzung Dalagatan/Odengatan. Heute Abend. Ab sieben bin ich da.“

„Was?“

„Du kannst kommen oder es bleiben lassen. Ich werde da sein.“

„Okay.“

Wir blicken uns eine Weile schweigend an.

„Du wirst es nicht bereuen“, sagt Ralf schließlich und geht.

9

Als ich über die St. Eriksbrücke in Richtung Odenplan gehe, bin ich schon eine Viertelstunde zu spät, aber das ist mir total egal. Ralf kann froh sein, dass ich überhaupt komme. Falls ich komme. Ich habe mich immer noch nicht hundertprozentig entschieden.

Es ist windig und ungemütlich, aber ich knöpfe meinen eleganten schwarzen Mantel, den ich letzten Winter für vierzig Kronen auf dem Kofferraum-Flohmarkt in Täby gekauft habe, nicht zu. Manchmal ist es ganz schön, die Kälte zu spüren. Aus irgendeinem Grund hatte ich Lust, mich aufzubrezeln. Oder mich zu verkleiden. Jedenfalls trage ich High Heels, meinen spanischen rotschwarzen Lieblingsrock und eine weiße Bluse. Und für meine Verhältnisse bin ich eins a geschminkt. Hin und wieder lege ich Rouge auf, um meine hohen Wangenknochen zu betonen, doch heute habe ich mich sogar an bronzefarbenen Lidschatten gewagt.

Ich fühle mich schön.

An der Kreuzung stelle ich mich so, dass ich in die Fenster auf der anderen Straßenseite sehen kann.

Der Name Tennstopet steht als altmodischer, anheimelnder Schriftzug auf den roten Markisen des Restaurants. Das Lokal macht einen warmen und gemütlichen Eindruck.

Ralf ist schon da.

Er trinkt ein Bier und starrt auf die Tischplatte.

Ich weiß, dass ich nach Hause fahren sollte, aber irgendetwas bringt mich dazu, über die Straße zu gehen. Weil ich nie die Geduld habe zu warten, bis die Ampel grün wird, muss ich rennen, um nicht überfahren zu werden.

Ich glaube, dass ich als Kind einmal mit meinem Vater im Tennstopet gewesen bin. Das Einzige, woran ich mich erinnern kann, ist, dass sie dort einen Garderobier hatten.

Den haben sie auch heute noch. Einen freundlichen Gentleman, der zu mir bestimmt ganz besonders freundlich ist. Er gehört zu der Sorte Männer, die auf mich stehen. Ich weiß nicht, woher ich das weiß, aber so ist es. Das habe ich im Gefühl, seit ich Brüste bekommen habe. Manche Männer fahren auf mich ab und wollen den Boden küssen, auf dem ich gehe. Andere bemerken mich überhaupt nicht. Ich bin ganz froh darüber, dass ich nur für gewisse Männer zu strahlen scheine. Für diesen sympathischen Garderobenmann, der mir aus dem Mantel hilft und mir einen schönen Abend wünscht, strahle ich gerne, auch wenn er sechzig Jahre alt ist.

Als ich den Restaurantbereich betrete, merke ich, dass Ralf überhaupt nicht auf die Tischplatte starrt. Er liest ein Buch, und er reagiert nicht einmal, als ich direkt neben ihm am Tisch stehe.

„Ich habe nicht vor, mich für meine Verspätung zu entschuldigen", sage ich nach ein paar Sekunden Stille.

Er sieht hoch und wirkt überrascht. Freudig überrascht.

„Nein, verdammt", ist das Einzige, was er herausbringt.

„Und ich habe nicht vor, auch nur eine einzige Öre zu bezahlen", informiere ich ihn, damit das von vornherein klar ist.

„Nein, verdammt."

„Hast du vor, den ganzen Abend nichts anderes als ‚Nein, verdammt' zu sagen?"

„Nein, verdammt."

Ich setze mich, und eine Bedienung mit üppiger Oberweite kommt zu uns an den Tisch und fragt mich in rauchigem Stockholmer Dialekt, was ich bestellen möchte.

„Ein großes helles Lager vom Fass und die Karte", antworte ich.

„Ich liebe Leute, die wissen, was sie wollen", erwidert die Kellnerin und wischt routiniert ein paar Krümel vom Tisch.

„Ich nehme das Gleiche", sagt Ralf.

Die Frau murmelt irgendetwas, und ich kapiere, dass ihr beifälliger Kommentar über meine Bestellung als Spitze gegen ihn gedacht war, weil er bestimmt ein großes Starkes oder irgendetwas anderes Unverständliches bestellt hat.

Das Restaurant ist ziemlich leer. Ein paar Alkoholiker, die versuchen, ihre Würde aufrechtzuerhalten, indem sie an Tischen mit weißen Tischdecken sitzen, einige ältere Paare und eine Familie mit Kindern.

Aber die Einrichtung ist gemütlich: grüne, altmodische Tapeten, ein großer, schöner Spiegel mit Goldrahmen, rote Samtstühle und weiße Leinentischtücher und Servietten, als hätte die Zeit seit den Dreißigerjahren stillgestanden.

„Was liest du?", frage ich, da ganz offensichtlich mir die Rolle der Eisbrecherin zufällt.

„Beck", antwortet Ralf.

„Das ist ein Krimi, oder?"

„Béatrix Beck, eine französische Schriftstellerin." Ralf hält das Buch hoch. „Mit einem Krimi hat das nichts zu tun", fügt er hinzu. Aber er klingt ganz und gar nicht genervt, und er gibt mir nicht das Gefühl, dümmer zu sein, als ich bin.

Ich lese den Text auf der Rückseite. Das Buch heißt *Léon Morin, Priester*, doch dann verschwimmen die Buchstaben.

Ich spüre, wie mich mein Bildungskomplex kidnappt und fünfzig Millionen Kronen Lösegeld verlangt.

Ralf erzählt, dass Béatrix Beck vor ein paar Jahren gestorben ist, dass sie vierundneunzig Jahre alt wurde und als Sekretärin für einen Nobelpreisträger gearbeitet hat, der sie zum Schreiben animierte. Dieses Buch sei das einzige ihrer Bücher, das ins Schwedische übersetzt wurde, und außerdem sei Beck bis zu ihrem Tod Kommunistin gewesen.

Die Bedienung erscheint mit der Speisekarte und unseren zwei Bier.

„Ich hätte gerne die Kalbsleber anglais", sagt Ralf, bevor ich es überhaupt geschafft habe, meine Karte aufzuschlagen.

„Und für die junge Dame?"

„Ich nehme das Gleiche", erwidere ich. „Ich möchte meine rosa gebraten."

„Wir fragen unsere Gäste nicht, wie sie ihre Kalbsleber wollen", informiert mich die Bedienung.

„Deswegen sage ich es", entgegne ich und schenke ihr mein charmantestes Lächeln, damit sie versteht, dass ich mich nicht wie eine überkandidelte Diva aufführe.

„Caroline ist eine Spitzenköchin und versteht ihr Handwerk. Das kannst du Jonas ausrichten, damit er heute auf Zack ist", fügt Ralf hinzu.

„Wenn ich ihn wach bekomme", antwortet die Kellnerin kühl. „Ist die junge Dame außerdem auch noch eine Weinkennerin, oder darf ich einen Wein zum Essen empfehlen?“

„Sie dürfen uns gerne einen Wein vorschlagen“, erwidere ich.

„Danke“, entgegnet sie gespielt eingeschnappt und geht. Ralf und ich schauen uns an und lächeln. Ich sage nichts. Jetzt liegt der Ball bei ihm.

Da er weiß, dass der Koch Jonas heißt, muss ich nicht fragen, ob er häufig hier ist.

Ralf trinkt einen Schluck Bier. Ich sehe ihm in die Augen, während sein Blick nervös flackert.

„Ich weiß nicht, wo ich anfangen soll“, sagt er.

„Wie wär's mit dem Anfang?“

„Wie viel Zeit haben wir?“

„Das wird sich zeigen. Wenn es langweilig wird, gehe ich.“

Ralf holt tief Luft. Das wird länger dauern.

„Tut mir leid, dass ich diese Zettel geschrieben habe …“

„Das hast du schon gesagt.“

„Aber ich wollte dich … testen.“

„Mich testen?“

„Als Henrik aufgehört hat“, fängt er an, hält aber sofort wieder inne.

„Ja?“, sage ich auffordernd.

„Ich kann mich daran erinnern, als sei es gestern gewesen.“

Neue Pause.

„Mhm“, mache ich.

„Entschuldige. Ich gebe mir Mühe. Kurz bevor Henrik gegangen ist, hat er mich in sein Büro gerufen und mir erzählt, dass seine Tochter an einer schweren Form von Asthma leide und dass Schweden vom Klima her das schlechteste Land für sie sei. Also habe er sich entschlossen, zu verkaufen und umzuziehen. Natürlich tut seine Tochter mir leid, aber für mich persönlich hat sich ein großes schwarzes Loch im Boden aufgetan, und ich wusste – ich war mir hundertprozentig sicher –, dass jetzt alles bergab gehen würde. Henrik hat mir zwar versichert, dass ich weiterhin Marktleiter bleiben würde, aber sobald die Fusion unter Dach und Fach war, hat er sich um nichts mehr gekümmert, und ich kann ihn verstehen."

Ralf trinkt noch einen Schluck Bier. Ich trinke drei.

„Und dann ist sie auf der Bildfläche aufgetaucht ... diese Falsche-Wimpern-Psychopathin aus Skanstull."

Ich pruste mein Bier über den Tisch, weil es so lustig klingt. „Wie nennst du sie?"

„Geliebte Kinder haben viele Namen. Ich weiß, dass du sie auch nicht magst, also können wir doch ehrlich sein?"

„Sicher."

Wir stoßen an.

„Ich habe jedenfalls versucht, ihr so aufgeschlossen wie möglich zu begegnen. Natürlich wollte ich Marktleiter bleiben, schließlich bin ich das jahrelang gewesen. Ich weiß alles über den Laden, ich habe dort schon vor der Volksabstimmung über den Ausstieg aus der Atomkraft gearbeitet. Na ja, sei's drum. Ich wurde zum stellvertretenden Marktleiter ernannt, gut. Ich habe weniger Gehalt bekommen, nicht gut. Ich habe mich beschwert, da war der Teufel los. Diese Push-up-BH-Faschistin, die, ohne zu zögern, auf anderen Menschen herumtrampelt, um ihre Ziele zu erreichen, hat mich zu ihrer Nemesis auserkoren. Ich dachte, dass ich ein paar Kollegen auf meiner Seite hätte, aber die Leute kümmern sich nur um ihre eigene Haut, und das ist verständlich. Sie haben Angst um ihre Jobs, und wenn man nicht in die Maxfood-Schablone passt, ist man raus. Ich weiß nicht, wie ich glauben konnte, dass ich gegen die mächtige Maxfood-Kette ankomme oder dass Henriks Versprechungen irgendeine Bedeutung hätten. Daniella hat Leute hinter sich, die Menschen wie dich und mich zum Frühstück verspeisen. Und die Gewerkschaft frisst ihr aus der Hand."

Ich frage mich, worauf er hinauswill. Ralf ist wirklich mehr als verbittert, aber mir gefällt seine Aufrichtigkeit.

„Also habe ich gekuscht, habe mich wie ein Hund prügeln lassen und zu allem Ja und Amen gesagt, damit ich neunzig Prozent aller Sonntage zum Dienst eingeteilt werde – man nimmt, was man kriegen kann. Und ich habe hingenommen, dass ich plötzlich lernen sollte, welche Aufgaben die Position beinhaltet, oder dass ich wie ein Praktikant Einkaufswagen einsammeln musste." Ralf lächelt steif. „Natürlich, Daniella, kein Problem. Selbstverständlich."

Er ist ziemlich gut darin, sich selbst zu parodieren.

„Aber wo komme ich ins Spiel? Und warum wolltest du mich testen?" Ich bin so gespannt, was er eigentlich von mir will, dass ich ihn ein bisschen auf Trab bringen muss.

„Dazu komme ich jetzt", sagt Ralf, als die Bedienung unser Essen bringt. Wir loben die schön angerichteten Teller. Eine große, dicke Scheibe Kalbsleber, Schinken, Kapern und eine Sauce, die selbst gemacht riecht. Sie ist mit frischen Salbeiblättern dekoriert, und die Kartoffeln bekommen wir in edlen kleinen Silberschalen serviert. Die Kellnerin erzählt uns etwas über den italienischen Wein Rosso di Montalcino, der vorzüglich zu Kalbsleber passe, weil die Trauben zwischen toskanischen Kälbern wüchsen und sein Geschmack kräftig genug sei, um auch Innereien zu begleiten.

Wir bedanken uns. Die Kellnerin geht, und ich nehme einen Bissen von meinem perfekt rosa gebratenen Fleisch.

10

Restaurant-Gerichte enttäuschen mich fast immer, niemand scheint richtig zu verstehen, worauf es beim Kochen ankommt, und wenn es doch einmal schmeckt, bezahlt man ein Vermögen.

Doch das Essen hier ist wirklich ausgezeichnet.

Wir haben gerade die zweite Rotweinflasche angebrochen, und allmählich bin ich rundum zufrieden.

Ralf kommt überhaupt nicht zur Sache. Er ergeht sich in einer Endlos-Story darüber, dass er die Nase voll habe von unserer „sich an Toplisten aufgeilenden Klick-Gesellschaft“. Ich kann mir ein Lachen nicht verkneifen und bitte ihn, mir das genauer zu erklären.

„Du weißt schon, wir können nichts auf den Markt bringen, ohne sicher zu sein, dass es auch dem Geschmack der breiten Masse entspricht. Riesige Konzerne erfassen unser Surfverhalten im Internet und stimmen ihre Werbung darauf ab. Und Filme entspringen heutzutage keiner künstlerischen Seele mehr, mit einer deutlichen Vision und einem spürbaren Willen, sondern sind alle irgendein seichter Scheiß, dessen endgültige Version anhand der Reaktionen eines Testpublikums zusammengeschnitten wird. Selbst die Büchereien arbeiten mittlerweile mit Toplisten! Ich habe immer geglaubt, dass Bibliotheken eine Schutzzone für echte Literaturliebhaber sind. Für die, die wissen, dass Beck eine brillante französische Stilistin und Kommunistin war und kein schwedischer Fließbandkrimi.

Entschuldige, das ist nicht gegen dich gerichtet."

„Kein Problem", sage ich.

Mir gefallen seine Sticheleien. Und ich liebe es, dass seine Augen glühen, wenn er redet.

„Maxfood zerstört all das, wofür unser Geschäft früher gestanden hat. ‚Gebt den Leuten, was sie wollen' – was für ein Blödsinn ist das? Wenn der alte Lindgren seit vierzig Jahren seine südschwedische Wurstspezialität bei uns gekauft hat, dann bin ich der Meinung, dass er das auch noch weitere vierzig Jahre tun können soll. Aber nein, das ist offenbar nicht lukrativ. ‚Der Hersteller ist zu unbedeutend, und der Konsument fällt nicht ins Gewicht!' Und dann all diese idiotischen Sachen, die einfach so beschlossen werden. Ich kann verstehen, dass die Kunden keinen Zutritt zum Personalbereich haben sollen, aber wenn man so bescheuert ist und für 6,3 Millionen renoviert, es in dem Zusammenhang aber nicht schafft, eine Kundentoilette zu bauen, dann sollte doch ein armer Rentner das Personal-WC benutzen dürfen? Früher durften wir Gemüse, das nicht mehr verkauft werden kann, einfach mit nach Hause nehmen. Heute schmeißen wir alles weg und schütten Chlorid über den Container, damit sich kein hungriger Obdachloser eine Magenverstimmung einfängt und uns verklagt. In was für einem Land leben wir denn?! Wir bekommen schon beim Anblick eines Flugzeugs, das nach Indien fliegt, eine Magen-Darm-Grippe, weil alles so hygienisch sein muss. Die Menschheit ist dabei, sich selbst die Kehle durchzuschneiden, und gleichzeitig halten wir uns mit Lappalien auf. Ich verabscheue … nein, das ist ein zu mildes Wort. Ich *hasse* Maxfood im Allgemeinen und

Daniella Andersson im Besonderen. Du verstehst, was ich meine. Also was soll ich tun?“

Ralf legt sein Besteck auf „zwanzig nach vier“, um zu signalisieren, dass er mit dem Essen fertig ist. Ich mache es ebenso. Ahne, dass er allmählich zum springenden Punkt kommt.

„Möglichkeit eins: Ich kündige, ein achtundfünfzigjähriger Fleischverkäufer ohne Ausbildung. Viel Glück bei der Jobsuche. Möglichkeit zwei: Ich setze Daniella Andersson buchstäblich das Messer an den Hals. Damit hätte ich kein Problem, doch theoretisch könnte es einen sympathischen Menschen geben, den das traurig macht. Und auch wenn ich es für höchst unwahrscheinlich halte, will ich nicht im Gefängnis landen. Lieber sterbe ich. Ernsthaft. Allein die Vorstellung, eingeschlossen in einer Zelle zu sitzen, macht mich krank. Möglichkeit drei: Daniella Andersson ein Schnippchen schlagen, mein gesamtes Genie einsetzen und außerdem ein nettes Sümmchen verdienen, damit ich zumindest ein bisschen was für die Rente zurücklegen kann …“ Ralf schweigt, lehnt sich zurück und verschränkt die Arme vor der Brust. „Wovon träumst *du*, Caroline?“

„Davon, eine Tapas-Bar auf Kungsholmen zu eröffnen“, antworte ich, ohne nachzudenken.

„Fantastisch. Carolines Tapas. Das wird ein Erfolg. Ich kann dein Gardemanger sein, keiner schnippelt Gemüse schneller als ich. Aber was brauchst du als Grundstock? Eine halbe Million? Eine ganze? Wie viel hast du gespart?“

Ich räuspere mich.

„Zwölftausend. Dreizehn vielleicht.“

Ralf streicht sich über den Bart. Es sieht aus, als versuche er, ein Lächeln wegzuwischen. „Dreizehntausend? Was verdienst du im Monat? Einundzwanzigtausend? Zweiundzwanzig?"

„Einundzwanzig. Dreiundzwanzig mit Sonn- und Feiertags- und Spätschichtzuschlägen. Ungefähr."

„Und davon musst du Steuern, Miete, Lebensmittel, Rechnungen und ein bisschen Freizeitspaß bezahlen. Außerdem willst du noch etwas auf die hohe Kante legen. So hast du das Startkapital für deine Tapas-Bar in ungefähr hundert Jahren zusammen. Und dann gibt es weder dich noch diesen Planeten mehr."

„Meinst du?"

„Ich gebe der Erde höchstens noch fünfundzwanzig Jahre. Jedenfalls in der Form, wie wir sie kennen. Doch das ist eine andere Geschichte. Ich kann dir dabei helfen, deinem Traum einen Schritt näher zu kommen. In *unserer* Zeit!"

Die Bedienung kommt an unseren Tisch und räumt die Teller ab. Wir loben das Essen und bestellen zum restlichen Wein eine Käseplatte. Ich sitze förmlich wie auf Nadeln, während ich darauf warte, was als Nächstes aus Ralfs Mund kommt.

„Ich vertraue dir, Caroline. Du bist die Einzige im Supermarkt, der ich vertraue."

„Du kennst mich nicht."

„Doch. Du spielst dein eigenes Spiel. Als ich deine kleinen Coups bemerkt habe, war ich zuerst total angepisst, weil ich das nie machen würde. Aber warum würde ich das nie machen? Weil ich mich nicht traue. Nicht, weil ich Maxfood gegenüber loyal bin. Als Henrik noch da war, hast du nie geklaut, oder?"

„Niemals."

„Also habe ich den ersten Zettel geschrieben, um dich zu testen und zu sehen, wie du reagierst. Ob du dem Unternehmen oder dir selbst gegenüber treu bist. Das Erste, was du gemacht hast, war, den Supermarkt ein weiteres Mal zu prellen. Das hat mir gefallen. Du besitzt Mut und Integrität. Eine Mangelware in der heutigen Gesellschaft und ein Auslaufposten in unserem lieben kleinen überdimensionierten Scheißladen. Ich frage mich …", Ralf beugt sich vor und senkt die Stimme, „ob du dir vorstellen könntest, deine kleinen Diebstähle einzustellen und stattdessen ein richtig großes Ding zu planen? Einen Riesencoup sozusagen."

Ich spüre, wie meine Beine anfangen zu zittern. Worauf will er eigentlich hinaus?

Ralf räuspert sich und fährt fort. „Wir können es den Fleischcoup nennen. Ich habe bereits einen ziemlich ausgeklügelten Plan. Aber wir müssen zu zweit sein. Wir müssen uns nur im richtigen Moment den richtigen Lastwagen mit den richtigen Waren schnappen. Zum Beispiel einen voll beladenen Fleischtransporter am Freitag vor Silvester. Das sollte uns – grob geschätzt – etwa eine halbe Million einbringen, die wir zwischen uns aufteilen."

Dann sagt er nichts mehr. Er ist fertig.

Ich kringele mich vor Lachen. Das ist einfach zu gut.

„Worüber lachst du?" Ralf sieht verletzt aus.

Ich höre nicht auf zu lachen. Alle Gäste im Restaurant sehen zu uns herüber.

„Mir gehen gerade nur so viele lustige Bilder durch den Kopf."

„Glaubst du etwa nicht, dass ich es ernst meine?"

„Doch, sonst hätte ich nicht gelacht. Es ist nur, dass ... Ich sehe meine Lieblingsszene aus den Disney-Cartoons an Heiligabend vor mir, die, in der Robin Hood und Little John Prinz John sein ganzes Gold stehlen."

„Ja, die ist gut." Ralf lächelt.

„Ich bin Robin Hood!", rufe ich.

„Dann bin ich Little John."

„Und Daniella Andersson ist Prinz John", lache ich und imitiere Prinz John, wie er am Daumen lutscht und im Schlaf vor sich hin murmelt. „Es ist Robin Hood, den ich haben muss!"

Ralf lacht über meine Parodie.

Ich mache mir fast in die Hose, entschuldige mich und gehe in Richtung Toilette. Das ist das Beste, was ich seit Langem gehört habe. Es wäre zu schön, um wahr zu sein, wenn ich mich wirklich in Robyn Hood verwandeln könnte.

Ich drehe mich um und zische Ralf zu: „Danket Gott! Er gibt uns unsere Steuern zurück!"

„Auf zum Sherwood Forest!", höre ich ihn rufen.

11

Ich laufe die Odengatan entlang und spüre, wie ich über das ganze Gesicht strahle. Ich habe keine Ahnung, wohin ich gehen soll, aber innerlich sprudele ich. Ich bin betrunken, ohne zu taumeln. Ralf, was für ein Spinner!

An der Würstchenbude an der Abbiegung zum Sveavägen komme ich an einer Männerclique vorbei. Die Typen müssen um die dreißig sein, sie sehen urschwedisch aus und sind blau. Alle glotzen mich an. Irgendjemand pfeift, und ich höre ein „Hallo, meine Schöne".

„Ihr wisst, dass wir nicht in der gleichen Liga spielen, Jungs?", sage ich und winke ihnen hinter dem Rücken zu.

Sie johlen.

Ralf und ich sind im Tennstopet geblieben, bis sie zugemacht haben, und Ralf hat mir genauer erklärt, wie er sich die Sache vorstellt. Sein Plan ist, einen voll beladenen Fleischtransporter auszurauben, indem er den Lastwagen kapert, das Nummernschild austauscht und die Ware in den Stockholmer Vororten und im Baltikum vertickt. Das Ganze ist schon ziemlich ausgereift, aber um den Coup umsetzen zu können, braucht er einen Partner, und je mehr ich trank, desto besser gefiel mir die Idee. Einfach und genial. Weil niemand einen Fleischtransporter überfällt, sind die Sicherheitsvorkehrungen gleich null. Aber wenn man sich auskennt, weiß man genau, an welchen langen Wochenenden diese Lastwagen mit Waren im Wert von über einer Million Kronen unterwegs sind. Und wie

Ralf gesagt hat: „Es schadet keinem einkommensschwachen Menschen, und mir sichert es die Rente." Er ist davon überzeugt, dass das schwedische Rentensystem komplett demontiert sein wird, wenn er in Rente geht.

Ich habe Ralf jedenfalls versprochen, vorerst nichts mehr zu klauen. Als ich ihn gefragt habe, woher er von meinen kleinen Minidiebstählen weiß, hat er nur gegrinst. Er hat mir gestanden, dass er mir androhen wollte, mich auffliegen zu lassen, wenn ich bei seinem Plan nicht mitmache, doch das hat er jetzt nicht mehr vor. Er will einen freiwilligen *partner in crime*.

Als wir uns vor dem Restaurant verabschiedet haben und Ralf ein Taxi angehalten und mich in seinem Suff ein bisschen zu lange umarmt hat, habe ich kurz mit dem Gedanken gespielt, ihn zu schocken und ihn zu fragen, ob er will, dass ich noch mit zu ihm komme. Gott sei Dank habe ich das nicht getan. Aber das Gefühl, dass der Abend noch nicht zu Ende ist, hält immer noch an. Ich sollte umdrehen, über die St. Eriksbrücke nach Hause gehen und in süße Träume fallen. Aber mein Körper sagt etwas ganz anderes.

Es ist noch früh, und morgen muss ich erst um elf Uhr zur Arbeit. Es muss einen Grund dafür geben, dass ich mich aufgebrezelt habe und mich absolut sexy fühle.

Ich laufe weiter den Sveavägen hinunter. Es ist schweinekalt, aber ich friere nicht. Ich will noch ein Glas Wein trinken, bevor ich nüchtern werde.

Den Stureplan und seine Nobelclubs boykottiere ich, also gehe ich in Richtung Kungsträdgården. Das Café Opera ist mir zu altbacken und angestaubt, und im Victoria ist heute Schwulenabend. Das Grand Hôtel weckt alte Erinnerungen. Ich habe keinen Fuß mehr dort hineingesetzt, seit ich da vor hundert Jahren gewohnt habe und von der Polizei gesucht wurde, weil ich versucht hatte, mir ein Stück von Joakim-Ich-bin-ein-Sex-Nymphomanes Kuchen abzuschneiden und ihn wegen Erpressung dranzukriegen. Mit Kriminalität habe ich nichts mehr am Hut. Aber mit dem Grand Hôtel habe ich keine Rechnung mehr offen, also passiere ich die Drehtür, grüße den Sicherheitsbeamten, gehe die Treppe hoch und nach rechts in die Bar. Dort ist es ziemlich voll. Ich brauche einen Platz, von dem aus ich einen guten Überblick habe, also arbeite ich mich zum Tresen vor und nehme mir eine Getränkekarte. Ich sehe mich im Raum um. Einige elegant gekleidete Paare, die ausländisch aussehen und schweigend vor sich hin starren, ein paar Yuppies, die in diesen Kreisen gesehen werden wollen, und unzählige Damen, die zu tief ins Glas geschaut haben. In einer Sitzlandschaft mit Ledersofas und Sesseln lümmeln vier Männer. Sie trinken Champagner und tragen teure Anzüge mit aufgeknöpften Hemdkragen. Ich schätze sie auf ungefähr fünfzig. Vor ein paar Jahrzehnten hätten sie garantiert Zigarren geraucht. Sie reden laut, lachen dröhnend und haben bestimmt vorher in einem Edelrestaurant in der Nähe ein Zwanzigtausend-Kronen-Menü zu sich genommen.

Einer der Männer lässt mich nicht mehr aus den Augen, seit ich die Bar betreten habe. Er redet mit einem Kellner, sieht dabei aber immerzu in meine Richtung. Während ich meinen Blick über die Menschenmenge schweifen lasse, beobachte ich ihn die ganze Zeit aus den Augenwinkeln. Ich winke dem Barkeeper. Er kommt auf mich zu, bleibt aber zwischendurch stehen, um ein Glas Champagner einzuschenken. Ich frage mich, ob er die Fliege selbst gebunden hat oder ob man im Grand Hôtel auf vorgebundene Fliegen setzt.

„Könnte ich bitte etwas bestellen?“, frage ich, als er bei mir ist.

„Das ist vielleicht gar nicht nötig“, erwidert er und stellt das Glas Schampus vor mich.

Ich drehe mich nicht um, ich weiß, wer der edle Spender ist. Prompte Lieferung.

In dem Moment, in dem ich Augenkontakt mit ihm aufnehme und ihm zuproste, wird dieser Abend einen anderen Verlauf nehmen. Ich habe keine Ahnung, worauf das hinausläuft, ich weiß nur, dass der Typ nicht lockerlassen wird. Ich trinke einen großen Schluck und kann beinahe hören, wie die nüchterne Caroline über diese Schnapsdrossel seufzt, die sich, ohne mit der Wimper zu zucken, von fünfzigjährigen Kapitalisten zu Champagner einladen lässt. Seufz du ruhig, so viel du willst, Herzchen, aber Prinzessin Caroline hat den Thron zurückerobert!

Ich drehe mich zu dem Typen um, lächele ihn kokett an, hebe mein halb volles Champagnerglas, und wie erwartet winkt er mich eifrig zu sich.

Ich zögere ein paar Sekunden, schließlich will ich nicht *zu* billig wirken.

Während ich mir einen Weg zu der Männerrunde bahne, sehe ich, wie er einen seiner Freunde bittet, sich in einen anderen Sessel zu setzen, damit der neben ihm frei wird.

Reflexmäßig steht er auf.

„Magst du Champagner?“, fragt er mich mit klingendem Norwegisch.

„Wer mag keinen Champagner?“, antworte ich, weil mir nichts Besseres einfällt.

Er bittet mich, Platz zu nehmen, und setzt sich erst, als ich das getan habe. Seine Freunde nicken mir freundlich zu, bevor sie sich wieder in ihre Gespräche vertiefen. Es scheint abgemachte Sache zu sein, dass die anderen es respektieren, wenn einer von ihnen eine Eroberung gemacht hat.

„Tor-Olav“, stellt der Norweger sich vor und streckt mir die Hand entgegen.

„Caroline“, sage ich.

„Ein fester Händedruck gilt in Norwegen als Zeichen für Selbstbewusstsein.“

„Doppelnamen gelten in Schweden als Zeichen für Tuntigkeit“, kontere ich.

Er lacht.

„Ja, das habe ich gehört. In Schweden sind Doppelnamen nicht so üblich wie in Norwegen. Wir haben doppelt so viel Geld, und wir haben doppelt so viele Namen“, erwidert er.

Der Typ ist nicht auf den Mund gefallen.

„Möchtest du eine Beilage zum Champagner?“, fragt er, während ein Kellner mir gleichzeitig nachschenkt.

„Ich bekomme immer Lust auf Austern und Koks, wenn ich Champagner trinke.“

Diesen Satz hat meine Freundin Stephanie, die vor ein paar Jahren an einer Überdosis gestorben ist, immer gesagt. Es ist das erste Mal, dass ich ihn benutze, und Tor-Olav lacht dröhnend.

„Habt ihr das auf der Karte?“, erkundigt er sich bei der Bedienung.

„Leider weder das eine noch das andere“, antwortet der Kellner, ein älterer Homosexueller, ohne eine Miene zu verziehen.

Tor-Olav angelt etwas aus der Tasche, was wie ein großes Geldbündel aussieht, vermutlich Euroscheine, und flüstert dem Mann etwas zu.

Sie unterhalten sich einen Augenblick, bevor der Kellner geht.

„Die Austern kommen gleich, aber auf das Kokain müssen wir ein bisschen warten“, sagt Tor-Olav.

„Ich habe es nicht eilig“, entgegne ich.

Tor-Olav ruft einen seiner Kumpels zu sich und steckt ihm ein paar Geldscheine zu. Der Mann verschwindet.

Wir stoßen an.

12

Als der Kellner mit einer riesigen Austernplatte erscheint, haben wir uns bestimmt eine halbe Stunde lang unterhalten, gekichert und Champagner in uns reingeschüttet. Ich bin gut drauf und in Topform, leise summe ich die Jazzmelodie mit, die aus den Lautsprechern klingt, obwohl ich eigentlich gar nicht singen kann. Tor-Olav erzählt, dass er im Ölgeschäft tätig ist, und mir wird klar, dass er stinkreich sein muss.

Der Kellner entschuldigt sich, dass er leider nur die kleinsten Fines de Claire auftreiben konnte, aber ich bin beeindruckt, dass er es überhaupt geschafft hat.

Ich nutze die Gelegenheit und bestelle einen Black Velvet, Tor-Olav und der Kellner sehen mich an, als wäre ich verrückt, weil ich einen Whisky verlange. Doch als ich sie darüber aufkläre, dass es sich dabei um eine Mischung aus Champagner und Porter in einem 30:70-Verhältnis handelt, will Tor-Olav auch einen.

Tor-Olav hat nie verstanden, was an Austern so Besonderes ist. Oder *østers*, wie sie auf Norwegisch heißen. Ich bringe ihm bei, Austern zu sagen.

Ich erkläre ihm, dass man gute Austern wie diese hier weder mit einem Spritzer Zitronensaft noch mit einer Vinaigrette aus Schalotten und Rotweinessig oder mit Tabascosauce „verfeinert“ oder was die Leute sonst so auf ihre Austern tun. „Und außerdem muss man die Austern kauen und nicht einfach runterschlucken.“

Ich mache die Augen zu und kaue.

„Es ist ein bisschen so, als würde man sich mit der Ewigkeit verbinden, spürst du das?“, frage ich.

„Jaja“, erwidert er.

Ich weiß nicht, ob er wirklich genießt oder nur so tut.

„Meiner Meinung nach sind Austern das Gold des Meeresbodens, nicht euer Öl. Willst du nicht die Branche wechseln?“, schlage ich vor, während ich mehr und mehr dazu übergehe, Pseudo-Norwegisch zu reden.

Er entgegnet, dass er es sich, wenn er nicht in der Ölbranche tätig wäre, nie leisten könnte, eine Austernplatte in einer Bar zu bestellen, die Austern noch nicht einmal auf der Karte hat.

„Da ist was dran“, pflichte ich ihm bei.

Ich kann nicht genau sagen, warum er mir sympathisch ist. Das Geld ist es nicht, eher diese Selbstsicherheit, die er ausstrahlt. Ich habe schon immer auf Männer gestanden, die wissen, was sie wollen, und es sich nehmen.

Wen interessieren schon Alter und Falten? Er hat schöne blaue Augen, rosige Wangen und sieht einfach verdammt gut aus. Außerdem scheint er die guten Dinge im Leben zu lieben und erinnert mich an einen ehemaligen norwegischen Skifahrer, dessen Namen ich vergessen habe.

Ich weiß nicht, wie viele Black Velvets ich getrunken habe, aber ich spüre ihre Wirkung. Andererseits hätte ich ohne sie gar nicht den Mut, hier zu sitzen. Ich bin fast ein bisschen sauer auf die nüchterne Caroline, die abends zu Hause vor dem Fernseher sitzt und Tee trinkt. Sie verpasst eine ganze Menge. Jetzt passiert endlich was. Wovor hat sie Angst? Dass sie Alkoholikerin wird?

Tor-Olavs Kumpel kommt zurück, ihre Hände treffen sich in einem mysteriösen Handschlag. Ich kann nur raten.

„Caroline ..." Plötzlich wird Tor-Olav ernst. „Willst du mit nach oben auf mein Zimmer kommen?"

„Kriegt man da Koks?"

„Du kriegst, was du willst. Und ich bezahle selbstverständlich."

„Bezahlen? Hältst du mich für eine Prostituierte?"

„Ich weiß nicht, wie ihr das nennt. Aber nur damit du es weißt, ich bezahle gerne. Daran ist nichts Kompromittierendes."

„Macht dich das an oder was?"

Er lacht verlegen und blickt sich um. Seine Freunde sind ganz in ihre Unterhaltung vertieft.

„Nein, nicht im Geringsten. Aber es könnte sein, dass das meine einzige Chance ist, mit jemand anderem als meiner Frau zu schlafen."

„Also bist du verheiratet?"

„Ich habe eine Frau, die mindestens drei Liebhaber hat. Die Dunkelziffer ist hoch. Und ich meine dunkel im wahrsten Sinne des Wortes. Verstehst du? Sie mag große schwarze Männer ... mit allem Drum und Dran."

„Tor-Olav", sage ich feierlich. „Du solltest übrigens deinen Vornamen ändern lassen. Dir sollte klar sein, dass ich auf ältere Männer stehe. Meine Psychologin sagt, das liegt daran, dass ich seit meiner Kindheit von meinem Vater geliebt werden will. Aber weil er Alkoholiker ist, kam ich für ihn nach dem Alkohol immer nur an zweiter Stelle, und seitdem projiziere ich ... Weißt du, was projizieren bedeutet?"

Tor-Olav nickt.

„Ich projiziere also meine Sehnsucht nach meinem Vater auf ältere Männer. Verstehst du?"

„Ich denke schon."

„Wenn dazu auch noch irgendeine Art von Suchtproblem kommt, ist die Sache perfekt!" Ich lache mich halb tot, und auch Tor-Olav lacht.

Es ist das erste Mal, dass ich meine Beziehung zu meinem Vater und anderen Männern auf diese Weise beschreibe, aber es klingt gut. Tor-Olav wiederholt das Wort Suchtproblem und versucht, mein Schwedisch nachzuahmen. Ich frage ihn, wie das Wort auf Norwegisch heißt.

„Wir sagen Rauschproblem, glaube ich."

„Rauschproblem", wiederhole ich mehrmals hintereinander.

Tor-Olav lacht und sagt irgendwas, das ich nicht ganz verstehe. Ich glaube, er meint, dass er für diese Kombination der perfekte Kandidat sei. Ich zwinkere ein paarmal, um ihn mit meinem Blick zu fixieren. Höre ihn sagen, dass ich fantastisch bin.

„Ich habe mich also nicht prostituiert, ich bin projiziert", lalle ich.

„Aber kannst du dir vorstellen, diesen alten Mann – freiwillig, ohne jegliche Transaktion – auf sein Zimmer zu begleiten?"

Ich denke einen Moment nach, bevor ich nicke.

Wir stehen auf, und ich winke dem Kellner und Tor-Olavs Kumpels zum Abschied zu. Als wir zum Fahrstuhl gehen, muss ich mich zusammenreißen, um nicht zu schwanken. Tor-Olav fasst mich fest am Arm, und ich lächele ihn an. Er scheint überhaupt nicht das kleinste bisschen angetrunken zu sein, sondern grüßt routiniert die Angestellte, die den Fahrstuhl für uns ruft. Ich starre auf den Fußboden und höre nicht, worüber sie reden. Glauben jetzt etwa alle hier, dass ich eine Nutte bin? Wir betreten den Fahrstuhl, ich kann nicht erkennen, auf welchen Knopf er drückt, aber mir ist klar, dass wir weit nach oben müssen.

Der Fahrstuhl ist hell erleuchtet und glänzt golden. Es fühlt sich an, als würde er im Zickzack fahren. Es dauert ziemlich lange, und mir wird beinahe schlecht. Tor-Olav redet mit mir, aber ich höre nicht, was er sagt. Ich lächele, das funktioniert immer.

Endlich hält der Fahrstuhl an. Ich registriere, dass wir im zehnten Stock aussteigen, und denke, dass es bestimmt nicht schaden kann, sich das zu merken. Tor-Olav schließt seine Zimmertür auf, als ich hineingehe, schwanke ich und stoße mir die Schulter am Türrahmen.

„Hereingestolpert", murmele ich, doch Tor-Olav lacht nicht. Vielleicht hat er es nicht gehört? Oder er hat es nicht verstanden. Das Zimmer ist riesig. Eine hohe Decke mit Kristallkronleuchtern, grüne, alte Tapeten und eine verschnörkelte Sitzgruppe.

„Rokoko", sage ich, obwohl ich nicht die geringste Ahnung habe.

Der Norweger, dessen Namen ich vergessen habe, macht sich an einer gigantischen Hausbar zu schaffen. Das hier fühlt sich nicht gut an. Ganz und gar nicht gut. Warum bin ich mit ihm aufs Zimmer gegangen? Mir ist schlecht, und ich will nur noch schlafen.

„Was hältst du von einem Glas Mineralwasser?"

Weil ich nicht weiß, was aus meinem Mund kommt, wenn ich versuche zu reden, nicke ich nur. Er lächelt verständnisvoll, als würde er verstehen, dass ich eingesehen habe, dass ich zu viel getrunken habe.

„Setz dich, Caroline“, sagt er und zeigt auf das Sofa.

Ich lasse mich so schwerfällig hineinplumpsen, als würde ich hundertfünfzig Kilo wiegen. Er kommt mit einer Flasche Ramlösa-Wasser und einem Glas und sagt irgendwas, doch ich kann ihn nicht mehr verstehen. Mein Hals ist trocken, und ich habe Durst. Ich will nach der Flasche greifen, fasse aber daneben. Er nimmt meine Hand und führt sie zur Flasche.

„Willst du ein bisschen schlafen?“

„Ja, vielleicht“, murmele ich. „Entschuldige.“

„Kein Problem. Das kann den Besten passieren, wie man auf Schwedisch sagt. Aber ich für meinen Teil, da ich wacher bin als du, werde eine kleine Party veranstalten.“ Er geht ins Badezimmer und kommt mit einem kleinen runden Spiegel zurück, zieht ein kleines Tütchen mit weißem Pulver aus der Hosentasche, schüttet ein bisschen davon auf den Spiegel, nimmt eine Kreditkarte, teilt die Menge und schiebt das Pulver zu geraden Lines zusammen. Er benutzt die Karte wie einen Fensterabzieher, scheint nicht zufrieden zu sein, fängt noch einmal von vorne an und zerteilt das Pulver ein zweites Mal in akkurate Lines. Eine ist schmaler und kürzer, also nimmt er Pulver von den drei anderen, bis alle Lines genau gleich sind. Nachdem er seinen Mittelfinger in den Mund gesteckt hat, fährt er damit über den goldglänzenden Rand der Kreditkarte und reibt ihn sich anschließend über das Zahnfleisch. Dann zieht er einen Geldschein aus der Hosentasche und rollt ihn so fest zusammen, dass er wie ein Strohhalm aussieht. Er richtet das Röhrchen auf mich und sagt auf Schwedisch: „Die Dame zuerst!"

Ich seufze. Trinke einen Schluck Wasser. Stelle das Glas weg. Beuge mich vor und nehme seinen aufgerollten Geldschein in die Hand. Mein Oberkörper schwankt vor und zurück. Ich atme tief ein, beuge mich über den Spiegel und visiere die Line ganz rechts an. Das letzte Mal habe ich in London gekokst, das ist Jahre her. Aber vermutlich ist es so wie Fahrradfahren.

Mit dem linken Zeigefinger halte ich mir das linke Nasenloch zu, während ich gleichzeitig das eine Ende des Geldscheins in mein rechtes Nasenloch stecke. Ich muss mich extrem anstrengen, um zu treffen. Beim Sniffen sehe ich zu, wie die Line im Schein verschwindet. Ich spüre ein Brennen in der Nase. Zurückgelehnt schniefe ich das Koks in mich hinein. Ich bekomme ein bisschen was in den Rachen und muss schlucken, um es nicht auszuhusten. Nichts schmeckt so wie das hier. Ich ziehe ein zweites Mal, diesmal mit dem anderen Nasenloch. Anschließend befeuchte ich meinen rechten Mittelfinger, fahre damit über meine Seite des Spiegels und dann über mein Zahnfleisch, das auf der Stelle taub wird. Ich bin keine Expertin auf dem Gebiet, aber soweit ich weiß, ist das ein Zeichen dafür, dass der Stoff gut ist. Ohne ein Wort und ohne zu lächeln gebe ich ihm den Schein. Er nimmt ihn entgegen und wiederholt meine Prozedur. Hastig atmet er durch die Nase ein, um so viel Pulver wie möglich zu inhalieren.

13

Im ersten Moment wundere ich mich über den merkwürdigen Weckton meines Handys, doch dann wird mir klar, dass Tor-Olav neben mir liegt und schnarcht.

Es ist 10:27 Uhr, ich springe aus dem Bett. Wie soll ich es in dreiunddreißig Minuten ins Lidingö-Zentrum schaffen? Ich taumele durch die Suite und suche nach meinen Sachen. Schuhe und Jacke liegen unter dem Couchtisch. Meine Strumpfhose finde ich auf dem Sofa, wo er mich zum ersten Mal genommen hat. Als ich mich hinunterbeuge, wird mir schwarz vor Augen. Mein Körper ist steif und wund. Ich bin immer noch betrunken und fühle mich vollkommen zerschlagen. Beim Pinkeln spüre ich ein Brennen. Mein BH und meine Bluse liegen in der Badewanne.

Ich ziehe mich an, obwohl ich meinen Slip nirgendwo entdecken kann. Den kann er als Andenken behalten.

Seine Kleidung ist ebenfalls über die ganze Suite verstreut, und überall liegen leere Champagnerflaschen. Der Spiegel auf dem Couchtisch ist mit Fingerabdrücken von gierigen Kokain-Mittelfingern übersät, in dem Tütchen daneben ist noch ein kleiner Rest Pulver. Ich lasse es liegen. Auch wenn es ihm nichts ausmachen würde, will ich ihn nicht beklauen. Außerdem werde ich nie wieder Drogen nehmen.

Tor-Olav liegt nackt im Bett und schnarcht.

Was habe ich getan?

Ein alter, faltiger Norweger, der Prostituierte vögelt. Was habe ich mir nur dabei gedacht?

Bilder vom gestrigen Abend ziehen auf meiner Netzhaut vorbei.

Ich frage mich, ob wohl alle Hotelgäste wissen, dass ich diejenige war, die heute Nacht im zehnten Stock auf einem Balkon gestanden und beim Orgasmus so laut geschrien hat, dass es bis zu dem großen erleuchteten Gebäude auf der anderen Uferseite zu hören gewesen sein muss?

Ich öffne die Zimmertür und gehe in den Flur hinaus. Schlagartig habe ich das Gefühl, als würde mir die Realität die Kehle zudrücken.

Ein Ölstaat für eine Sonnenbrille.

Ich nehme eigentlich nie ein Taxi, aber heute habe ich keine andere Wahl, wenn ich nicht zu spät kommen will. Und wenn ich mir doch mal ein Taxi leiste, sitze ich niemals vorne, diesmal bleibt mir allerdings nichts anderes übrig, ich brauche den Spiegel in der Sonnenblende. Mit zitternden Fingern verteile ich Rouge und Mascara dort, wo sie hinsollen.

Ich wünsche mir, dass es eine Möglichkeit gäbe, sich auch *in* den Augen zu schminken, denn meine sind total gerötet. Mehrfach kontrolliere ich, dass kein weißes Pulver um meine Nase herum zu sehen ist. Wie viel Kokain passt eigentlich in so ein kleines, schmales Näschen wie meins?

Die schlimmsten Zotteln in meinem dicken dunklen Haar entwirre ich mit den Händen. Das Ergebnis ist nicht gerade überwältigend.

Der Taxifahrer reicht mir eine Kaugummipackung.

„Finden Sie, dass das nötig ist?“, frage ich lächelnd, nehme aber dankbar ein Kaugummi.

Der Taxifahrer ist ziemlich groß und sieht persisch aus. Er schüttelt den Kopf.

„Entschuldigung, nicht sprechen ... schlechter Tag.“

Da kann ich ihm nur zustimmen und halte meinen Mund.

Draußen ist es hell, die Sonne scheint von einem knallblauen Himmel. Die Leute gehen ihren Beschäftigungen nach, als wäre es ein ganz normaler Tag. Als wäre nichts geschehen. Ich frage mich, wie viele von ihnen vor ein paar Stunden high wie ein Wolkenkratzer waren und bei einem superheißen Vorspiel ihren nackten Hintern am nackten Hintern eines Unbekannten gerieben haben.

Tor-Olav hat mich, bevor wir uns die Kleider vom Leib gerissen haben – noch bevor überhaupt feststand, dass wir Sex haben würden –, darüber informiert, dass er einen extrem kleinen pikk hat, wie die Norweger sagen. Als Jugendlicher hatte er deswegen Komplexe, bis er verstanden hat, dass er dieses Manko mit etwas anderem kompensieren kann. „Ich bin der Vorspiel-König Tor-Olav!“

Bis heute Nacht war ich der festen Überzeugung, dass Mehrfachorgasmen nur in der Fantasie existieren.

Tor-Olav ist nur einmal gekommen, doch er hat immer wieder beteuert, dass es ihm mindestens ebenso viel Genuss bereite, wenn ich zum Höhepunkt komme. Das hat noch nie ein Typ zu mir gesagt.

Wir überqueren die Lidingö-Brücke, die große Insel badet in Sonnenlicht. Ich sehe ein paar kleinere Boote auf dem Wasser, die ihre letzte Chance in dieser Saison nutzen, und eine Silja-Line-Fähre, die auf dem Weg in den Hafen ist.

Ich schiele auf die Uhr. Sechs Minuten vor elf, ich werde es gerade noch schaffen. Das Kaugummi ist mein Retter.

Meine Psychologin Agneta hat gesagt, dass mein selbstzerstörerisches Verhalten zunimmt, je schlechter ich mich fühle.

Wie schlecht geht es mir eigentlich? Wenn ich mich mit HIV infiziert habe, geschieht mir das nur recht. Wenn ich keine Virostatika nehme, werde ich wohl innerhalb von ein paar Monaten hinüber sein, das ist nur fair.

Schließlich habe ich dieser Welt nichts zu bieten. Ich bin eine verdammte Versagerin. Auf der ganzen Linie.

Als ich in den Laden komme, fängt Ralf mich in der Obst- und Gemüseabteilung ab.

„Bist du gestern gut nach Hause gekommen?“, fragt er leise, nachdem er sich vergewissert hat, dass uns niemand hören kann.

„Na klar. Danke. Es war nett. Wir unterhalten uns später, ich muss …“, stammele ich und hoffe, dass ihm nicht auffällt, dass ich dieselben Sachen anhabe wie gestern.

Er nickt und packt weiter Äpfel aus, ich gehe durch den Laden in den Personalraum und ziehe mich um.

Ich habe absolut keine Ahnung, wie ich jetzt zehn Stunden am Stück arbeiten soll.

14

Eine Stunde lang konnte ich hinter der Fleischtheke herumwirtschaften und den Anschein erwecken, als würde ich arbeiten, bevor Daniella auf der Bildfläche erschien.

„Carro!“, mehr brauchte sie nicht zu sagen.

„Wie geht es dir?“

„Gut.“

Sie baute sich dicht vor mir auf.

„Du stinkst nach Alkohol, Caroline.“

Ich konterte nicht mit „und du stinkst nach verschwendeten Stunden“, sondern erwiderte, dass es gestern ein bisschen spät geworden sei.

„Du meinst wohl eher heute Morgen.“

Daniella schickte mich ins Lager, wo ich eine Weile planlos herumfuhrwerkte, bevor ich nach Hause ging und neunzehn Stunden lang schlief.

Das Gefährliche an Kokain – abgesehen davon, dass man abhängig werden und im Rausch dumme Sachen machen kann –, ist wohl, dass man so viel Alkohol trinkt. Wenn man high ist, verträgt man viel mehr. Ab der ersten Line dauerte es nur ein paar Minuten, dann war ich stocknüchtern, glücklich, hatte Champagnerdurst und war heiß. Scheiße, was für eine Droge. In dem Moment, in dem mir ein wohliger Schauer über den Rücken lief und sich meine Nackenhaare aufstellten, schlüpfte ich aus meinem Angstkokon und stieg mit den Vögeln in eine magische Fantasiewelt empor.

Jetzt liege ich auf Papas altem Sofa, das früher bei uns im Möjavägen stand. Es ist so ziemlich das Einzige, was er mitgenommen hat, als meine Mutter ihn mit dem Kopf voran aus dem Haus geschmissen hat, nachdem er mit einigen Promille zu viel am Steuer erwischt wurde und seine Trinkerei ans Tageslicht kam.

Mein Vater ist damit beschäftigt, Holzkisten aus dem Flur nach draußen zu tragen, die im Flur gestanden haben. Dabei helfen ihm ein paar Russen, mit denen er sich in gebrochenem Englisch verständigt. Sie drücken ihm einige Fünfhundert-Kronen-Scheine in die Hand, doch ich kann nicht erkennen, wie viele es sind.

Es kommt häufiger vor, dass bei meinem Vater Leute ein und aus gehen. Ständig tauchen Nachbarn mit irgendwelchen Essensresten auf, die Papa in seinen Fonds verarbeitet. „Hühnerknochen sind das Gold von morgen", pflegt er immer zu sagen.

Doch diese Typen sehen aus, als würden sie es mit dem Gesetz nicht ganz so genau nehmen.

Ich habe beschlossen, nicht beim Raub des Fleischtransporters mitzumachen. Aber falls ich es wider Erwarten doch tun sollte, frage ich mich, ob mein Vater uns dabei helfen könnte, die Ware zu verticken. Schließlich scheint er überall Verbindungen und Kontakte zu haben.

Als die Russen verschwunden sind, sage ich: „Darf man fragen, worum es da gerade gegangen ist?"

Papa antwortet auf Englisch mit russischem Akzent: „Ask me no questions and I tell you no lies."

Wir grinsen uns an. Er fragt, ob ich einen Wodka Tonic haben möchte.

„Nein, danke“, erwidere ich so neutral wie möglich. Ich will nicht den Moralapostel spielen und ihm vorhalten, dass ich es unmöglich finde, an einem Wochentag vor zwölf Uhr mittags Alkohol zu trinken. Das ist seine Sache. Trotzdem spüre ich einen Kloß im Hals.

Wenn es eine Fernsehshow mit dem Titel *Du bist, was du trinkst* gäbe und man Papas gesammelte tschechische Dosenbiere, seinen selbst gemachten Kirschwein, seine Wodka Tonics und alle anderen alkoholischen Getränke in 0,75-l-Flaschen umrechnen würde, kämen mit Sicherheit zehn, zwölf Stück zusammen, die seinem Wochenkonsum entsprechen.

Ich habe ihn zwei Mal gefragt, was passieren würde, wenn er mit dem Trinken aufhörte. Beim ersten Mal war ich noch ein Kind. Damals hat er mich angelogen und beteuert, er könnte aufhören, wann er wollte. Als ob. Seit er fünfzehn war, gab es nur einen einzigen Monat, in dem er komplett nüchtern war, und da hat er wegen Trunkenheit am Steuer im Knast gesessen. Das zweite Mal ist erst ein paar Jahre her. Da lautete seine Antwort, dass es ihm schwerfallen würde, weil er meistens mit Alkohol koche und es die Sache verkomplizieren würde, wenn er nie probieren könnte.

Müssen eigentlich alle süchtigen und abhängigen Menschen lügen und mit fadenscheinigen Ausreden kommen? Gibt es dafür eine Regel? Und warum ist das so? Bin ich abhängig? Wer geht mit fünfzigjährigen norwegischen Oligarchen aufs Hotelzimmer, trinkt fünf Flaschen Champagner, zieht sich mindestens ein Gramm Koks durch die Nase und lässt sich eine ganze Nacht lang durchvögeln? Jedenfalls niemand, den ich kenne.

Ich bin jetzt fünfundzwanzig, ich kann nicht ewig gegen die Welt der Erwachsenen rebellieren.

Ich muss erwachsen werden. Mir eine richtige Arbeit suchen. Eine Ausbildung machen. Plötzlich klinge ich wie meine Mutter. Ist das Erwachsenwerden? Was bin ich doch für eine Versagerin.

Ich spüre, dass es Papa unangenehm ist, wenn ich nicht mit ihm trinke. Er geht in die Küche. Ich höre, wie er sich ein Glas einschenkt und es austrinkt. Als er wiederkommt, denkt er wahrscheinlich, ich würde nicht kapieren, dass er ein neues Glas in der Hand hält.

„Willst du raten?", fragt er, und ich weiß, worauf er hinauswill. Unser Lieblingsspiel, das wir spielen, seit ich klein war. Ich soll raten, welche Zutaten in seinem Fond sind.

Ich stehe auf und gehe in die Küche. Auf dem Herd stehen zwei riesige Töpfe. Ich hebe einen Deckel hoch, mache die Augen zu und versuche, die Düfte zu sortieren.

„Wie lange steht er schon?"

„You tell me."

„Zwölf Stunden?"

„Ungefähr."

Er nimmt in der Regel Wurzelgemüse, Früchte, Kräuter, Innereien und Fleischreste, bedeckt alles mit Wasser, lässt das Ganze aufkochen und anschließend bei niedriger Hitze etwa einen Tag lang vor sich hin köcheln. Dann hat die Flüssigkeit den Zutaten sämtlichen Geschmack entzogen, sodass man zwischen einer Mohrrübe und einer Kalbsniere kaum noch einen Unterschied schmeckt. Er kippt alles durch ein Sieb und kocht die Flüssigkeit ein, bis sie nur noch eine dickflüssige, zähe Masse ist. Von ursprünglich dreißig Litern ist am Ende vielleicht nur noch ein Liter übrig. Wenn der Fond fertig ist, friert er ihn ein und verkauft ihn für teures Geld an Gaststätten und Restaurants. Mit einem Teelöffel von Papas Fonds kann jeder Dilettant eine Sauce zaubern.

Ich konzentriere mich. Als ich klein war, musste ich alle Zutaten identifizieren, doch mittlerweile brauche ich so selbstverständliche Basics wie Zwiebeln, Knoblauch, Petersilie, Lorbeerblätter und Mohrrüben nicht mehr aufzuzählen.

„Das ist Lamm, ganz eindeutig“, sage ich nach ein paar Sekunden Bedenkzeit.

„Richtig. Fang mit dem Offensichtlichen an. Aber da ist noch eine zweite Basis.“

„Huhn?“

„Truthahn, aber ich kann verstehen, wie du darauf kommst. Was ist mit den Innereien?“

„Die sind schon schwieriger ... Ich glaube, es ist ein ziemlich hoher Schweineanteil“, sage ich nach kurzem Zögern.

„Mindestens drei Schweineherzen, nicht schlecht, Caroline!“

„Gepökelter Schweinebauch vielleicht?“

„Nein.“

„Pilze?“

„Welche?“

„Dazu muss man schon Experte sein, aber ich tippe auf Pfifferlinge.“

„Richtig. Was gibt die Süße?“

Ich möchte die Augen öffnen, mache es aber nicht.

„Äpfel?"

„Denk an die Jahreszeit."

„Birnen?"

„Richtig."

„Pflaumen?"

„Du bist genial. Du hast den Test mit Auszeichnung bestanden."

Ich mache die Augen auf, und Papa erzählt, dass er den Fond mit Thymian, ein paar Nektarinenkernen, Entenknochen und Schweineleber verfeinert hat.

„Und was haben wir hier? Ist das nicht ein Apfel?", sage ich und fische mit dem Schaumlöffel etwas Weißes und Labbriges aus dem Topf.

„Ach ja. Das kleine Mädchen von nebenan hat mir heute Morgen ein Kerngehäuse vorbeigebracht. Bravo!"

Dann soll ich die Zutaten im anderen Topf erraten. Ich sage ihm die Wahrheit, dass ich nicht mehr kann.

Im Wohnzimmer lege ich mich wieder aufs Sofa. Denke darüber nach, was mein Vater wohl auf folgende Frage antworten würde: „Was würdest du lieber machen, Papa: mit deinen Kumpels einen ganzen Tag lang trinken oder Zeit mit mir verbringen und nüchtern sein?"

Ich frage ihn nicht. Stattdessen mache ich die Augen zu und drehe mich auf dem zerschlissenen Sofa zur Rückenlehne. Die Polster riechen nach einer Mischung aus Zigarettenrauch und Kinderkotze.

15

Wir gehen über einen typischen Vorstadtplatz. Das Einzige, was zu hören ist, sind unsere Schritte, das Quietschen der U-Bahn auf den Schienen und Hannes, der irgendeine Melodie vor sich hin summt, die ich nicht erkenne.

Bente, Hannes und ich waren schwimmen. Als wir anschließend in der Sauna saßen, hat Bente mich zum Mittagessen eingeladen, aber bei ihr zu Hause, weil Hannes schlafen muss. Wahrscheinlich kann sie es sich auch gar nicht leisten, in der Stadt essen zu gehen. Mir macht das nichts aus.

Während der U-Bahn-Fahrt nach Bagarmossen hatten wir viel Spaß und haben uns wie alte Freundinnen unterhalten, doch jetzt sagen wir kein Wort.

Seit der Episode im Grand Hôtel ist eine Woche vergangen, und die schlimmste Angst hat sich gelegt.

Ich habe jeden Tag gearbeitet und muss mir die guten Dinge in Erinnerung rufen. Ich habe meine Lieblingsstammkunden, die mich mögen, weil ich ihnen erkläre, wie sie die Lebensmittel zubereiten müssen, und ich mag meine Kollegen.

Die Idee, mit Ralf unseren Arbeitgeber zu beklauen, fühlt sich total unwirklich an. Für ein paar Hunderttausend mehrere Jahre Knast inklusive totaler Demütigung riskieren? Ralf setzt mich nicht unter Druck, aber als er neulich im Schneeregen nach draußen abkommandiert wurde, um Einkaufswagen einzusammeln, hat er die Arme gehoben, als wollte er sagen: „Sieh doch selbst, so kann es nicht mehr weitergehen." Und dann hat er mit den Lippen die Worte „Carolines Tapas" geformt.

Aber ich will ein neues, geordneteres Leben beginnen. Ich denke ernsthaft darüber nach zu studieren. Ich denke langfristig. Gestern habe ich Steinbutt gegessen und Limettenwasser getrunken. Das war unglaublich lecker. Man muss zum Essen keinen Alkohol trinken, nicht einmal in der Sauce war Alkohol, und sie schmeckte trotzdem gut.

Und außerdem will ich nicht wie Ralf in einer Delikatessenabteilung verschimmeln und mit sechzig vor der Wahl stehen, entweder einen Fleischtransporter zu überfallen oder mir das Leben zu nehmen. Die Frage ist nur: Was soll ich studieren?

Wir stehen vor Bentes und Hannes' Haustür. Hannes summt immer lauter.

„Was für ein Lied singst du da, Hannes?", frage ich ihn.

Hannes verstummt so plötzlich, als hätte ich ihn bei irgendetwas ertappt. Er sieht Bente an und macht diese Bewegung mit dem Nacken.

„Kalle Theodor aus Pippi Langstrumpf", erklärt Bente. „Das summt er immer vor sich hin, wenn er müde ist, damit ich es ihm vorsinge. Stimmt's, Goldschatz? Wenn wir zu Hause sind, singen wir das Lied von Kalle Theodor und schlafen."

„Mhm", macht Hannes.

„Mittlerweile kann ich das Lied", sagt Bente, während sie die Wohnungstür aufschließt.

„Du kannst das Lied schon lange, Mama", korrigiert Hannes.

„Du hast recht, Hannes. Ich habe mich falsch ausgedrückt. Ich kann das Lied schon sehr lange."

Bente muss mich nicht ansehen, damit ich verstehe. Kinder verstehen keine Ironie, von autistischen Kindern ganz zu schweigen.

Als wir die Wohnung betreten, verschwindet Hannes sofort in seinem Zimmer.

Die beiden wohnen in einer in den Achtzigern renovierten Sechzigerjahre-Wohnung, die Bente gemütlich eingerichtet hat. Wir machen einen schnellen Rundgang. Es ist eine Zwei-Zimmer-Wohnung, und Hannes hat ein eigenes großes Zimmer. An allen Schränken und Schubladen kleben Zettel mit Zeichnungen, die veranschaulichen, was drin ist.

Bente schläft in einem Schrankbett im Wohnzimmer. Sie sagt, dass sie damit nicht unbedingt ein Opfer bringt. „Ich gehe schließlich ab und zu aus, und manchmal panikrauche ich nachts, um meine Ängste abzubauen, da ist die Nähe zum Balkon ganz praktisch."

An der Art, wie sie das Wort „panikrauchen" verwendet, ist nichts Aufgesetztes. Als wäre es völlig normal und etwas, das alle Erwachsenen machen.

Bente geht in Hannes' Zimmer und schließt die Tür hinter sich.

Ich gehe aufs Klo. An der Wand neben der Toilette hängt eine Bilderfolge mit witzigen Strichmännchen, die erklärt, wie man auf die Toilette geht. Unter jedem Bild steht, was man tun muss.

1. Hose runterziehen

2. Pipi oder Aa machen

3. *Abputzen*
4. *Spülen*
5. *Hose hochziehen*
6. *Hände waschen*
7. *Hände abtrocknen*

Irgendetwas an diesen Bildern macht, dass sich die Härchen an meinen Armen aufstellen und meine Augen anfangen zu brennen.

Ich mache alles so, wie es da steht, anschließend gehe ich in die Küche und packe die Einkäufe aus. Wir haben beschlossen, dass es Omelett geben soll, und zum ersten Mal seit Langem habe ich Lust zu kochen.

Im Kühlschrank entdecke ich ein paar gekochte Kartoffeln und beschließe, eine Tortilla zu machen. Ein Gericht, das auf der Speisekarte von Carolines Tapas auf keinen Fall fehlen darf. Mit einem stumpfen Messer hacke ich Schalotten und Knoblauch klein. In einem der Schränke finde ich eine gusseiserne Pfanne. Ich stelle Tortilla zum Schluss gern in den Backofen, eine gusseiserne Pfanne ist also genau richtig. Sie scheint lange nicht benutzt worden zu sein. Ich brate Zwiebeln und Knoblauch auf niedriger Stufe an. Wenn ich mehr Zeit hätte, würde ich sie bei schwacher Hitze eine halbe Stunde dünsten, bis sie nur noch eine breiige Masse sind und ihr bitterer Geschmack verflogen ist. Aber heute muss es schneller gehen, also brate ich Zwiebeln und Knoblauch auf etwas höherer Stufe an und rühre ab und zu um. In der Zwischenzeit schneide ich die Kartoffeln in dünne Scheiben. Ich weiß nicht, um was für eine Sorte es sich handelt, aber sie sind fest und nur ein kleines bisschen zu lange gekocht – was kein Problem ist. Ich gebe die Kartoffelscheiben zu den Zwiebeln und verrühre alles. Dann verquirle ich sechs Eier und mische geriebenen Käse unter. Parmesan war das Einzige, was Bente nicht kaufen wollte. Wir haben eine günstigere Alternative genommen.

Ich fülle die Eier- und Käsemischung in die gusseiserne Pfanne und stelle sie bei hundertfünfzig Grad in den Ofen. Eines der ersten Dinge, die ich von meinem Vater gelernt habe, war, dass man Eier nicht bei hoher Hitze zubereiten soll, egal, ob man sie kocht, brät oder pochiert.

Ich brate gepökelten Schweinebauch an. Am liebsten hätte ich Pancetta oder Schweinebacke genommen, aber das hatten sie hier im Supermarkt nicht. Dann mache ich einen Tomatensalat und Vinaigrette. Das Öl ist von der hauseigenen Marke der Supermarktkette und schmeckt nach Plastik. Aber wenn man ein paar Zitronenspritzer dazugibt, kann man es essen. Den Bauchspeck und das gute Bratfett gebe ich in die Tortillamasse, die langsam stockt.

Bente kommt genau in dem Augenblick in die Küche, als das Essen fertig ist.

„Gott, wie gut das riecht! Kannst du nicht als Au-pair bei uns anfangen?“

„Gerne“, antworte ich, und wir kichern, setzen uns und fangen an zu essen.

„Aber … das ist doch kein Omelett“, sagt Bente, nachdem sie einen Bissen probiert hat. Sie sieht aus, als hätte sie ein Insekt verschluckt.

„Nein, das ist Tortilla. Ich habe ein paar gekochte Kartoffeln im Kühlschrank gefunden. Ich hoffe, das ist –“

„Kein Problem", unterbricht sie mich. „Das ist nicht einfach nur lecker, das ist himmlisch!"

„Schön, dass es dir schmeckt …", erwidere ich verlegen.

„Also, das ist …" Bente hält ein Stück der cremigen, dampfenden, Fäden ziehenden Tortilla hoch. „Das ist … Bist du ein Genie?"

Ich weiß nicht, was ich darauf erwidern soll.

Bente isst gierig. Zwischen den Bissen überhäuft sie mich mit Komplimenten und fragt mich, wie ich ein solches Kunststück zustande bringe. Ich versuche, es zu erklären. Es freut mich, dass es ihr schmeckt, aber noch mehr freut es mich, dass mir das Kochen Spaß gemacht hat.

Bente erzählt, Hannes sei nach den langen Schwimm- und Saunavormittagen immer so müde, dass er zwei Stunden schlafe, wenn sie nach Hause kommen.

„Dann habe ich Zeit für mich. Meistens schlafe ich auch oder putze. Aber es kommt auch vor, dass ich einfach nur lese."

„Bekommst du denn keine Entlastung?", frage ich.

„Entlastung?", Bente fängt an zu lachen. „Entschuldige, aber ich hasse dieses Wort."

Sie sieht schweigend aus dem Fenster.

„Ich habe meine Mutter, aber du kennst das ja … Sie wird langsam alt und … Weißt du, was eine Tageseinrichtung ist?"

„Nein."

„Die soll einen *entlasten*. Hannes ist da mal hingegangen. In die Eule. Ein wunderbares Haus mit einem fantastischen Leiter. Man hat gemerkt, dass er mit Herz und Seele dabei war. Hannes hat es geliebt, dort zu sein. Er hat sogar ohne Probleme zwei Mal die Woche in der Eule übernachtet. Ich hatte ein Leben. Dann hat der Stadtteilbeirat beschlossen, dass Konkurrenz nicht schaden kann, und hat eine Ausschreibung veranstaltet, die ein Unternehmen namens Attendo gewonnen hat. Am Informationsabend haben wir Eltern gefragt, warum man eine funktionierende Einrichtung einfach so schließt. Die Antwort lautete natürlich: ‚Zur Qualitätssteigerung!' Nur ein paar Monate später hatten sämtliche Angestellten gekündigt, weil die Arbeitsbedingungen zu schlecht waren. Miese Dienstpläne und geringere Zulagen für Nachtarbeit oder Sonn- und Feiertagsschichten. Stattdessen wurden Leute angestellt, die keine Ahnung hatten, was sie eigentlich tun sollten, die dachten, die Kinder könnten wie ganz normale Kinder Blinde Kuh spielen. Hannes hasst Blinde Kuh. Das ist für ihn kein Spiel – mit verbundenen Augen hinter anderen Kindern herzurennen ist die reinste Tortur. Ich kann ihre Beweggründe verstehen, aber der Glaube, dass wir die, die anders sind, dadurch *integrieren*, dass sie andere Kinder imitieren, damit sie zum Kindergeburtstag gehen können und sich wie alle anderen verhalten, ist überholt. So funktioniert es nicht. Hannes funktioniert auf gar keinen Fall so. Ich habe ihn dann da nicht mehr hingeschickt."

Bente verstummt und schweigt. Ich würde sie so gerne trösten oder sie in den Arm nehmen. Aber ich sitze nur wie gelähmt da.

„Wusstest du, dass fünfundachtzig Prozent aller alleinerziehenden Mütter von autistischen Kindern anfangen zu trinken oder an Depressionen leiden? Oder beides gleichzeitig?"

„Nein, das wusste ich nicht“, sage ich leise.

„Ich habe mich lange über diese Statistik lustig gemacht, aber jetzt … Neulich habe ich abends vier Gläser Wein getrunken, nur um einschlafen zu können. Anders konnte ich einfach nicht abschalten. Und genau so hat es bei diesen fünfundachtzig Prozent bestimmt auch angefangen. Aber ich will dir nicht die Ohren vollheulen! Entschuldige.“

Bente steht auf und fängt an, den Tisch abzuräumen. Ich kann mich immer noch nicht bewegen.

„Eins noch, dann höre ich auf, versprochen.“

„Kein Problem.“

„Doch, es ist ein Problem. Ich kann verbitterte Menschen nicht leiden, die sich immer nur beklagen. Und uns geht es ja auch gut. Aber weißt du, was GUD ist?“

„Nicht genau.“

„Hannes gehört zum Personenkreis 1 – ich weiß, das klingt wie ein Theaterstück von Lars Norén, und in gewisser Hinsicht passt das auch – und fällt damit unter das sogenannte GUD, das Gesetz über Unterstützung und Dienstleistungen für Menschen mit bestimmten körperlichen Beeinträchtigungen. Früher hatte ich eine kompetente Sachbearbeiterin, die Hannes den Platz in der Eule vermittelt hat. Aber jetzt ist sie im Mutterschutz, und ich habe eine andere Sachbearbeiterin zugewiesen bekommen. Die Frau ist eine solche …“ Bente seufzt und fährt sich mit den Händen über das Gesicht.

„Fotze?“

Bente nimmt die Hände aus ihrem Gesicht und sieht mich an.

„Ich habe keine Ahnung, was das Wort bedeutet“, sagt sie grinsend. „Aber diese Frau ist eine extrem nervtötende und irritierende Vertreterin des weiblichen Geschlechts.“

„Ich verstehe.“

Wir lachen, und plötzlich steht Hannes in der Tür.

„Hallo, Hannes“, sage ich und lächele ihn an.

Er blickt mir zum ersten Mal direkt in die Augen, und für ein paar Sekunden macht er keine einzige Bewegung mit dem Nacken.

„Wollen wir Mastermind spielen?“, fragt er.

„Klar“, stimme ich zu.

„Hannes ist bei Mastermind nicht zu schlagen“, sagt Bente und nimmt eine Tüte Pommes aus dem Eisfach des Kühlschranks.

Irgendwann würde ich Hannes gerne etwas anderes als Tiefkühlpommes unterjubeln, aber ich weiß nicht genau, was.

Wir spielen fünf, sechs Runden, und ich verliere jedes Mal haushoch. Hannes ist extrem gut darin, den Farbcode herauszufinden, und einmal korrigiert er mich, weil ich meine Stifte anscheinend falsch gesetzt habe.

Natürlich habe ich das.

16

Ich liege in meinem siebenunddreißig Quadratmeter großen Apartment in der Alströmergatan auf meinem Bettsofa und starre an die Decke, an der sich die ersten Risse bilden. An Schlaf ist nicht zu denken. Ich stehe auf und stelle mich in den kleinen Erker, von dem ich aus dem fünften Stock auf die Straße blicken kann. Draußen ist es dunkel, und die Stadt schläft. Eigentlich will ich an die frische Luft und auf dem Balkon panikrauchen. Aber es sind mindestens zehn Grad unter null, und so große Panik habe ich dann doch nicht.

Ich gehe durch mein kleines Esszimmer in die Kochecke und setze Teewasser auf. Am liebsten würde ich auf den Zapfhahn meiner Rotwein-Bag-in-Box drücken, doch ich beherrsche mich. Eine neue Zeit ist angebrochen.

Ich muss an all das denken, was Bente mir erzählt hat, und wie einsam sie ist. Ich weiß nicht genau, warum Hannes und Bente diese Wirkung auf mich haben, aber in ihrer Gegenwart kann ich mich entspannen, ich selbst sein. Diesen Ausdruck konnte ich noch nie leiden. Was soll das heißen: „Ich selbst sein"? Als würde es nur ein wahres Selbst geben. Hat man nicht tausend verschiedene Selbsts? Wie auch immer, bei den beiden fühle ich mich jedenfalls geborgen.

Meine Mutter muss auch furchtbar einsam gewesen sein. Doch sie hat es selbst so gewollt. Sie hat Papa rausgeschmissen und sich geweigert, irgendeine Hilfe anzunehmen. Und das eine Mal, als sie es getan hat, ist Sebastian gestorben.

Ich kümmere mich nicht um die großen Gesellschaftsfragen. Aber Bente tut das ganz sicher. Und Ralf, der der Meinung ist, dass wir in einer „sich an Toplisten aufgeilenden Klick-Gesellschaft“ leben.

Ich sage das einige Male laut vor mich hin. Es klingt lustig, und ich verstehe genau, was er meint. Allerdings ist es schon traurig, dass wir in einer Gesellschaft leben, die sowohl mittel- als auch geistlos ist.

Ich bin keine Kommunistin, aber könnte man die Unterschiede nicht ein bisschen ausgleichen? Damit reiche Konzerne wie Maxfood etwas weniger kriegen und arme alleinerziehende Mütter mit autistischen Kindern wie Bente etwas mehr?

Vielleicht sollte ich Politikerin werden und das in die Wege leiten, aber wenn man nur ein paar Kurse Gemeinschaftskunde auf Gymnasium-Niveau vorzuweisen hat, ist das bestimmt nicht gerade leicht. Außerdem kann ich Menschen, die lügen, nicht ausstehen.

Was habe ich für eine Alternative?

Ich werde zu Robyn Hood.

Der Gedanke lässt mich einfach nicht los.

Ernsthaft. Ich bin eine Überlebenskünstlerin, die ihre eigenen Wege im Leben findet, keine Kriminelle, die einen Millionen-Raub plant und mehrere Jahre Gefängnis riskiert. Oder bin ich das doch?

Die Gedanken fahren in meinem Kopf Karussell. Ich würde Bente so gerne helfen. Schließlich helfe ich auch Svetlana und den anderen Obdachlosen im Zentrum. Ab und zu gebe ich ihnen ein Zehn-Kronen-Stück, schenke ihnen einen Kaffee oder ein Lächeln. Ich weiß nicht, was ich mehr tun könnte. Das Problem ist irgendwie zu groß. Und daran, dass die Menschheit dabei ist, sich die Kehle durchzuschneiden, wie Ralf es ausdrückt, kann ich auch nichts ändern. Aber für Bente könnte ich einen Unterschied machen. *Falls* Ralf und ich einen Fleischtransporter ausrauben. *Falls* alles klappt. *Falls* dabei eine Viertelmillion für mich herausspringt, könnte ich mir das andere Viertel von der Bank leihen, mein kleines Restaurant eröffnen und Bente mit besonderen Bedingungen für Autisten-Mütter im Vertrag einstellen.

Carolines Tapas. Finanziert von Robyn Hood.

Das könnte fantastisch werden.

17

Ich jogge den Möjavägen entlang und schiebe Sebastians Rollstuhl vor mir her. Ich laufe, so schnell ich kann, und Sebastian johlt vor Begeisterung. „Schneller, schneller!“, ruft er. „Schneller, Caroline!“

Es ist unglaublich, wie gut er sprechen kann, seit er zurückgekommen ist. Bald wird er auch den Rollstuhl nicht mehr brauchen. Ich kann mich nicht erinnern, wo er war, aber das spielt auch keine Rolle, ich bin einfach nur überglücklich, dass er nicht tot ist. Kaum zu glauben, dass man zerebrale Bewegungsstörungen heutzutage heilen kann.

Es ist Frühling, der Himmel ist unendlich weit, und ich komme nicht das kleinste bisschen aus der Puste. Ich laufe immer weiter. Sebastian hört nicht auf zu lachen. Ich bleibe stehen, um ihn zu umarmen, gehe vor ihm in die Hocke und lege meinen Kopf in seinen Schoß. Aber da ist kein Schoß. Da ist nur ein harter Stuhl, und ich bekomme Nackenschmerzen, als ich meinen Kopf auf den Sitz lege. Wo ist er hin? Mein Nacken tut weh. Habe ich nur geträumt, dass er bei mir ist? Ich schaue mich um. Es war ein Traum. Ich liege im Wohnzimmer auf dem Fußboden.

Ralf hat den ganzen Tag versucht, meinen Blick auf sich zu lenken, doch ich habe ihn ignoriert. Jetzt stehe ich hinter der Fleischtheke und tue so, als würde ich Wurst sortieren. Ich bin müde und traurig.

Ich hasse diese Träume von meinem Bruder. Sie sitzen den ganzen Tag lang wie ein Dorn in meinem Herzen.

„Entschuldigung!“

Ein Kunde ruft nach mir, aber ich tue so, als könnte ich ihn nicht hören.

„Entschuldigen Sie bitte!“

Ich drehe mich um. Vor der Theke steht ein ungefähr dreißigjähriger Typ, dem ich normalerweise das Prädikat „süß“ geben würde, aber heute finde ich ihn total nichtssagend. Er hat ein kleines Mädchen auf dem Arm, und die beiden sehen ziemlich gestresst aus.

„Gibt es hier eine Toilette? Alma trägt erst seit Kurzem keine Windeln mehr.“

Ich weiß, dass wir keine Kunden in den Personalbereich lassen dürfen, doch in manchen Situationen kann man sich um solche Vorschriften nicht kümmern.

„Natürlich, da hinten. Ich komme gleich“, sage ich und zeige auf die Tür des Personalbereichs.

So schnell ich kann, komme ich hinter der Theke hervor.

„Tut mir leid, Sie müssen hier warten“, sage ich zu Almas Vater.

„Nein!“, brüllt Alma.

„Doch, es geht nicht anders“, sage ich.

Almas Vater nickt und gibt mir seine Tochter.

„Komm, Alma, wir machen ganz schnell!“ Ich lächele sie an und versuche, ihr Vertrauen zu gewinnen.

Sie sieht aus, als würde sie jede Sekunde in Tränen ausbrechen, hier ist Schnelligkeit gefragt.

„Was für tolle Tattoos du hast!“ Sie antwortet nicht. „Ist das da eine Prinzessin?“

Wir laufen den Flur entlang.

„Wie alt bist du, Alma?“, frage ich.

Alma hält drei kleine Finger in die Höhe.

„Ah, du bist drei. Gehst du schon in den Kindergarten?“

„Mhm.“

Wir haben das Ecksofa am Pausentisch erreicht, glücklicherweise ist niemand da.

„Wie heißt deine Kindergartengruppe? Weißt du das?“

„Duchs.“

„Ah! Fuchs! Das ist mein Lieblingstier. Hast du auch ein Lieblingstier?“

„Weiß nicht.“

Im Umkleideraum reiße ich die Tür zur Toilette auf, und Alma lässt zu, dass ich ihr die Strumpfhose herunterziehe und sie auf die Toilette setze. Sie macht sofort Pipi. Als ich das Geräusch des Strahls nachahme, kichert sie.

Ich stehe an der Tiefkühltruhe und räume zusammen mit Östen Findus-Produkte ein, als ich Daniellas scharfe Stimme höre. „Carro!“

„Ja“, antworte ich gelassen, als hätte ich nicht die geringste Ahnung, dass sie wegen irgendetwas sauer ist.

„Komm bitte in mein Büro!“

„Natürlich“, seufze ich.

Ich werfe Östen einen Blick zu, aber er ist beschäftigt. Ich glaube nicht, dass er es war, der gepetzt hat, doch man kann nie wissen.

Daniella rauscht vor mir den Gang zu ihrem Büro hinunter. Sie geht so schnell, dass ich fast joggen muss, um mit ihr Schritt zu halten.

In ihrem Büro macht sie die Tür hinter mir zu und postiert sich mit verschränkten Armen mitten im Raum. Ich stehe ihr gegenüber und versuche, sie anzusehen, aber mein Blick flattert unruhig umher.

An den Wänden hängen Kinderzeichnungen. Ich komme auf den Gedanken, dass sie es wie Hitler macht, der sich gerne mit Kindern und Hunden fotografieren ließ. *Wenn Kinder mir Bilder malen, kann ich gar nicht so böse sein.*

„Was genau verstehst du an diesem Satz nicht: Es ist strikt untersagt, Kunden mit in den Personalbereich zu nehmen!"

„Ich verstehe den ganzen Satz."

„Und was hättest du gemacht, wenn das Gesundheitsamt eine Stichprobe durchgeführt hätte?"

„Ich hätte ihnen wohl erklärt, dass die Kleine hier ein Praktikum macht", sage ich und grinse.

„Findest du das etwa lustig?"

„Nein, nicht im Geringsten."

„Warum verstößt du dann gegen die Vorschriften?"

„Ich … Ich weiß nicht. Es tut mir leid. Ich habe einer kleinen Schwester in Not geholfen."

„Und dafür habe ich Verständnis, Caroline." Jetzt klingt ihre Stimme weicher. „Der Kunde ist König, das ist unsere Maxime. Aber in der letzten Zeit hatten wir viel zu viele Scherereien, und deswegen muss ich ein Machtwort sprechen. Es gibt einen Grund für diese Vorschriften."

„Warum haben wir keine Kundentoilette?", frage ich.

„Bist du Architektin, Carro?"

„Nein."

„Ich auch nicht. Deshalb sollten wir uns unsere süßen

Köpfe auch nicht über den Grundriss des Gebäudes zerbrechen. Es gibt eine Kundentoilette im Lidingö-Zentrum hinter dem Kiosk. Okay? Versprichst du mir, dass so etwas nicht noch einmal vorkommt?"

„Ich versprech's."

Daniella hält mir ihre Hand hin. Ich nehme sie.

„Und wenn ein alter einbeiniger Mann in den Laden kommt, der kurz davor ist, sich in die Hose zu machen, dann gewährst du ihm keinen Zutritt, okay?" Sie lächelt.

„Versprochen", sage ich. Ohne zu lächeln.

Daniella umarmt mich. Steif erwidere ich ihre Umarmung. „In Ordnung, Carro. Ich mag dich."

Ich bedanke mich.

Dafür, dass du mir geholfen hast, eine Entscheidung zu treffen.

Ich gehe in die Delikatessenabteilung zurück. Ralf entdecke ich schon von Weitem. Ich weiß, dass ich Zeit habe, es mir anders zu überlegen, und dass man solche Entscheidungen nicht fällen sollte, wenn man stinkwütend ist. Aber darauf pfeife ich. Nichts kann mich jetzt noch aufhalten. Ich stelle mich neben Ralf und helfe ihm, die Sauce hollandaise aufzufüllen, von der wir behaupten, sie wäre selbst gemacht.

Ich sage es leise aus dem Mundwinkel, aber es ist trotzdem verständlich.

„Robyn Hood hat sich entschieden. Sie ist dabei."

Ralf hält für ein paar Sekunden in seiner Bewegung inne, dann macht er weiter, als sei nichts geschehen. Schließlich flüstert er: „Danket Gott! Er gibt uns unsere Steuern zurück."

18

Ich habe alle Jalousien heruntergelassen, und Ralf hat auf dem Fußboden im Wohnzimmer eine Karte ausgebreitet, die bestimmt zwei mal zwei Meter misst.

Ich kann die Maßstäbe nicht genau erkennen, aber ich ahne, dass auf der Karte die Anlieferzone hinter dem Supermarkt abgebildet ist. Ralf zeigt auf eine Stelle und erklärt: „Hier ist die Laderampe vom Spirituosengeschäft, hier liegt die alte Laderampe, und hier ist unsere neue."

„Hast du die Karte von der Stadt bekommen?", frage ich, weil sie genau so aussieht.

„Nein, verdammt. Um da nachzufragen, fehlt mir der Schneid. Ich bin den Bereich abgegangen, habe mir die Schrittzahl gemerkt und gerechnet."

„Sieht professionell aus."

„Ich bin professionell, Caroline", erwidert Ralf und sieht mich ernst an. Er macht mit seinem Vortrag weiter. „Die Karte ist im Maßstab 1:25. Das bedeutet, dass ein Meter auf der Karte fünfundzwanzig Metern in der Wirklichkeit entspricht." Ralf deutet auf die äußeren Ränder der Karte.

„Von hier bis hier sind es also siebenundvierzig Meter. Du kannst nachmessen, wenn du willst."

Er sieht ziemlich selbstzufrieden aus.

Ich nicke und muss mir alle Mühe geben, nicht zu lachen.

„Willst du einen Kaffee?", frage ich.

„Gerne."

„Ich habe gestern Haferflockenkekse gebacken", erzähle ich und gehe in die Küche.

„Klar hast du das", sagt Ralf, der, wie ich weiß, von meinen Kochkünsten beeindruckt ist.

Bis Ralf die Karte ausgebreitet hat, ist mir dieser Coup ungefähr so realistisch vorgekommen wie meine Teilnahme an einer Snooker-WM.

Wir haben vor, einen Fleischtransporter zu überfallen, und da muss man profimäßig vorgehen. Das sehe ich jetzt ein.

Ralf erklärt weiter, wie er sich den genauen Ablauf vorgestellt hat. Ich bin konzentriert dabei, höre mir seine Ideen und Ausführungen an und fühle mich wie eine richtige Gangsterin. Aber zwischendurch kommt es mir vor, als würden wir Jönsson-Bande spielen. Sickan sitzt auf dem Boden, raucht eine Zigarre und zeigt auf die Karte, ich bin Vanheden und sage mit kauziger Stimme: „Brillant, Sickan!"

Ralf bleibt die ganze Zeit über ernst.

„Wie du weißt, kommen die Fleischlieferungen immer montags, mittwochs und freitags. Und zwar nie vor zwölf Uhr mittags und nie später als fünfzehn Uhr. An Freitagen ist die Lieferung immer am umfangreichsten, und weil Silvester dieses Jahr auf einen Sonntag fällt, ist Freitag, der 29. Dezember, der Freitag aller Freitage."

„Wie ein Super-Freitag?", scherze ich.

„In einen Lkw passen normalerweise achtzehn Paletten, aber wenn die Fuhre größer ist, kann man stapeln. Das macht sechsunddreißig Paletten. Jede Palette wiegt zwischen hundertfünfzig und zweihundert Kilo. An einem solchen Freitag kommen wir also auf 5,4 bis 7,2 Tonnen Fleisch. Natürlich handelt es sich dabei nicht um gereiftes Rinderfilet, sondern vor allem um Hackfleisch und Innereien. Aber ich habe mich umgehört, für ein Kilo bekommt man durchschnittlich hundert Kronen. Das macht insgesamt zwischen 540 000 und 720 000 Kronen. Grob geschätzt gehen wir also mit einem Betrag zwischen einer halben und einer dreiviertel Million nach Hause."

„Oh Mann", sage ich, weil mir nichts Besseres einfällt.

„Plus den Lkw."

„Ach ja, genau." Ich merke, dass ich mich an den Gangsterjargon erst noch gewöhnen muss.

„Oder wolltest du den etwa zurückgeben?"

„Nein", kichere ich.

Ich will mich in die Sache hineinfühlen, aber es fällt mir ein bisschen schwer. Ich bin beeindruckt, wie genau Ralf ist und wie viele Gedanken er sich gemacht hat.

„Am 29. Dezember habe ich frei. Jetzt denkst du wahrscheinlich: Wie? Ausgerechnet am hektischsten Tag des Jahres nimmt sich Ralf der Workaholic frei? Ist das nicht auffällig? Nein! Ralf hat nämlich an allen Weihnachtsfeiertagen gearbeitet. An Heiligabend, am ersten und am zweiten Weihnachtsfeiertag. Und eine Extraschicht am Dreiundzwanzigsten. Caroline dagegen war über Weihnachten überhaupt nicht im Laden, also schiebt sie an Silvester ein paar Schichten mit Feiertagszuschlag und Wochenendzulage. Klingt das gut?"

„Klingt gut."

Ralf beißt in einen Haferkeks. „Mmh, superlecker!"

„Ich habe Ingwer reingetan. Hat funktioniert."

„Du bist ein Genie.“ Er zeigt mit beiden Händen auf die Karte. „Hier. Das sieht vielleicht aus wie die Karte einer Laderampe hinter Maxfood im Lidingö-Zentrum, aber es ist eine Tapas-Bar in Nordeuropa. Carolines Tapas.“

Ich grinse, und wir stoßen mit unseren Kaffeebechern an.

„Ich habe in den letzten Monaten viele Fleischlieferungen angenommen, ich weiß genau, wie das abläuft. Der Fahrer für Stockholms Fleisch ist ein Göteborger und muss um die dreißig sein. Er ist … Ach, über ihn reden wir später. Der Fahrer kommt an die Rampe. Er ruft an. Das schnurlose Telefon der Fleischabteilung, das du an besagtem Freitag in der Tasche haben wirst, klingelt. Du meldest dich. Er teilt dir mit, dass er eine Lieferung für dich hat. Du gehst zur Laderampe. Ihr kennt euch mittlerweile ganz gut, denn du hast in den letzten Wochen mehrere Lieferungen entgegengenommen. Er freut sich natürlich riesig, dass ausgerechnet du kommst. Er steigt aus dem Lkw. Dieser Typ ist die reinste Quasselstrippe. Er steigt immer aus dem Lkw und lässt den Schlüssel stecken – das hat mich übrigens auf die Idee gebracht. Du bezirzt ihn mit deinem Charme und wickelst ihn um den kleinen Finger. Ich weiß, dass du das gut kannst, Caroline.“

Ralf sieht mir tief in die Augen.

Ich zucke die Schultern.

„Silvester ist in ungefähr einem Monat. Bis dahin baust du einen guten Kontakt zu ihm auf. Und denk daran, dass nicht er derjenige ist, den du prellst. Seine Firma wird jede einzelne Krone zurückbekommen, abgesehen vielleicht von einer lächerlichen Selbstbeteiligung.“

„Ja, sicher …“ So argumentiert vermutlich jeder lausige Fahrraddieb, denke ich, sage es aber nicht laut.

Dann demonstriert Ralf mir mit kleinen Hilfsmitteln, die ich zur Verfügung stelle, wie der Fleischcoup genau über die Bühne gehen soll. Der Lkw ist eine große Streichholzschachtel, mein Mascara der Lkw-Fahrer, Ralf ist ein Radiergummi, und ich bin ein Menthol-Nasenspray. Ralf zeigt, wie die Streichholzschachtel rückwärts an die Rampe fährt und der Mascara aussteigt. Das Nasenspray stößt dazu und verwickelt den Mascara ein paar Meter von der Streichholzschachtel entfernt in ein Gespräch. Und weil der Mascara mit dem Rücken zur Streichholzschachtel steht, bemerkt er nicht, dass das Radiergummi in die Streichholzschachtel steigt, bevor es zu spät ist. Das Radiergummi, das beim Bund einen Lkw-Führerschein gemacht hat, ein Meister im Rückwärtsfahren ist und weiß, wie man im hohen Tempo Kurven nimmt, rast davon, bevor irgendjemand Alarm schlagen kann.

„Die nächsten fünf Minuten sind kritisch. Ich muss die Strecke bis zum Frihamnen schaffen, wo ein Kumpel für den Tag eine Garage angemietet hat, danach sind wir auf der sicheren Seite. Ab da können wir in aller Ruhe weitermachen. Ich bräuchte jemanden, der weiß, wie man die Ware an den Mann bringt. Ich habe ein paar Kontakte, aber in dem Punkt kannst du gerne aushelfen.“

Natürlich fällt mir da sofort eine ganz bestimmte Person ein.

„Ansonsten musst du nur deinen Charme spielen lassen und dafür sorgen, dass der Fahrer dreißig Sekunden lang mit dem Rücken zum Lkw steht. Ich habe den Zeitraum nicht genau gestoppt, doch das sollte genügen. Klingt das gut?“

„Fantastisch“, sage ich und meine es auch, aber … Ich schlucke mein Aber herunter. Damit will ich Ralf nicht belasten. Er plant alles ganz genau und ist professionell, und ich finde, dass alles gut durchdacht ist.

Aber: Lieber sterbe ich, als in den Knast zu wandern.

19

Mein Vater ist damit beschäftigt, Kalbfleischfrikadellen für die alte Frau Lund im vierten Stock zu braten. Das macht er bestimmt schon seit zehn Jahren. Im Gegenzug kümmert sie sich um seine Post und den kleinen Teil seiner Einnahmen, die er nicht am Finanzamt vorbeischmuggelt. Sie hat früher als Sekretärin bei einem Wirtschaftsprüfer gearbeitet, kann nicht kochen und will nichts anderes essen als Papas Kalbfleischfrikadellen. Ungefähr einmal im Monat brät er dreißig Stück für sie. Total süß und eine Win-win-Situation.

Offiziell bin ich hier, weil Papa mir zeigen soll, wie man die perfekten Pommes frites macht. Ich will nämlich herausfinden, ob ich Hannes dazu kriege, diese labbrigen Tiefkühlpommes, von denen er sich ernährt, einzutauschen.

Es ist gar nicht so schwierig, wie ich gedacht habe. „Eigentlich sind nur drei Arbeitsgänge nötig, und man darf nicht vergessen, die Pommes nach jedem Schritt einzufrieren“, erklärt Papa, der ganz genau weiß, wie viel er sagen muss, damit ich verstehe. Als ich klein war, hat er mir zum Beispiel gezeigt, wie man eine Emulsion zubereitet. Er hat mich gleich mehrmals hintereinander Mayonnaise machen lassen, damit ich mir merkte, wie es ging. Egal, ob es mir gelang oder nicht, er hat mich immer gelobt und ermuntert. Hauptsache, ich verstand den Grund. „Kochen bedeutet, zu riskieren, dass es danebengeht“, diesen Spruch hat er bestimmt hunderttausendmal gesagt.

Ich habe kapiert, dass die Kartoffelsorte nicht so wichtig ist, nur mehlig muss sie sein. Gerne King Edward, aber vor allem kommt es darauf an, dass die Kartoffeln frisch sind. Achte nicht auf die Sorte, achte auf das Datum.

Als Erstes schneidet man die Kartoffeln in die Größe, in der man die Pommes haben möchte. Je dicker, desto besser, findet Papa, aber ich möchte ja Hannes überzeugen, und dafür müssen sie so dünn sein wie die Tiefkühlversion. Man kocht sie in ungesalzenem Wasser, bis sie al dente sind, und friert sie ein. Dann frittiert man die Pommes zum ersten Mal für zehn Minuten bei niedriger Hitze, circa hundertvierzig Grad. Sie sollen gar sein, aber noch keine Farbe haben. Nach dem ersten Frittiervorgang friert man die Pommes erneut ein. Vor dem Essen gibt man sie ein zweites Mal für ein paar Minuten bei hundertachtzig Grad in die Fritteuse, bis sie die perfekte Pommes-frites-Bräune haben.

„Warum muss man die Pommes zwei Mal einfrieren?“, will ich wissen.

„Ich habe keinen blassen Schimmer, das musst du die Chemiker fragen. I just work here. Nein, Scherz beiseite, ich hab ein bisschen herumexperimentiert, und für mich funktioniert es so am besten. Probier aus, ob es für dich ebenfalls funktioniert. Und erst am Ende salzen.“

Jetzt habe ich mich schon fast zwei Stunden davor gedrückt, ihn zu fragen. Aber ich muss es tun. Außerdem habe ich Johannisbeerwein getrunken, damit er gute Laune hat. Er ist immer besser gelaunt, wenn ich mit ihm trinke.

„Papa …?“ Ich hasse diesen zögernden Tonfall, als wäre

ich ein Teenager, der um Taschengeld bettelt, obwohl er ganz genau weiß, dass er mit seinem Geld sparsamer hätte umgehen müssen.

„Mhm“, antwortet er abwesend, während er selbst gemachte Preiselbeermarmelade in ein Glas füllt.

„Was würdest du machen, wenn dich jemand bitten würde, Fleisch zu verkaufen? Von Hackfleisch bis zum gereiften Rinderfilet?“

„Wenn es jemand ist, dem ich vertraue, würde ich wohl zusehen, dass ich einen Abnehmer finde. Warum?“

„Und wenn ein Lkw daran beteiligt wäre, in dem das Fleisch transportiert wurde?“

„Na ja … Dem müsste man wohl ein neues Nummernschild verpassen und …“ Er murmelt irgendetwas Unverständliches vor sich hin.

„Kennst du dich damit aus?“

„Ich kenne Leute, die sich damit auskennen.“

„Würdest du wissen wollen, woher das Fleisch stammt?“

„Warum?“

Wir schauen uns an, und ich kann sehen, dass er das nächste Alkohollevel erreicht hat.

Mein Vater widmet sich wieder seiner Preiselbeermarmelade, ich werfe die Kartoffelschalen in den Biomüll.

„Weil mein Kumpel Ralf dich gerne treffen möchte“, sage ich. „In einem Monat – ungefähr an Silvester – hat er eine Lkw-Ladung Fleisch, die verhökert werden muss.“

„Kein Thema. Ich kenne Leute in der City und in den Vororten. Um wie viel Fleisch geht es?“

„Zwischen fünf und sieben Tonnen“, sage ich, als wäre es die natürlichste Sache der Welt. Papa hält mitten in seiner

Bewegung inne und starrt leer vor sich hin. Diese Menge erscheint selbst ihm gigantisch.

„Okay … Woher kommt es?"

Ich antworte auf Englisch mit russischem Akzent: „Ask me no questions and I will tell you no lies."

Ich hatte mit einem Lacher gerechnet, aber mein Vater schweigt und fängt an, Töpfe abzuwaschen.

Er reagiert ganz und gar nicht so, wie ich es erwartet hatte.

Ich weiß nicht, was ich sagen soll. Die Situation ist beinahe peinlich.

„Also, du wirst natürlich beteiligt, und …"

„Nein, verdammt. Darum geht es nicht", sagt er.

Dann schweigt er wieder.

„Worum geht es dann?"

Ich schäme mich, dass ich ihn gefragt habe. Mein Vater ist ein Filou, ein Lebenskünstler, kein Hehler.

„Das ist eine ziemlich große Menge … Das wird seine Zeit dauern", sagt er nach einer Weile.

„Das ist in Ordnung, Papa, entschuldige. Ich kann jemand anderes fragen, ich dachte nur …"

„Nein, nein, verdammt, ich mach's. Kein Problem. Ich weiß, wie man so was da draußen regelt. Natürlich mache ich es."

Er hört auf zu spülen und greift nach seinem Glas. Jetzt ist er wieder er selbst.

„Sicher?"

„Sag deinem Kumpel, er soll vorbeikommen, dann unterhalten wir uns darüber. Natürlich mache ich mit, wenn du mich darum bittest."

„Aber Papa, ich schwöre, ich kann –“

„Alles gut. Zum Wohl, Partner!“

Er lächelt und prostet mir zu.

Ich habe mein Glas noch nicht einmal an die Lippen gesetzt, als er seins schon ausgetrunken hat.

20

Hannes und ich sind alleine in Bentes Wohnung in Bagarmossen. Am Anfang war ich nervös und verkrampft, aber jetzt fühlt es sich gut an. Bente arbeitet probehalber ein paar Stunden bei der Freundin einer Freundin, die ein Eisenwarengeschäft in Skärmarbrink betreibt.

Ich habe mein Experiment mit Pommes frites der Extraklasse für Hannes sorgfältig vorbereitet. Natürlich mit Tiefkühlpommes als Sicherheitsreserve. Für Bente und mich gibt es Rinderfilet mit Sauce béarnaise.

Hannes hilft mir bei der Sauce.

Ich erschrecke ihn zu Tode, als ich das Handrührgerät anschalte, ohne ihm vorher seinen Gehörschutz aufgesetzt zu haben. Wie dämlich kann man sein. Dann bin ich bestimmt eine halbe Stunde damit beschäftigt, ihn zu trösten und zu beruhigen. Ich lasse ihn das Handrührgerät auf dem Fußboden in aller Ruhe untersuchen.

Damit er versteht, wozu ich den Handmixer brauche, darf er mir helfen, die Sauce béarnaise mit der Hand zu schlagen. Ich habe nicht so viel Kraft in den Handgelenken wie mein Vater, aber das macht nichts. Es wird schon klappen. Hannes findet es superlustig, eine Acht in die Eiermischung zu rühren, und er ist schnell – die Sauce dickt perfekt an, während ich vorsichtig die Butter dazugebe. Hannes lacht begeistert über das schöne Muster.

Obwohl die Sauce fertig ist, hört er nicht auf, Achten zu rühren. Rühren ist wirklich sein Ding.

„Es schmeckt zwar nicht wie Sauce béarnaise, aber es ist himmlisch!“

Wie eine Hausfrau der alten Schule habe ich dafür gesorgt, dass das Essen auf dem Tisch stand, als Bente zur Tür hereinkam.

Ich freue mich, dass Bente mein Essen schmeckt, aber ich achte mehr auf Hannes, der am Tisch sitzt und die perfekten Pommes auf seinem Teller betrachtet. Ich würde so gerne wissen, was er denkt. Sind sie zu hart, zu braun, oder findet er sie lecker? Bente nimmt eine ihrer Pommes und dippt sie in die Sauce. Sie muss kein Wort sagen, damit ich weiß, was sie von den Pommes hält. Hannes nimmt ebenfalls eine Pommes in die Hand und mustert sie. Er bricht sie durch und sieht überaus skeptisch aus.

„Probier doch mal, kleiner Mann“, ermuntert ihn Bente.

Vorsichtig beißt Hannes ein klitzekleines Stück ab und lässt den Bissen im Mund herumwandern. Dann spuckt er die Pommes über den Tisch.

Bente muss ihrer Mutterrolle gerecht werden und sagt: „Aber Hannes, so etwas macht man nicht.“

Ich kichere nur und hole die Tiefkühlpommes aus dem Backofen. Es war ein Versuch, aber wenn Hannes seiner Linie treu bleiben will, dann soll er das tun.

Hannes futtert seine Pommes frites, und Bente erzählt, dass sie in dem Eisenwarengeschäft anfangen kann, vorausgesetzt, Hannes gefällt es in der neuen Einrichtung, die sie in den nächsten Tagen testen.

Bentes Selbstvertrauen in Sachen Job ist am Boden, und sie ist sich in dem Laden wie eine „tollpatschige Praktikantin“ vorgekommen.

„Was hat die Chefin gesagt?“

„Sie schien zufrieden zu sein und hat gemeint, dass ich gerne freitags und samstags dort arbeiten könnte.“

„Also musst du doch wohl irgendetwas richtig gemacht haben?“

„Ich weiß nur nicht, was. Du weißt schon, da laufen Kerle rum und reden über den Durchmesser von Weber-Grills und Millimeterangaben bei Dielenschrauben. Und dann die richtigen Profi-Handwerker. Ich habe kein Wort von dem verstanden, was sie mir erzählt haben. Ich war ungefähr so nützlich wie eine Gewindemutter ohne Schraubenschlüssel. An meiner Stelle hätten sie ebenso gut einen Affen da hinstellen können.“

„Einen Zirkusaffen oder was für einen?“

Bente grinst, und ich verrate ihr meinen Kniff aus meiner Anfangszeit im Supermarkt. „Mittlerweile weiß ich ja fast alles über Lebensmittel, aber der Trick, damit man akzeptiert wird, ist, die Namen aller Waren und Produkte zu lernen und zu wissen, wo man sie findet. In einem Eisenwarengeschäft ist es genauso. Du musst wissen, wo jede einzelne kleine Flügelmutter liegt, und wenn jemand reinkommt und nach Bindfaden fragt, musst du antworten: ‚Das hängt davon ab, welche Art von Bindfaden Sie suchen, aber Bindfaden aus Naturfaser finden Sie in Gang sechzehn.‘ So verschafft man sich Respekt. Also das nächste Mal, wenn du im Laden bist, fotografierst du alle Regale und lernst ein paar Abende, dann …“

Mitten im Satz breche ich ab, ich kann meinen Augen nicht trauen. Meine Haare stellen sich auf, ich wage nicht zu atmen, weil ich das, was da gerade geschieht, nicht stören will. Aus den Augenwinkeln sehe ich, dass Bente dasselbe entdeckt hat. Ohne dass Hannes eine große Sache daraus macht, dippt er seine Pommes in die Sauce béarnaise und isst. Er dippt und isst, dippt und isst, bis keine Sauce mehr da ist. Dann nimmt er die Schale und wischt sie mit dem Zeigefinger aus. Anschließend bedankt er sich für das Essen und geht in sein Zimmer.

Bente und ich starren uns an.

Wir wissen nicht, was wir sagen sollen, aber uns kommt es vor, als sei in der Küche gerade eine andere Jahreszeit angebrochen.

21

„Hallo, alles klar?“, begrüßt mich der Lkw-Fahrer mit beinahe übertriebenem Göteborgerisch, als ich zur Laderampe komme. Er ist mit dem Lkw rückwärts an die Rampe gefahren und stapft jetzt die Treppe zu mir hoch.

„Ja, sicher, und selbst?“

„Alles bestens. Wer sich stresst, ist früher tot, das weißt du doch.“

„Ja, das habe ich schon gehört.“

Heute habe ich mich dezent geschminkt und meine Haare zu einem Dutt hochgebunden. Ich trage einen Push-up-BH und habe einen Knopf mehr als nötig geöffnet. Alles für diesen Göteborger, den ich noch nie zuvor getroffen habe. Ich trage nicht einmal eine Jacke, damit ihm nichts den Blick auf meine Reize versperrt. Genau das bereue ich jetzt, denn auf der Rampe ist es ziemlich kalt.

„Caroline“, sage ich und halte ihm meine Hand hin.

„Arnold, sehr erfreut.“

„Wie Schwarzenegger?“

„Das sieht man doch!“ Er spannt seinen Bizeps an, doch da er unter seinem Stockholms-Fleisch-Pullover ziemlich dürr ist, kapiere ich, dass er einen Witz macht. Er ist um die dreißig und ungefähr so groß wie ich, hat eine Zahnlücke zwischen den Vorderzähnen, dickes, zerzaustes Haar, Sommersprossen und schöne Augen.

„Nein, ich wurde nach Arnold Palmer benannt. Weißt du, wer das ist?“

„Nein, keine Ahnung.“

„Ein ehemaliger Golfprofi. Mein Vater ist begeisterter Golfer, und dann bekommt er einen Sohn, der Golf hasst. Außerdem hat er beruflich mit Meeresfrüchten zu tun, die kann ich auch nicht ausstehen.“

„Was haben sie dir getan?“

„Wer?“

„Die Meeresfrüchte. Was hast du gegen Meeresfrüchte?“

„Haha, der war gut. Aber in Lysekil aufzuwachsen und weder Fisch noch Meeresfrüchte zu mögen, ist, als würde man in Norwegen wohnen und Skilanglauf nichts abgewinnen können und den 17. Mai ignorieren. Die Leute halten einen für bescheuert. Mein Vater nennt mich das schwarze Schaf der Familie. Oder das schwarze Schaf der *Foremilie*, wie er immer sagt.“

Ich sehe ihn an. Ahne einen Göteborger Witz, den ich offensichtlich nicht kapiere.

„*Fore* ist ein Warnruf beim Golf, wenn ein Schlag … Ach, vergiss es. Ich bin nicht hier, um dir Golfregeln zu erklären. Wollen wir uns an die Arbeit machen?“

„Wer sich stresst, ist früher tot, das weißt du doch“, antworte ich auf Möchtegern-Göteborgerisch und rühre mich nicht vom Fleck.

„Welcher weise Mann hat das noch mal gesagt?“, kontert er und geht lachend zum Lkw.

„Ein ehemaliger Golfprofi, mit dem ich persönlich bekannt bin.“

Arnold geht an der Hintertür des Lkws in die Hocke, drückt auf einen Knopf, und die Ladebordwand fährt aus.

Er erzählt, dass er mit achtzehn sofort nach Stockholm gezogen ist und dass er bei der Arbeit jetzt die Dinge tun kann, die er am meisten liebt.

„Die drei F, wie ich immer sage: fahren, Fleisch ausliefern und viel mit Leuten reden."

Ich verkneife mir einen Kommentar. Entweder war das ein furchtbar schlechter Witz, oder er leidet an Legasthenie. Und keines davon gehört zu meinen bevorzugten Gesprächsthemen.

„Warum sitzt du gerne hinterm Steuer?"

„Die Leute beschweren sich immer über den lahmen Verkehr in Stockholm. Ich bin vermutlich der Einzige in dieser Stadt, der Staus liebt! Da hat man Zeit zum Nachdenken. Und Stockholm ist überall schön. Wenn man in einer Stunde zehn Kilometer zurücklegt, hat man auch die Chance, den Ausblick zu genießen."

„Worüber denkst du dann nach?"

„Über das Leben. Wie alles zusammenhängt. Solche Sachen."

„Und werden dir die Zusammenhänge klar?"

„Das ist es ja gerade", sagt Arnold und drückt auf einen Knopf, um die Hintertür zu öffnen. Er spricht lauter, damit ich ihn hören kann. Ich beobachte seine Bewegungen genau.

„Wenn mir die Zusammenhänge klar würden, wäre es ja langweilig. Wie mein Vater und mein Bruder. Sie leiten unser Familienunternehmen, das mein Urgroßvater gegründet hat, fliegen um die Erde, arbeiten und spielen Golf."

Arnold klettert in den Laderaum und holt seinen Palettenheber. Jeder Handgriff wirkt routiniert, es macht keinen Sinn, dass ich meine Hilfe anbiete.

„Wahrscheinlich sitzen sie gerade bei dreißig Grad im Schatten in Dubai und schlürfen einen Dreihundert-Dollar-Drink. Das klingt nach Luxus, aber sind sie deswegen glücklich? Ich weiß es nicht. Ich stehe für 16 000 Tacken netto bei Minusgraden im Stau. Bin ich glücklich?"

„You tell me."

„Ich denke schon. Und du?"

„Was bedeutet Glück?", frage ich, um mir Bedenkzeit zu verschaffen.

„Entspricht dein inneres Glück deinem äußeren?"

„Was?"

Er fängt an, die Paletten auszuladen, und muss brüllen, um den Lärm zu übertönen.

„Wie wir die Dinge auch drehen und wenden, fest steht, dass wir zu den wenigen Privilegierten auf der Erdoberfläche gehören, und da frage ich mich: Fühlst du das Glück tief in deinem Inneren, oder beschwerst du dich über schlechtes Wetter, zu hohe Mietpreise und ein kompliziertes Mutter-Tochter-Verhältnis?"

Arnold lädt drei Paletten mit Rindernacken und Hackfleisch aus.

„Ich glaube, ich bin wohl relativ glücklich", sage ich und komme mir auf einmal dumm vor.

Arnold hält in seiner Arbeit inne und sieht mich an.

„Wohl? Relativ? Du glaubst?"

„Okay, ich bin es."

„Ich begegne so vielen Leuten, deren mentale Gesundheit verglichen mit der von Menschen, die auf der Flucht sind und nicht mehr wissen, wann sie sich das letzte Mal satt gegessen haben, wie der reinste Hohn anmutet. Oder verglichen mit der des Rumänen, der auf der Straße hockt und den ganzen Tag in einer ergonomischen Haltung, die die reinste Folter sein muss, um Ein-Kronen-Münzen bettelt."

„Ja, aber alles ist relativ", sage ich und höre selbst, wie hohl meine Worte klingen.

Arnold fängt an zu lachen.

„Der war gut! Alles ist relativ. Den merk' ich mir. Bitte ein Autogramm", sagt er und hält mir das digitale Unterschriften-Gerät hin, von dem ich nicht weiß, wie man es nennt. Ich unterschreibe mit vollem Namen.

„Nein, ernsthaft. Ich verstehe, was du meinst. Und wenn ich Frau und Kind habe, werde ich mich wahrscheinlich auch mit der Abzahlung meines Hauses abplagen, mich darüber beschweren, dass im Fernsehen zu viel Werbung läuft und dass der Wickeltisch schief aufgebaut ist. Natürlich dürfen die Leute klagen, ich frage mich nur, ob sie dabei die Verhältnismäßigkeiten beachten. Mein Vater und mein Bruder tun das nicht. Sie finden nichts dabei, einen Golfschläger für zweitausend Kronen zu zertrümmern, nur weil so ein kleiner weißer Scheißball im Sand und nicht auf dem Green gelandet ist. Verstehst du? Sie ticken nicht ganz richtig. Ich muss jetzt weiter, aber wir sehen uns. Das nächste Mal reden wir über dich."

Ich winke ihm hinterher und beeile mich, die Paletten in die Fleischabteilung zu bugsieren. Mittlerweile bin ich völlig durchgefroren. Was für ein seltsamer Typ. Auf ihn war ich nicht vorbereitet. Genauso wenig wie darauf, mir pünktlich zur Mittagspause einen Vortrag über existentielle Lebensfragen anzuhören.

Und mich ein kleines bisschen zu verknallen.

22

Statt mit der 53 zu fahren, steige ich die einhundertachtundachtzig Treppenstufen zum Henriksdalsberget hoch.

Ich gehe so schnell, dass ich aus der Puste komme. Seit ich diesem größenwahnsinnigen Vorschlag, einen Lkw voll mit Proteinen zu klauen, zugestimmt habe, lebe ich gesünder. Zuerst habe ich den Zusammenhang nicht gesehen, doch dann hab ich's verstanden. Ich bereite mich auf eine mögliche Flucht vor. Auch wenn es dazu nicht kommen wird, schadet es ja nicht, gut in Form zu sein, wenn man vorhat, einen Fleischtransporter zu überfallen.

Ralf, mein Vater und ich treffen uns zum ersten Mal, um uns kennenzulernen. Zum Teambuilding gewissermaßen. Ich habe Papa vorgeschlagen, dass wir Kanu fahren und Paintball spielen könnten. Er hat den Witz nicht kapiert, sondern meinte, dass wir zusammen essen und vielleicht ein Gläschen trinken sollten. Vielleicht? Ein Gläschen?

Ich bin sowieso schon gespannt genug, was die beiden wohl voneinander halten. Man weiß nie, wie viel mein Vater trinken wird, und Ralf kann ja ein bisschen verkrampft und steif sein. Was können die beiden schon für Gemeinsamkeiten haben?

Als ich die Wohnung betrete, höre ich sofort das laute Lachen meines Vaters. Und Ralf, der irgendeine Story zum Besten gibt. Sie ergänzen sich wie zwei alte Kumpels, die sich schon ihr ganzes Leben lang kennen.

Ich begrüße die beiden, und von einer Sekunde auf die nächste verwandeln sie sich in zwei kleine Jungs, die bei einem Streich erwischt wurden. Sie hören auf zu lachen und falten eine Karte zusammen. Ich kann keinen Blick mehr darauf erhaschen.

„Hallo, Caroline. Ist es schon so spät?", begrüßt mich Papa.

„Haben wir nicht fünf gesagt?", frage ich.

„Doch, aber wir mussten uns ein bisschen früher treffen und …"

„… ein paar Dinge besprechen."

„Aha", mache ich und höre selbst, dass ich wie meine Mutter klinge, wenn sie sich ausgeschlossen fühlt. Um nicht zu zeigen, dass ich mir Sorgen mache, gehe ich zurück in den Flur und hänge meine Jacke auf.

Was geht hier vor? Seit wann läuft diese Kumpeltour, und warum wollten sie, dass ich später komme? Das Ganze ist sowieso schon seltsam genug, auf solche Überraschungen kann ich verzichten.

Ich gehe wieder ins Wohnzimmer. Papa sammelt leere Bierdosen ein und verschwindet in der Küche. Ralf grinst dämlich und rutscht auf dem Sofa hin und her, als würde er unbequem sitzen.

„Dein alter Herr ist nett!"

„Mhm", murmele ich.

„Wir haben rausgefunden, dass wir gleich alt sind und gemeinsame Bekannte haben."

„Micke Thörn, aber der lebt nicht mehr!", ruft mein Vater aus der Küche.

„Aha", sage ich kalt.

„Ein ganz schönes Schlitzohr war das, hat damit angegeben, dass er es war, der die Chlamydien in Schweden eingeschleppt hat. Er ist tödlich verunglückt, als er im Suff mit siebzig Knoten ein Seezeichen gerammt hat“, erzählt Papa weiter. Als ob mich das interessieren würde. „Jetzt nennen wir ihn Micke ‚Didn’t‘ Thörn!“ Mein Vater lacht über seinen eigenen Witz. Ralf lächelt und sieht aus, als würde er wollen, dass ich es ihm nachmache.

Den Gefallen tue ich ihm nicht.

„Wir haben festgestellt, dass wir in den Siebzigern auf denselben Partys und Festivals und so waren“, versucht Ralf es weiter.

Was ist das hier? Ich dachte, wir würden uns wie professionelle Gangster verhalten, stattdessen bin ich auf einem Altherren-Kaffeekränzchen gelandet.

„Lass uns nach draußen auf den Balkon gehen, Caroline“, schlägt Ralf vor, als würde er meine Gedanken lesen.

Weil Papa auf seinem vier Quadratmeter großen Balkon sowohl einen Gas- als auch einen Kugelgrill untergebracht hat, müssen wir dicht nebeneinander stehen. Wir lehnen uns gegen das Geländer und blicken über die Dächer der Stadt. Es ist schon dunkel, aber Stockholm leuchtet.

Ralf holt tief Luft.

„Ich glaube, ich weiß, was du denkst.“

„Tust du das?“

„Ja, aber du musst dir keine Sorgen machen, Caroline.“

Er erwartet, dass ich etwas sage, doch ich schweige. Er schuldet mir eine Erklärung.

„Weißt du, was ‚deniability' bedeutet?", fragt er nach einer Weile.

„Nein … Oder ja. Leugnen oder so ähnlich?"

„Das ist ein Begriff, den die CIA verwendet. Er bedeutet, dass nach Abschluss eines Vorgangs die Möglichkeit einer glaubhaften Abstreitbarkeit bestehen soll, für den Fall, dass irgendein Querulant Fragen stellt oder sogar Beweise vorlegt. Der Präsident soll sagen können: ‚Nein, ich hatte keine Ahnung, dass wir gegen die Bevölkerung in Nicaragua Napalm eingesetzt haben', oder was auch immer, und es auch tatsächlich so meinen. Verstehst du?"

„Nicht ganz."

„Da geht es dir wie Bill Clinton. Er hat das Deniability-Prinzip angewendet, als er eine Praktikantin an seiner Zigarre hat ziehen lassen. ‚I did not have sex with that woman!' Das war ein Griff ins Klo."

„Und hier komme ich ins Spiel?"

„Es geht darum, dass nicht jeder alles wissen soll, damit niemand lügen muss, wenn er sagt, dass er keine Ahnung hatte. Du brauchst nicht zu wissen, was in der Zeit passiert, nachdem ich mit dem Lkw vom Parkplatz des Lidingö-Zentrums abgehauen bin, bis zu dem Moment, an dem wir soundso viel tausend Kronen in der Tasche haben. An dem Tag, an dem du in einem Polizeiverhör sitzt und du ehrlich und aus tiefstem Herzen – mit zwei angepissten Bullen vor dir und dem weltbesten Lügendetektor an den Fingern – sagen kannst: ‚Ich weiß es nicht!', wirst du mir dankbar sein."

Ralf redet weiter. So, wie ich nicht wissen soll, was direkt nach dem Raub passiert, soll mein Vater nicht erfahren, was vorher abgelaufen ist.

Aber ich höre nicht mehr zu, ich habe Schwierigkeiten, mich zu konzentrieren. In meinem Kopf hallt ein einziges von Ralfs Worten wider: Polizeiverhör, Polizeiverhör, Polizeiverhör …

23

„Warum willst du diese Sache eigentlich wirklich machen?“

Ich frage, weil ich es wissen will. Ralf schaut mich an. So betrunken habe ich ihn noch nie gesehen. Ich bin auch ganz gut dabei, aber ich trinke zwischendurch wenigstens Wasser. Ralf trinkt zwischendurch Schmuggelbier und fast fertig gegorenen Kirschwein.

Mein Vater räumt den Tisch ab, während ich Ralf ausquetsche.

„Also, ich weiß, dass du deine Rente aufbessern willst, aber trotzdem. Du riskierst einige Jahre Knast für ein paar Hunderttausend Kronen. Und du hast selbst gesagt, dass dich die Vorstellung, eingeschlossen in einer Zelle zu sitzen, krank macht.“

Ralf seufzt.

„Da steckt noch mehr dahinter, oder?“

Ralf nickt und starrt mit leerem Blick vor sich hin. Ich bin mir nicht ganz sicher, ob er nachdenkt, vielleicht befindet er sich auch in einer Art Suffkoma und hat vergessen, was ich ihn gefragt habe.

Vorhin war er derjenige, der den Großteil der Unterhaltung bestritten hat. Die meiste Zeit hat er davon geredet, dass mein Vater genauso gut kochen kann wie ich. Als Vorspeise hat Papa uns eine Mango-Chili-Gazpacho serviert, als Hauptgang gab es gegrillte Rindfleischburger mit einem Pfifferling-Västerbotten-Käse-Dressing. Ralf sagte, er sei im siebten Himmel. Er war der Meinung, dass mein Vater und ich ein Restaurant aufmachen sollten. Papa, der die Gastronomiebranche ablehnt, erklärte sich bereit, mir mit eingeschmuggelten Fonds und Saucen unter die Arme zu greifen, und wir entschieden, dass ich Carolines Tapas schon im Sommer eröffnen soll.

Ich war total aufgekratzt, als wir anfingen, über die Speisekarte, die Einrichtung und das Design des Ladenschilds zu sprechen. Papa und Ralf stellten einige kluge Fragen, die ich beantworten konnte, und ich war so glücklich, weil sich alles so wirklich und konkret anfühlte. Bis Ralf mich fragte, ob ich schon einen Plan hätte, wie ich mein Startkapital waschen könnte.

Ich bin so hoffnungslos naiv.

Ralf erzählte, dass die Behörde, die für die Ausstellung einer Gaststättenkonzession zuständig ist, den Nachweis verlangt, woher das Geld zur Existenzgründung stammt. So hat man Licht in den undurchsichtigen Gastronomie-Dschungel gebracht. Mir brach der kalte Schweiß aus, und ich kam mir vor wie eine Vierjährige. Papa hat mich beruhigt, er meinte: „Das ist kein Problem. Du fährst einfach auf die Trabrennbahn in Solvalla und kaufst für zehntausend Kronen einen Gewinncoupon, der dir hunderttausend einbringt, damit ist die Sache geritzt. ‚Hallo, ihr Scheißbehörden, ich habe beim Pferderennen gewonnen, und jetzt will ich mit dem Geld ein Restaurant eröffnen.‘“

Woraufhin ich ihn fragte, ob – wenn er jemals auf die Idee kommen sollte, ein Buch über sein Leben zu schreiben – es wohl *Hallo, ihr Scheißbehörden* heißen würde.

Wir kugelten uns vor Lachen.

Es war fast so lustig wie der Moment, als Ralf auf die Toilette musste und aus dem Badezimmer sein Schrei erklang, weil mein Vater vergessen hatte, ihn vorzuwarnen, dass über der Badewanne drei Rehe hingen.

„Denkst du immer noch nach?“, frage ich Ralf jetzt. Ich verliere langsam die Geduld. Papa macht den Abwasch und hört nicht mehr zu. Es ist schon komisch, egal, wie betrunken er ist, er räumt immer auf. Ich kenne keinen Menschen, der so organisiert unorganisiert ist wie er.

„Ich bin ein alter Punker, Caroline.“ Endlich bricht Ralf sein Schweigen. „Zuerst mit Idealen wie ‚Der beste Weg, die Gesellschaft zu zerstören, ist, nicht mehr für sie zu arbeiten‘. Das ist leicht gesagt, wenn man glaubt, dass man Dichter oder Rockstar wird. Dann fängt man langsam an zu differenzieren. Man macht nur noch ein bisschen auf Pseudo-Anarchie und denkt, dass es die Gesellschaft einen Scheiß angeht, wo man sein Gras anbaut und so. Dann kommen die Kinder, und man sieht ein, dass man mit Ablehnung keine Miete bezahlen kann, und ab dem Punkt … befindet man sich im Hamsterrad. Dreißig Jahre später wacht man auf, ist geschieden, die Kinder sind erwachsen und … es ist okay. Es ist auch okay, dass man kein großer Schriftsteller geworden ist. Ich habe nur eingesehen, dass ich, wenn ich eines Tages auf meinem Totenbett liege und zurückschaue, auf ein Nichts zurückblicken werde.“

„Nein, Ralf, so darfst du nicht denken“, protestiere ich.

„Doch! Ich werde einen Feigling vor mir sehen, der nichts gewagt hat. Das Einzige, was er gemacht hat, war, verbittert zu sein und über verpasste Chancen zu klagen. Und weil ich schon seit Langem eingesehen habe, dass ich ein Leser und kein Schriftsteller bin – zu dieser Einsicht sollten übrigens einige Menschen kommen –, muss ich etwas anderes tun. Etwas, das mein Werk ist. Mein Ding. Das niemand außer mir getan hat. Verstehst du?“

„So gut wie.“

„Ich hasse es, dass ich so vorhersehbar bin! Kennst du den Song *Was wirst du einmal werden?* von Ebba Grön?“

„Waren das nicht die, die in der Bronzezeit angesagt waren?“

„Genau.“

„Das Lied habe ich nie gehört“, sage ich.

„Gleich wirst du es kennen“, erwidert Ralf, und ich warte darauf, dass er sein Handy hervorholt und mir den Song vorspielt, doch stattdessen macht er die Augen zu.

„War der Titel: *Wie betrunken kann man sein?*“, scherze ich, doch er geht nicht darauf ein.

Plötzlich fängt Ralf an zu singen. Seine Stimme ist ziemlich dunkel und heiser. Er singt langsam, als würde er jedes Wort auskosten.

Mein Vater unterbricht den Abwasch und hört ebenfalls zu.

Auch wenn nicht jeder Ton hundertprozentig sitzt, klingt es schön.

Was wirst du einmal werden, wenn du groß bist
Wirst du wie Vater und Mutter sein
Wirst du ein Boss sein
Ein Verkäufer
Oder irgendein hohes Tier
Oder vielleicht bist du auch

Mit jedem verdammten Scheißjob zufrieden
Dir ist das einerlei
Es wird sich schon ergeben
Was wirst du einmal werden?

Jetzt bist du jung und rebellisch
Du setzt hart auf hart
Du weißt genau, was du willst
Und du willst nicht einer von denen werden

Also mach weiter und hör nicht auf, ein Rebell zu sein
Mach weiter und hör nicht auf, du selbst zu sein
Mach weiter und hör nicht auf, ein Rebell zu sein

Was soll aus deiner Zukunft werden
Wie wird es in ein paar Jahren sein
Wirst du in einem Sessel sitzen
Und wie wird es dir ergehen
Was wirst du einmal werden?
Steh auf, geh zur Arbeit, maloche, maloche, mach Mittagspause
Morgen wird es wieder genauso sein
Malochen, die Tram nach Hause nehmen und sitzen und glotzen
Das ist kein Leben
Das ist Sklaverei

Also mach weiter und hör nicht auf, ein Rebell zu sein
Mach weiter und hör nicht auf, du selbst zu sein
Mach weiter und hör nicht auf, ein Rebell zu sein

Als es still wird, merke ich plötzlich, dass ich vergessen habe zu atmen.

Ralf sieht hoch. Ich nicke ihm zu. Er starrt auf den Boden.

Für eine Weile sagt niemand ein Wort.

Schließlich fragt Papa, ob jemand den selbst gebrannten Pflaumenschnaps probieren möchte, den er letzte Woche von einem netten Bosnier bekommen hat.

24

Jetzt sind es nicht einmal mehr zwei Wochen bis zum Tag des großen Fleischcoups, und draußen tobt ein Schneesturm.

Meine Mutter und ich trinken auf der Tribüne der Tennishalle einen Kaffee und gucken August beim Training zu. Es war ihre Idee, dass ich mitkommen sollte, und zwischen den Zeilen hörte ich ein „Es wäre nett, wenn du dich ein bisschen mehr für deinen kleinen Bruder interessieren würdest“ heraus, aber ich weiß ganz genau, dass sie eigentlich nur die bevorstehende Weihnachtshölle planen will.

„Zur Abwechslung klappt seine Rückhand“, sagt meine Mutter, und ich frage mich, ob wir beim selben Tennistraining zuschauen.

„Gut, August! Das war Pech!“, ruft sie ihm zu, als er mit der Rückhand ein weiteres Luftloch schlägt.

„Beim Tennis kommt es auf die Beinarbeit an“, fachsimpelt meine Mutter ernst, und ich bin kurz davor zu sagen, dass es beim Tennis darauf ankommt, den Ball zu treffen, aber ich beherrsche mich.

August spielt mit drei Gleichaltrigen und einem Trainer, der ein ziemlich heißer Latino ist.

Unwillkürlich muss ich an Arnold denken. Es ist kein gutes Gefühl, dass ich ihn ausnutzen werde. Er ist einer der lustigsten und besondersten Typen, die ich seit Langem getroffen habe. Und diese Zahnlücke. Aber vielleicht ist es so, dass wahre Liebe immer mit einem Diebstahl beginnt?

Meine Mutter schreit so laut „Gut so, August!“, dass es durch die ganze Halle schallt.

Findet sie seine Leistung etwa nur gut, weil sie seine Mutter ist? Werde ich das auch finden, wenn ich irgendwann einmal einen talentlosen Sohn haben sollte? So verpeilt kann man doch gar nicht sein. Oder? Ist das im menschlichen Organismus so angelegt, dass alles, was unsere Kinder tun, gut ist? Wenn ja, dann ist es krank und kontraproduktiv. Weil es bestimmt etwas gibt, in dem August besser ist und das nützlicher wäre, sowohl für ihn als auch für uns andere. Diesem Team nützt es ganz sicher nichts, dass ausgerechnet August auf dem Feld herumrennt und mit einer Holzkelle herumfuchtelt, die mit Tiersehnen bespannt ist.

„Triffst du dich mit jemandem?“, erkundigt meine Mutter sich.

„Gerade treffe ich mich mit dir“, antworte ich.

Meine Mutter lacht gekünstelt. „Ja, also … Ich meinte … jaja.“

Wir schweigen.

„Man darf nicht zu hohe Ansprüche haben, weißt du“, sagt meine Mutter nach einer Weile.

„Nein“, murmele ich.

„Die einzige Bedingung, die ich nach deinem Vater gestellt habe, war, dass der nächste Mann nicht Tommy heißen durfte.“

„Warum?“

„Tommy und Annika, wie würde das denn aussehen?“

Wir lachen beide. Manchmal kann sie ziemlich lustig sein.

Ich bekomme eine SMS von Bente. *Schwimmen am Freitag? Ohne H.*

Ja, supergerne!, schreibe ich sofort zurück.

„Musst du dich jetzt mit deinem Handy beschäftigen? Kannst du nicht …?“, nörgelt meine Mutter, aber sie kann mir die Freude über Bentes SMS nicht verderben.

„Warum hast du mir nie beim Turmspring-Training zugesehen, als ich klein war?“, höre ich mich selbst auf einmal fragen.

Meine Mutter seufzt beinahe lautlos.

„Weil ich vielleicht etwas anderes zu tun hatte.“

Ich frage nicht weiter. Ich kenne die Litanei über durchwachte Nächte und Wundliegen, Krankenwagen, Schwimmen, Krankenhäuser und einen Vollzeitjob. Dass sie alles alleine machen musste und Papa nur getrunken hat.

„Weißt du, dass ich als Jüngste des ganzen Vereins den Freischwimmer, das Bronzeabzeichen und das Silberabzeichen gemacht habe?“

„Natürlich weiß ich das. Das hast du uns allen immer wieder erzählt.“

Oh, wie bissig sie sein kann.

„Und dann habe ich auch eine Auszeichnung in Französisch bekommen, aber das war erst auf dem Gymnasium.“

„Caroline!“, sagt meine Mutter in einem Ton, als wäre ich ein Dackelwelpe, der auf den Teppich gemacht hat. Ich fühle mich wie ein bockiger Teenager.

Kann sie nicht einmal etwas Überraschendes sagen? Irgendwas, das aus der Reihe fällt.

Ich bin häufig der Meinung, dass ich Menschen wie ein

offenes Buch lesen kann. Meine Mutter ist ein offenes Bilderbuch.

„Weißt du was, Caroline?"

„Was?"

Sie beugt sich vor und bittet mich, ihr in die Augen zu sehen. Sie holt tief Luft.

„Gib mir ruhig die Schuld, mach das. Dann kann ich meiner Mutter die Schuld geben. Das habe ich gemacht, und das funktioniert ausgezeichnet. Eine Zeit lang. Dann kann sie ihrer Mutter die Schuld geben. Die wiederum ihrer Mutter die Schuld gibt, welche alles auf ihre Mutter schiebt und so weiter. Und am Ende ist Eva im Paradies schuld an allem!"

Meine Mutter nagelt mich mit ihrem Blick fest, und das, was sie gerade gesagt hat, ist wirklich ziemlich überraschend.

„Man hat die Wahl: Will man mit seinen Vorfahren ins Reine kommen oder mit sich selbst?"

Ich weiß nicht, was ich darauf antworten soll.

„Oder willst du vielleicht verbittern? Das wirst du nämlich, wenn du erwachsen wirst. Das Urlaubsgeld ist nicht gerade reichlich bemessen, das kannst du dir schon mal merken."

Mir fällt immer noch keine passende Erwiderung ein.

Wir trinken beide einen Schluck Kaffee. Ich nehme an, dass ihrer genauso kalt ist wie meiner.

„Hast du den immer noch kein einziges Mal abgenommen?", frage ich und zeige auf den Tauflöffel, der an ihrem Hals hängt.

„Was? Den Löffel, nein, den nehme ich nie ab."

Ich sage nichts.

Meine Mutter glaubt, dass sie in dem Moment, als Sebastian gestorben ist und sie zweihundertfünfzig Meilen entfernt war, gespürt hat, dass er von uns ging. Sie glaubt ernsthaft, dass sie über diesen Tauflöffel weiter mit ihm in Kontakt steht. Wie ein Satellit im Reich der Toten ungefähr. Ich habe mich nie getraut, ihr zu erklären, dass das nicht so ist. Ich frage mich, ob ich das wohl jemals tun werde.

Sie feuert August an, der einen Vorhandvolley schlägt, der tatsächlich innerhalb der Linien landet.

„Und vergiss nicht, dass jeder sich anders entwickelt, beim Tennis und auch bei allen anderen Dingen."

Wenn unsere Beziehung ein Boxkampf wäre, hätte sie diese Runde gewonnen.

„Gut so, August!", rufe ich laut.

August blickt zu mir hoch, und ich winke fröhlich. Er winkt nicht zurück.

„Wie wollen wir es dieses Jahr an Heiligabend machen?", fragt meine Mutter.

25

„Für die Reduktion kannst du getrockneten Estragon nehmen, aber der zum Garnieren muss frisch sein."

„Okay", antwortet Bente zögernd, als wäre das zu viel Information, um sie sich zu merken.

Ich habe ungefähr einen Liter Sauce béarnaise mitgebracht, der ein paar Tage reichen sollte, doch wir sehen beide ein, dass ich nicht für ewige Zeiten ihr Sauce-béarnaise-Lieferant sein kann. Bente hat es mit einem Fertigprodukt probiert, das irgendein Gastronom fabriziert hat, aber Hannes hat Geschmack bewiesen und das Zeug ausgespuckt.

Nachdem wir tausend Meter geschwommen sind (ich bin tausend geschwommen, Bente höchstens siebenhundert), sitzen wir in der Sauna vom Eriksdalsbadet, und ich versuche, Bente zu erklären, wie man eine Sauce béarnaise macht.

„Und die Reduktion war das mit dem Essig?"

„Ach, vergiss es, das zeige ich dir nachher."

„Okay."

„Ich werde dich zur Königin dieser Emulsion machen, damit dein Sohn seine Nahrungsaufnahme verzehnfacht", sage ich, und Bente lacht.

Hannes gefällt es in der neuen Einrichtung, und am Montag war er das erste Mal ohne Bente da.

Er kommt nachmittags schon relativ früh nach Hause, aber mir ist klar, dass Bente erleichtert ist. Meine Tipps, wie man sich als Verkäuferin verhält, scheinen auch funktioniert zu haben, denn während der hektischen Vorweihnachtszeit soll sie auch an den Sonntagen im Eisenwarengeschäft arbeiten.

Wir schweigen. Es ist das erste Mal, dass ich nackt neben ihr sitze, ohne dass Hannes dabei ist, und es fühlt sich ungewohnt an.

Ich war kurz davor, ihr von dem geplanten Fleischcoup zu erzählen. Ich denke an nichts anderes mehr, und auch wenn sie mich für völlig verrückt halten wird, würde sie uns nicht verpfeifen. Ralf weigert sich, mich zu treffen, wenn es nicht unbedingt sein muss, und mein Vater hat keine Ahnung, wie der Diebstahl genau ablaufen soll. Oder auch ungenau. So wie ich keinen Schimmer davon habe, was passieren wird, nachdem Ralf das Lidingö-Zentrum hinter sich gelassen hat. Das ist ihre Sache.

Ralf und ich sind jedenfalls beide der Meinung, dass meinem Vater selbstverständlich ein Drittel des Erlöses zusteht, wenn er das ganze Fleisch an seine Kontakte verhökert. Papa hat nur irgendetwas gemurmelt, das klang wie: „Das wird sich schon regeln.“

Ich weiß, dass ich Ralf geschworen habe, niemandem ein Sterbenswörtchen zu verraten, aber ich beiße mir allmählich die Zunge wund, weil es mir so schwerfällt, nicht mit dem Geheimnis herauszuplatzen.

Heute Nacht bin ich um vier Uhr aufgestanden und habe ein paar Portionen Sauerteig mit Wildhefe angesetzt, die tagsüber kalt gehen und die ich heute Abend zu Baguettes verarbeiten will. Ich backe, um auf andere Gedanken zu kommen. Es ist schwierig. Ich fühle mich wie früher als Kind, als ich beim Kochen eher damit rechnete, dass das

Rezept danebenging. Beim Backen kann so viel schiefgehen. Sobald man ein bisschen sicherer geworden ist, kann man sogar mit Gefühl backen, doch so weit bin ich noch nicht. Ich halte mich immer noch sklavisch an das Rezept. Aber wenn ich im Sommer Carolines Tapas eröffne, will ich auch das Backen aus dem Effeff beherrschen. Man sollte nicht auf Bäckereien angewiesen sein. Es gibt nicht viele Zutaten, die billiger sind als Mehl, Hefe, Salz und Wasser, doch ein Bäcker kann trotzdem, ohne mit der Wimper zu zucken, für ein Baguette fünfzig Kronen verlangen.

Bente, die bei den Saunatemperaturen ächzt und stöhnt, steht abrupt auf und setzt sich ganz nach unten.

„Oh, Luft …"

Sie sagt, wie schön sie es findet, alleine im Hallenbad zu sein. „Normalerweise kriege ich einen steifen Nacken, und die Arme und Schultern tun mir weh, wenn ich Hannes helfe, aber jetzt fühle ich mich einfach nur schön." Sie räkelt sich, und ich kann es nicht lassen, ihren Körper zu mustern. Sie ist zierlich und schlank und hat schöne markante Schultern. Hängeschultern sehen weder bei Männern noch bei Frauen gut aus. Ich habe noch nie mit jemandem geschlafen, der keine ausgeprägte Schulterpartie hatte. Dasselbe gilt für Kinne. Die müssen auch markant sein. Ich habe ein markantes Kinn und markante Schultern. Bente hat eine schöne Haltung und einen geraden, schmalen Rücken. Ich kann nichts dagegen tun, mein Blick wandert zu der Spalte zwischen ihren Beinen. Ich sehe vielleicht gerade mal drei Zentimeter, aber die gehören zu meinen Lieblingszentimetern am menschlichen Körper. Genau an dieser Stelle hat Tor-Olav mit seiner Zunge Wunder vollbracht. Ich frage mich, ob sich Bentes erogene Zone wohl auch dort befindet?

Habe ich gerade ein Kribbeln gespürt?

„Tut mir leid, Caroline, aber ich kann nicht mehr! Kommst du mit raus?"

Bente steht auf und geht zur Tür.

Ich verstelle meine Stimme und mache, so gut ich kann, auf Machoman: „Ich hätte gut und gerne noch zwei Stunden länger durchgehalten, aber jetzt muss ich ins Büro und ein paar Hundert Riesen scheffeln!"

„Ich für meinen Teil muss nach Luxemburg, um ein paar Millionen auf die Bank zu bringen, die ich in einem Seniorenstift abgesahnt habe!", kontert Bente mit gespielter Männerstimme.

Wie zwei erfolgreiche Quartalskapitalisten gehen wir zu den Duschen.

„Sehen wir uns nächste Woche in Basel?", fragt Bente.

„Vielleicht in netter Damengesellschaft!", sage ich und haue ihr auf den Hintern. Ich lande einen Volltreffer, und Bente schreit auf, dass es im Duschraum widerhallt.

Wir lachen und kreischen und stellen uns unter die Duschen, die am weitesten voneinander entfernt sind. Als hätte uns plötzlich die Schüchternheit übermannt, nachdem ich ihren nackten Po berührt habe.

Ich stelle das Wasser auf die kälteste Stufe, meine Haut kühlt schnell ab, aber innerlich fühle ich mich, als würde mein Blut kochen.

26

Obwohl es nur eine Generalprobe ist, bin ich so nervös, dass mir die Beine zittern. Ich verstehe nicht, wovor ich Angst habe. Hat die Polizei Wind von unserem Coup bekommen und plant, uns heute hochzunehmen? Das nennt man präventive Verbrechensbekämpfung. Oder so ähnlich. Fahndung? Es kommt mir so real und beängstigend vor. Ich laufe rastlos in der Fleischabteilung hin und her, tue so, als würde ich arbeiten, und habe unser tragbares Telefon in der Tasche. Warum klingelt es nicht? Es ist schon fast zwei Uhr.

Oder bin ich nervös, weil ich Arnold wiedersehe?

Es macht eigentlich keinen Sinn, dass ich Kunden bediene. Ich verstehe nicht, was sie mir sagen, und vergesse, was sie bestellt haben. Ich habe bestimmt fünfunddreißig Scheiben Serranoschinken abgeschnitten, bevor mich die Kundin gefragt hat, was ich da tue. Sie wollte nur zwölf.

Zu einem anderen Kunden, der gleichzeitig mit seinem Handy telefoniert und ein gegrilltes Hähnchen bestellt hat, habe ich gesagt: „Entschuldigung, wissen Sie nicht, was sich gehört?"

„Wie bitte?", antwortete er.

„Ich habe nur gefragt, ob das alles war?", erwiderte ich.

„Ja", sagte der Typ und telefonierte weiter.

Unser Abteilungstelefon klingelt.

„Hallo, alles klar?", sage ich, noch bevor Arnold aus dem Lkw gestiegen ist. Ich nehme mein Handy aus der Tasche und stelle die Stoppuhr an. Ralf will wissen, wie viel Zeit er genau hat, und das leuchtet mir selbstverständlich ein.

Dieses Mal sitzt Ralf unauffällig in seinem Auto auf dem kleinen Parkplatz in der Nähe der Rampe, sodass er alle Autos beobachten kann, die hierherkommen. Als er den Lkw auftauchen sieht, kann er in aller Ruhe auf uns zugehen, ohne sich zu stressen. Heute trägt er seinen neuen blauen Kapuzenpulli, den ich auf dem Flohmarkt erstanden habe. Er findet ihn perfekt. Damit sieht er nicht aus wie ein Dieb, und das Risiko, dass ihn jemand erkennt und ihn anquatscht, ist nicht so groß. Oder ihn erkennt und verpfeift.

Im genau richtigen Abstand zum Lkw bleibe ich stehen. Es wirkt nicht unnatürlich, aber trotzdem muss Arnold sich ein paar Meter vom Lkw entfernen. Die Schlüssel lässt er wie üblich stecken.

Er kommt zu mir, und wir unterhalten uns über seinen Bruder und seinen Vater, die in Alicante sind und Golf spielen, und ich lerne, dass Alicante in Spanien liegt.

Und dann diese Arnold-typische Frage aus dem Nichts: „Willst du Kinder haben, Caroline?"

Er fragt auf eine Art, als wollte er es wirklich wissen. Als würde ihn meine Antwort interessieren. „Mit dir?", wäre mir fast rausgerutscht, ich kann es mir aber Gott sei Dank in letzter Sekunde verkneifen.

Stattdessen antworte ich: „Unbedingt, irgendwann. Und du?"

„Klar will ich Kinder. Nichts Unübliches, wie ihr hier oben in Stockholm sagt. Aber was meinst du mit ‚irgendwann'?"

„Ich bin erst fünfundzwanzig. Ich hab's nicht eilig."

„Das hat meine Schwester auch gesagt. Jetzt ist sie fünfundvierzig, und es vergeht kein Tag, an dem sie nicht an Kinder denkt, sagt sie. Sie war in Kliniken in Dänemark und Finnland und weiß Gott wo noch, aber es klappt nicht. Sie sagt, dass sie die Abtreibungen in ihrer Jugend bitter bereut. Und dabei hat sie noch nicht einmal eine Mutter, die ihr wegen Enkelkindern in den Ohren liegt."

„Weil es der Mutter egal ist oder weil sie nicht mehr lebt?"

„Weil sie nicht mehr lebt."

„Wann ist sie gestorben?"

Ich will das Kommando in dieser Unterhaltung übernehmen. Aus den Augenwinkeln sehe ich, wie Ralf um den Lkw schleicht und hineinschaut. Ich passe auf, dass ich nicht in seine Richtung blicke, damit Arnold sich nicht wundert, wo ich hinstarre, und sich womöglich umdreht. Das würde Ralf mir nie verzeihen. Er sagt, dass es Sinn und Zweck von Generalproben ist, so nah wie nur irgend möglich an der Premiere zu sein.

„Vor zwölfeinhalb Jahren, als ich siebzehn war."

„Wie ist sie gestorben?"

„Es fing mit Gebärmutterhalskrebs an und endete fünf Jahre später mit Metastasen im ganzen Körper. Ihr letzter Witz war, dass sie froh sei, keinen Ohrenkrebs zu haben."

„Hatte sie deinen Humor?"

„Ich kann immer noch über ihre Scherze lachen."

„Wie sind dein Vater und dein Bruder damit umgegangen?"

„Na ja …" Arnold sieht mich mit seinen lebhaften, klaren Augen an. Und diese Zahnlücke. „Darüber kannst du bis zum nächsten Mal nachdenken. Jetzt muss ich arbeiten."

Er dreht sich um und drückt auf den Knopf, der die Hintertür öffnet.

Ich halte die Stoppuhr in meiner Tasche an. Es müssen ungefähr anderthalb Minuten vergangen sein. Ich gehe zum Lkw und kann Ralf nirgendwo entdecken. Er muss genug Zeit gehabt haben, um sich in aller Ruhe aus dem Staub zu machen.

Diesmal hat Arnold fünf Paletten dabei. Nicht mehr lange, dann ist Weihnachten. Wie üblich darf ich ihm nicht helfen. Während er Palette für Palette ablädt, ruft er mir zu: „Kinder sind der Sinn des Lebens, Caroline. Die einzige nachweisbare Funktion, die der Mensch hat, ist, sich fortzupflanzen. Und außerdem sind Kinder das Tollste überhaupt, das steht außer Frage."

Ich lache und pflichte ihm bei. Wir winken uns zu und stellen fest, dass wir uns nächsten Freitag wiedersehen.

Dann werde ich seinen Lkw kapern.

Nichts Unübliches, wie wir hier oben in Stockholm sagen.

27

Ich sitze auf dem Balkon und panikrauche.

Das ist vielleicht mein letzter Abend in Freiheit, und ich pfeife auf ein gesundes Leben, und ich pfeife darauf, ob ich ein Alkoholproblem habe oder nicht. Ich weiß nicht mehr, wie oft ich schon auf den Hahn der Bag-in-Box gedrückt habe. Ich weiß nicht einmal, wie der Weißwein heißt, ich weiß nur, dass er einen hohen Alkohol-pro-Krone-Wert hat.

Eigentlich hatte ich mir vorgenommen, zu backen und nüchtern zu bleiben, aber nach zwei Gläsern Wein habe ich den misslungenen Teig weggeworfen und mich nach draußen auf den Balkon gesetzt. Für einen 28. Dezember ist es gar nicht so kalt. Es sind nur zwei, drei Grad unter null.

Morgen werde ich einen Fleischtransporter entwenden. Oder einen groben Diebstahl begehen, wie es Ralf bei unserem letzten Treffen ausgedrückt hat. Er hat auf rechtsexperten.se gegoogelt, dass unser Delikt als grober Diebstahl eingestuft und mit einem halben bis zu sechs Jahren Gefängnis geahndet wird. In der Praxis würde das vermutlich zwei Jahre bedeuten, weil wir nicht vorbestraft sind. Und bei guter Führung könnten wir vielleicht schon nach einem Jahr wieder draußen sein. Als er das alles gesagt hatte, haben wir uns angesehen, und zum ersten Mal hatte ich das Gefühl, dass auch Ralf am liebsten einen Rückzieher machen würde, sich aber nicht traute. Ich weiß, dass er genauso viel Angst vor einer Gefängnisstrafe hat wie ich. Bei unserem ersten Treffen im Tennstopet vor gefühlten hundert Jahren hat er gesagt, dass ihn die Vorstellung, im Knast zu sitzen, krank macht. Mir geht es genauso.

Außerdem ist es unmoralisch. Es gibt einen Grund dafür, dass wir Gefängnisse haben. Die Menschen sollen einander nicht bestehlen, und das hat nichts mit Gottes Zehn Geboten oder irgendetwas anderem in der Richtung zu tun. Das hat mit gesundem Menschenverstand zu tun. Stehlen ist, als würde man einen Beitrag zur Regression unserer Zivilisation leisten, oder wie man das nennt. Ich kann mich gerade selbst nicht leiden. Ich will keine gewöhnliche Diebin sein.

Von unserem geplanten Coup kann ich nicht mehr abspringen, aber vielleicht kann ich von diesem Balkon hier springen? Ich stehe auf und sehe nach unten. Können es zwanzig Meter sein? Ich habe ein gutes Augenmaß, doch bei Höhen tue ich mich schwer. Sechzehn, siebzehn Meter vielleicht. Die Frage ist nur, ob das reicht, um sich umzubringen? Eine schlimmere Strafe als ein Jahr Knast wäre, lebenslänglich im Rollstuhl zu sitzen. Wenn man nicht an zerebraler Kinderlähmung leidet und geistig behindert ist. Ich glaube, Sebastian hatte ein gutes Leben. Er hat seine Mutter geliebt, und er hat mich geliebt. Und wir haben ihn geliebt. Ich glaube nicht, dass er darunter gelitten hat, dass meine Mutter ihn zu sehr behütet hat, das habe nur ich getan. Sebastian hat das Leben geliebt, und wenn ich nur den Kopf ins Badezimmer gesteckt hätte, als ich seine Schreie gehört habe, würde er heute noch leben. Ich hätte lebenslänglich bekommen müssen. Eigentlich geschieht es mir nur recht, wenn ich morgen geschnappt werde.

Ich habe Heiligabend bei meiner Mutter überlebt, weil ich beschlossen hatte, Limonade zu trinken und zu allem Ja und Amen zu sagen. Meine Mutter war wahrscheinlich der Ansicht, dass ich die reifste, netteste junge Frau war, die sie jemals getroffen hat, und ich habe den Drang zu kotzen runtergewürgt.

Ich versuche, positiv zu denken. Ich denke daran, dass ich im Sommer Tapas in Stockholms beliebtester Tapas-Bar zubereiten werde: Carolines Tapas. Aber dieses Wunschbild hält nicht. Es bekommt Risse. Stattdessen male ich mir Schreckensszenarien von unserer Verhaftung aus. Ich stelle mir vor, wie ich so nervös bin, dass ich zu Ralf hinübersehe, und wie Arnold zu ihm hinläuft und ihn überwältigt. Ich fantasiere mir zusammen, dass Arnold krank ist und der Kollege, der ihn vertritt, ein übergenauer Pedant ist, der den Lkw abschließt, wenn er aussteigt. Zwischendurch bilde ich mir sogar ein, dass das Ganze ein Komplott ist, den Ralf und Daniella eingefädelt haben, um mich ins Gefängnis zu bringen.

Und dann denke ich an Arnold.

Ich drücke auf den Zapfhahn und genehmige mir das mindestens achte Glas.

Wenn man davon absieht, dass Arnold morgen von meinem groben Diebstahl in Mitleidenschaft gezogen wird, freue ich mich darauf, ihn zu sehen. Falls alles gut geht, bitte ich ihn möglicherweise irgendwann einmal um ein Date. Ein sympathischer, kluger, treuer Typ. Mit dem genau richtigen Maß an Kummer und Sorgen im Gepäck. Ich kann mir gut vorstellen, dass er mich und unsere Kinder versorgt, einen Wickeltisch nach dem anderen wasserwaagengerade aufbaut und uns nach einer Party nach Hause fährt, damit ich trinken kann. Ich sehe ihn vor mir, wie er mich und meine Kochkünste anbetet, wie er über meine Witze lacht und seine Elternzeit schon mehrere Jahre im Voraus plant. Aber kann ich mir auch vorstellen, wie er mich so hart von hinten nimmt, dass es mir nichts ausmacht, mit dem Kopf gegen das Kopfteil unseres Bettes zu stoßen, weil ich fantastische vaginale Orgasmen erlebe? Ich weiß nicht. Bei Bente ist das anders. Wenn ich die Augen schließe, sehe ich haufenweise Bilder vor mir, die in jedem lesbischen Pornofilm vorkommen könnten. Sie hat gesagt, dass sie noch nie etwas mit einer Frau gehabt hat, aber würde sie das wollen? Und bin ich ihr Typ? Neulich hat sie erzählt, dass ein fünfundzwanzigjähriger Kerl im Eisenwarengeschäft mit ihr geflirtet hat. Also hat sie schon mal nichts gegen Lammfleisch. Sie sagte, dass sie sich als Mutter noch nie so attraktiv gefühlt habe wie in seiner Gegenwart. Er wollte eigentlich nur ein paar Fensterhaken kaufen, und sie haben sich eine halbe Stunde lang unterhalten. Ich meinte, wenn sie sich selbst als Autisten-Mama bezeichne, solle sie unbedingt auf sexy Autisten-Mama bestehen. Wir machten Witze darüber, dass Bente die Sexiest Autisten-Mama in ganz Stockholm und Umgebung ist. Ich liebe es, sie zum Lachen zu bringen.

Vielleicht könnten wir eine Dreierbeziehung eingehen? Arnold, Bente und Caroline. ABC. Eine ABC-Beziehung. Ich bin mir sicher, dass das funktionieren würde. Ich werde sie fragen. Bente könnte sich darauf einlassen, bei Arnold bin ich mir nicht sicher. Außerdem will er mich vielleicht gar nicht. Vielleicht steht er nicht auf Hobbygangsterinnen und Kokainhuren, die gerne mit sexy Autisten-Mamas schlafen würden.

Ich gehöre ins Bett, allmählich bin ich betrunken. Eine letzte Zigarette, dann gehe ich wirklich schlafen. Ich muss morgen früh raus und sieben Tonnen Fleisch stehlen. Wie die Profis sich wohl vorbereiten? Ich bilde mir ein, dass sie Amphetamin, Rohypnol und so Zeug einwerfen. Leider geht das bei Insiderstraftaten nicht. Schließlich muss ich mich ganz normal verhalten. Ein Kater ist da perfekt.

Ich zünde mir eine letzte Lucky Strike an und blase einen missglückten Rauchkringel in die Luft.

28

„Fleischabteilung, Caroline“, melde ich mich.

„Neue Warenlieferung eingetroffen.“

Arnolds Stimme. Die erste Hürde ist genommen.

„Ich komme“, antworte ich.

Aus irgendeinem Grund bin ich heute nicht so nervös wie bei der Generalprobe. Ich weiß nicht, ob es an meinem Kater liegt oder ob ich nicht begreifen kann, dass es diesmal ernst ist. Das Einzige, was ich machen muss, ist, mit einem extrem netten und sympathischen Kerl zu reden und Augenkontakt mit ihm zu halten, damit er nicht auf seinen Lkw achtet. Außerdem scheint Daniella heute freizuhaben, und da kann man von vornherein leichter atmen.

Ich mache den obersten Knopf meiner Arbeitskleidung auf und gehe nach draußen auf die Rampe.

„Hallo, alles klar?“, begrüßen wir uns gleichzeitig. Arnold springt aus dem Lkw, ohne die Tür hinter sich zuzumachen. Ich kann keine Autoschlüssel sehen, also hat er sie bestimmt stecken lassen. Alles ist genau wie immer. Ich bleibe da stehen, wo ich immer stehen bleibe, ungefähr fünf Meter vom Lastwagen entfernt, auf der rechten Seite, damit man das Fahrerhaus nicht im Blick hat.

Arnold erzählt, dass er heute leider nicht so viel Zeit hat, weil er vor Neujahr so unglaublich viel Fleisch ausliefern muss. Sofort dreht sich mir der Magen um. Das hat er noch nie gesagt. Jetzt muss ich interessanter sein als jemals zuvor.

„Ich schätze, dass der Leichnam deiner Mutter noch nicht kalt war, bevor dein Vater und dein Bruder mit ihrem Leben weitergemacht haben, als hätte es sie nie gegeben", sage ich.

„Was?"

„Dein Vater und dein Bruder. Als deine Mutter gestorben ist. Sie haben sie geliebt, als sie gelebt hat, aber sie haben nicht um sie getrauert, nachdem sie gestorben war."

„Spot on, baby!"

„So was kann ich."

Am Lkw tut sich nichts. Was ist, wenn Ralf kneift oder von jemandem aufgehalten wurde?

„Ich habe ein Mal mit meinem alten Herren darüber gesprochen, und er hat gesagt, dass man sich das Leben wie eine asphaltierte Straße vorstellen muss", erzählt Arnold mit seinem melodischen Göteborgerisch, das ich liebe, seit ich ihn kennengelernt habe. „Manchmal entstehen Löcher und Risse und so, und dann muss man die Straße neu asphaltieren, damit man weiterfahren kann."

Er sagt das ohne einen Anflug von Sentimentalität, und wir lachen über den bizarren Kern dieser Lebensphilosophie.

„Was ist dein größter Kummer, Caroline?"

Gute Frage. Ich muss das Ganze in die Länge ziehen, damit er nicht wegfährt.

„Mein kleiner Bruder ist ertrunken, als er acht war. In der Badewanne. Er war behindert."

„Wie alt warst du?"

„Dreizehn. Auf den Tag genau. Es ist an meinem Geburtstag passiert."

„Was für ein Timing."

„Das kann man wohl sagen. Ich habe mir ein Handy gewünscht und eine Lebenskatastrophe bekommen."

Arnold streicht sich über seine Bartstoppeln und sieht aus, als würde er nachdenken. Das Schöne daran, wenn man mit anderen Menschen spricht, die selbst jemanden verloren haben, ist, dass man sich keine Floskeln und Beileidsbekundungen anhören muss. Vor allem, wenn es zwölf Jahre her ist, hat man nicht unbedingt ein großes Bedürfnis danach, über den Kopf gestreichelt zu werden.

„Würdest du sagen, dass du es überwunden hast?"

„Man überwindet Berge und Niederlagen bei Turnieren im Turmspringen. Aber keine toten Brüder. Oder Mütter."

„Wieder spot on."

Am Lastwagen ist immer noch keine Bewegung auszumachen. Es sieht ganz so aus, als hätten wir diesen lächerlichen Plan fallen lassen, und gerade ist das ein supergutes Gefühl. Aber ich will diese Unterhaltung trotzdem noch weiterführen. Arnold macht eine Bewegung, als hätte er vor, zu seinem Lkw zu gehen.

„Wenn jemand, der dir nahesteht, jetzt sterben würde, Arnold, würdest du dir wünschen, dass er oder sie ertrinkt und in einer Sekunde verschwunden ist oder dass derjenige erst fünf Jahre an einer Krankheit dahinvegetiert?"

„Das ist leicht: in einer Sekunde ertrinken. Kurz und schmerzlos. Das ist besser, als jemandem beim langsamen, qualvollen Sterben zuzugucken. Und du?"

„Langsamer Krebs. Ganz klar. Damit man sich noch verabschieden kann."

Der Motor des Lkws heult auf. Arnold fährt blitzschnell herum, und im selben Moment, in dem die Tür der Fahrerkabine zuschlägt, rast der Transporter davon. Arnold zögert nicht eine Sekunde. Er springt von der Rampe, die knapp zwei Meter hoch ist. Wie in Zeitlupe sehe ich, wie er auf dem Boden landet und sich sein rechter Fuß unter ihm verdreht. Es sieht aus, als würde er abbrechen. Arnold fällt, kommt aber sofort wieder auf die Beine und beginnt zu rennen. Der Lkw hat schon fünfzehn Meter entfernt die erste Kurve erreicht. Doch Arnold holt auf. Ralf biegt nach rechts ab und brettert an der Parkplatzeinfahrt vorbei. Aber die Achsen des Lkw sind schwergängig, sodass Arnold den Laster fast erreicht hat. Ist das ein Film, oder passiert das hier gerade wirklich? Arnold ist beinahe auf der Höhe des Sattelanhängers. Was zum Teufel hat er vor? Will er auf den Lkw aufspringen? Ralf, gib Gas, verflucht noch mal! Ich will Arnold zurufen, dass er aufpassen soll, aber kein Laut kommt aus meinem Mund. Der Transporter rast auf den Lejonvägen, und zwei Autos, die auf dem Weg ins Zentrum sind, müssen eine Vollbremsung machen. Arnold sieht ein, dass er keine Chance hat, und beendet Gott sei Dank seine Verfolgungsjagd. Er bleibt ein paar Sekunden lang stehen und sieht dem Lastwagen hinterher, bevor er sich umdreht und humpelnd zu mir zurückjoggt.

„Ruf 112 an!“, schreit er mir zu.

Ich nehme mein Handy aus der Tasche und starre es sekundenlang an, als hätte ich einen Schock. Was ich vielleicht auch habe.

Arnold kann nicht mehr laufen. Er humpelt stark. Und er macht komische Geräusche. Er stöhnt laut auf, als er die

Treppe zur Laderampe hochkommt, und will wissen, wo unser internes Telefon ist.

„Da!“, sage ich und zeige nach drinnen.

Auf einem Bein hüpft Arnold zum Telefon.

Ich wähle 112.

Ralf hat gesagt, dass in diesem Stadium jede Sekunde zählt. Das ist das Einzige, woran ich denke. Jede Sekunde zählt. Plus, dass ich vermutlich gefilmt werde. Also muss jede Bewegung glaubwürdig sein. Auch wenn ich Zeit schinde.

Ralf ist die Strecke bis zur Garage im Frihamnen ungefähr fünfzig Mal probehalber bei unterschiedlichen Verkehrsverhältnissen gefahren. Seine Bestzeit ist 4,25 Minuten, seine schlechteste 7,14. Durchschnittlich hat er ungefähr fünfeinhalb Minuten gebraucht. „Das sind die wichtigsten Minuten der ganzen Operation.“ Ich weiß nicht, wie oft er das gesagt hat.

„Notrufzentrale“, meldet sich eine Stimme am anderen Ende der Leitung.

„Hallo, mein Name ist Caroline.“

„Hallo, Caroline. Was kann ich für Sie tun?“

„Ich wurde überfallen!“, sage ich völlig aufgelöst.

„Wo befinden Sie sich?“

„Oder wir wurden überfallen.“

„Wo sind Sie gerade?“

„Ich habe mich mit dem Fahrer unterhalten, und irgendjemand hat seinen Lastwagen gestohlen.“

„Ich verstehe. Wo halten Sie sich gerade auf?“

„Entschuldigung, wir sind beim Maxfood-Supermarkt. An der Zulieferrampe.“

Ich benehme mich wie ein hysterischer Teenager, aber ich hoffe, dass man das meinem Schockzustand zuschreibt.

„Wo liegt dieser Maxfood-Supermarkt?"

Arnold bricht zusammen und stöhnt vor Schmerzen.

„Und der Fahrer ist verletzt!", schreie ich.

„Ich schicke einen Krankenwagen und die Polizei. Sie müssen mir nur sagen, wo Sie sich befinden."

„Oh, vielen Dank. Ich bleibe hier."

„Wo ist hier?"

„Lidingö-Zentrum, habe ich das nicht gesagt?"

Ich übertreibe, finde aber, dass ich mich nichtsdestotrotz glaubwürdig verhalte.

Ich verspreche, vor Ort zu bleiben, bis die Polizei eintrifft, und beende das Gespräch. Arnold stöhnt, dass er sich den Fuß gebrochen hat.

Östen und Sirpa kommen angelaufen und fragen, was passiert ist.

Fuchtelnd und gestikulierend rekapituliert Arnold das dramatische Ereignis.

Ich bekomme keinen Ton heraus.

29

„Gibt es hier einen Personalraum, in dem wir uns ungestört unterhalten können?"

„Ich weiß nicht …", stammele ich. Warum wir uns ungestört unterhalten sollen, traue ich mich nicht zu fragen.

Ich fühle mich total zittrig. Ich hoffe, das ist das typische Verhalten, wenn man gerade überfallen wurde, denn seit die Polizei aufgetaucht ist, habe ich das Gefühl, komplett die Kontrolle verloren zu haben. Zuerst kamen nur zwei Polizisten aus Lidingö. Obwohl der Weg nur dreißig Sekunden dauert, brauchten sie mehrere Minuten. Der Krankenwagen, der wegen Arnolds Fuß kam, war schneller hier.

Die beiden ersten Beamten haben mich gefragt, ob ich die Täter beschreiben könnte, das konnte ich nicht. Auch wenn sie nett und verständnisvoll waren, machten sie mich nervös. Als würden sie alles, was ich sagte, durchschauen und nur darauf warten, mich hinter Schloss und Riegel zu bringen.

Als ich schon nicht mehr glaubte, dass es noch schlimmer werden könnte, kamen weitere Polizeibeamte und ein Mann, der sich „Kriminalinspektor" nannte. Ich dachte, dass die Leute nur im Film so heißen, aber er ist es im wirklichen Leben. Der Kriminalinspektor ist mindestens eins neunzig groß, breit wie ein Schrank, muss ungefähr fünfzig sein und hat einen grauen Oberlippenbart. Er trägt keine Uniform, sondern eine dicke Lederjacke, hat bislang noch kein einziges Mal gelächelt, und mit seinen wenigen Haaren erinnert er mich an Gene Hackman. Aber leider ist er kein Schauspieler, und das hier ist kein Film. Meine Knie wackeln wie lose Schneidezähne.

Der Rettungswagen hat Arnold zur Notaufnahme ins Krankenhaus gebracht, und natürlich hat die junge, sympathische Polizistin ihn begleitet. Hätte sie nicht stattdessen bei mir bleiben können?

Jetzt ruft der Kriminalinspektor Östen zu sich und fragt ihn, ob es einen Raum gibt, in dem man sich ungestört unterhalten kann. Östen bittet uns, ihm zu folgen, und geht den Flur entlang zu Daniellas Büro.

Er öffnet die Tür, und der Inspektor erteilt ihm die Anweisung, niemanden ins Zimmer zu lassen.

Wir gehen rein. Der Polizeibeamte setzt sich auf Daniellas Platz und bedeutet mir, dass ich mich auf den Stuhl ihm gegenüber setzen soll.

Ich komme mir eingesperrt vor.

Noch einmal muss ich erzählen, dass ich den Täter nicht gesehen habe und keine Personenbeschreibung liefern kann.

„Ist Ihnen irgendetwas Ungewöhnliches im Bereich der Zulieferrampe aufgefallen?“

„Nein, nichts.“

„Nichts?“

„Alles war genau wie sonst.“

„Also aus Ihrer Sicht hat sich der Lastwagen einfach plötzlich in Bewegung gesetzt?“

„Ja, genau.“

„Erzählen Sie mit Ihren eigenen Worten, was passiert ist.“ Immer noch kein Lächeln.

„Wir haben auf der Rampe gestanden und uns unterhalten, und dann –“

„Wer ist wir?“

„Ich und Arnold. Der Fahrer.“

Verflucht, warum habe ich ihn Arnold genannt!

„Kennen Sie sich so gut, dass Sie sich mit Vornamen anreden?“

„Ja, natürlich. Man stellt sich schließlich vor –“

„Wie kam es, dass Sie diese Lieferung entgegengenommen haben?“

„Weil ich … ans Telefon gegangen bin.“

„Warum sind ausgerechnet Sie ans Telefon gegangen?“

„Weil ich … am nächsten dran war.“

„Wo war das Telefon? Als es geklingelt hat?“

„In meiner Tasche. Warum? Werde ich etwa verdächtigt?“

Er sieht mich an, ohne ein Wort zu sagen.

Ich erwidere seinen Blick. Ich tue so, als würden wir Lachen verboten spielen.

„Warum sollten wir Sie verdächtigen?“, fragt der Kriminalinspektor nach einer Weile.

„Keine Ahnung“, antworte ich mit schriller Stimme.

„Besitzen Sie ein Handy?“

„Natürlich.“

„Darf ich das einmal sehen?“

Ich gebe ihm mein Mobiltelefon.

„Haben Sie noch weitere?“

„Nein, ich habe nur ein Handy“, stammele ich und begreife, warum Ralf schon gestern darauf bestanden hat, dass wir unsere Kartenhandys auseinandernehmen und entsorgen. Meins liegt in vier Einzelteile zerlegt in verschiedenen Mülleimern auf Kungsholmen.

„Wie lautet Ihr Passwort für dieses Handy?"

„0947."

„Gutes Passwort."

„Um die Uhrzeit wurde ich geboren."

„Schlechtes Passwort. Dass die Leute das auch nie lernen", murmelt er. Aber er tippt den Code nicht ein, sondern dreht das Handy nur in der Hand hin und her, während er mich gleichzeitig mit seinem Blick fixiert.

„Ist dieser Arnold unter Ihren Kontakten gespeichert?"

„Nein … leider", füge ich hinzu und grinse.

Er sieht mich mit todernster Miene an. Ich halte seinem Blick stand, der sich in mich hineinbohrt. Ob er mich wohl für charmant hält?

„Sie scheinen nervös zu sein", sagt er.

„Ich bin wohl einfach nur durcheinander, weil ich gerade überfallen wurde, nehme ich an", erwidere ich und finde, dass ich glaubwürdig klinge.

„Überfallen? Also waren die Täter bewaffnet?"

„Nein, ich meine …"

Plötzlich geht die Tür hinter mir auf.

Ich wage es nicht, mich umzudrehen.

Der Inspektor sieht zur Tür und sagt kühl: „Wir sind mitten in einem Verhör und wollen nicht gestört werden."

„Wie bitte?"

Daniellas Stimme.

Und ich dachte, jetzt könnte es wirklich nicht mehr schlimmer werden … Wenn die beiden mich ins Kreuzverhör nehmen, gestehe ich innerhalb von fünf Minuten.

Bad cop, bad bitch.

„Wir sind mitten in einem Verhör und möchten – wie ich bereits sagte – nicht gestört werden!“, wiederholt der Gorilla.

„Entschuldigung, würden Sie mir bitte erklären, was hier vorgeht?“

Ich sehe Daniella an, um sicherzugehen, dass die Frage nicht an mich gerichtet ist. Sie blickt den Bullen an.

„Erstens: Das habe ich bereits erklärt. Zweitens: Ich stelle hier die Fragen.“

Daniella betritt mit entschlossenen Schritten das Büro.

„Wo bitte steht auf dieser Tür, dass dies ein polizeilicher Vernehmungsraum ist?“, sagt sie mit ihrer freundlichen Stimme, die nicht bedeuten muss, dass sie auch nur das kleinste bisschen freundlich ist.

„Ich muss mir ein Bild davon machen, was vorgefallen ist, also –“

Daniella unterbricht ihn.

„Beantworten Sie meine Frage: Wo steht auf dieser Tür, dass dies ein polizeilicher Vernehmungsraum ist?“

„Und da habe ich diese junge Dame gebeten –“

„Wenn ich von der Polizei in dieser Angelegenheit richtig informiert worden bin, dann hat die Zeugin bereits in einem ersten Verhör draußen auf der Laderampe ausgesagt, was sie gesehen hat.“ Jetzt klingt Daniella mindestens so irritiert wie der Kriminalinspektor.

„Das ist korrekt, aber –“

„Also, wo GENAU befindet sich auf dieser Tür ein Schild mit der Aufschrift ‚Polizeilicher Vernehmungsraum‘?“

„Ihr Mitarbeiter hat uns in dieses Zimmer gelassen. Wenn Sie ein Problem damit haben, müssen Sie –"

„Ich habe nicht die geringsten Probleme mit meinen Angestellten. Sie sind mein Problem."

Der Inspektor versucht sich rauszuwinden, doch Daniella ist unerbittlich und lässt ihn nicht ausreden.

„Ist das nicht Carros Handy?"

Er scheint nicht zu wissen, was er darauf antworten soll.

„Das ist doch deins, oder, Carro?" Zum ersten Mal sieht Daniella mich an.

„Ja."

Daniella beugt sich vor, greift nach meinem Handy und gibt es mir, ohne den Gorilla dabei aus den Augen zu lassen.

„Sie haben genau fünfzehn Sekunden Zeit, um mein Büro zu verlassen. Ich werde mich erkundigen, wer Ihr Vorgesetzter ist, und ihm mitteilen, welcher Dienstvergehen Sie sich schuldig gemacht haben."

„Sie müssen verstehen, dass –"

„Ich verstehe genau, was Sie gerade tun. Sie missbrauchen Ihren Dienstausweis und verwenden eine chauvinistische Behördensprache, in der ich mich mehr als gut auskenne."

„Wenn Sie Ihre Arbeit machen, mache ich –"

„Nicht Ihre Arbeit! Wenn Carro keine Ahnung von ihren Rechten hat, dann sollten Sie sie darüber in Kenntnis setzen. Oder etwa nicht?"

Der Kriminalinspektor steht wortlos auf. Er blickt auf Daniella hinunter. Es sieht aus, als wäre er einen halben Meter größer als sie. Daniella schweigt, und ich frage mich, ob sie einen Rückzieher macht.

„An Ihrer Stelle würde ich mich nicht mit mir anlegen“, sagt Daniella mit leiser, dunkler Stimme.

Der Inspektor schnappt nach Luft und bläst sich auf, bevor er an Daniella vorbeigeht, ohne sie eines Blickes zu würdigen.

„Ich werde mich noch einmal bei Ihnen beiden melden“, sagt er abschließend und versucht, so zu klingen, als wäre er derjenige, der die Situation unter Kontrolle hat.

Bad bitch hat es bad cop gezeigt.

„Gehen Sie und machen Sie Ihre Arbeit, und hören Sie auf, meine Angestellten zu schikanieren. In Ordnung?“, zischt Daniella ihm nach.

Der Gorilla schließt nicht die Tür hinter sich.

Daniella knallt sie zu und kommt zurück und umarmt mich. Ich halte sie so lange fest, wie ich nur kann. Es sind bestimmt dreißig Sekunden, denn sie soll nicht sehen, dass ich kurz davor bin, in Tränen auszubrechen. Sie flüstert mir nette Dinge ins Ohr wie „Jetzt halten wir zusammen“ und „Du bist stark“ und „Lass dich von niemandem unterkriegen“.

Als sie zum Schluss noch „Bullenschweine“ sagt, fangen wir an zu lachen. Wir schälen uns aus unserer Umarmung, Daniella sieht mir in die Augen und schenkt mir ein Lächeln, das völlig aufrichtig wirkt. Ihre lebkuchenbraunen Augen funkeln, und ich liebe sie für das, was sie eben für mich getan hat.

„Vor ewigen Zeiten habe ich mal ein paar Kurse auf der Polizeihochschule besucht, aber solche Exemplare wie dieser Typ haben dafür gesorgt, dass ich aufgehört habe. Du musst dir keine Sorgen machen, Carro. Okay?“

„Okay“, antworte ich.

Ich kann mich nicht daran erinnern, wann ich das letzte Mal jemandem so dankbar gewesen bin. Es macht mir nicht einmal etwas aus, dass sie mich Carro nennt. Ich bereue all die schlechten Dinge, die ich von ihr gedacht habe. Aber nicht so sehr, wie ich es bereue, dass ich und ein Kollege unserem Arbeitgeber gerade eine Lkw-Ladung Fleisch geklaut haben.

30

Es ist elf Uhr am Dienstagvormittag, und es ist das erste Mal seit Freitag, dass ich meine Wohnung bei Tageslicht verlasse.

Ich bin auf dem Weg zur Arbeit, nicht weil ich will, sondern weil ich es nicht mehr aushalte, zu Hause rumzusitzen. Außerdem ist mein bezahlter Urlaub, den mir Daniella so freundlich gewährt hat, aufgebraucht.

Schneeregen fällt vom Himmel, richtiges schwedisches Scheißwinterwetter, aber mir ist das egal. Es spiegelt nur allzu gut wider, wie ich mich fühle.

Seit ich am Freitag nach Hause gekommen bin, habe ich nichts gemacht. Mir ist schleierhaft, wie die Tage überhaupt vergangen sind. Die meiste Zeit habe ich nur auf dem Bett gelegen und vor mich hin gestarrt und mich gefragt, was ich getan habe. Wie konnte ich mich auf so etwas einlassen? Wie bescheuert kann man eigentlich sein?

Beim kleinsten Geräusch bin ich zusammengezuckt und hatte Tausende Albträume. Ich konnte nicht kochen, weil ich keinen Hunger hatte. Ich konnte nicht backen, weil ich vergessen hatte, wie das geht. Ich habe versucht, Filme zu gucken, konnte mich aber nicht auf die Handlung konzentrieren und bin eingeschlafen. Wenn ich aber einschlafen *wollte*, habe ich wach gelegen.

Ich habe versucht, mich zu betrinken, das war einfach nur widerlich. Doch in den Phasen, in denen ich nüchtern war, war es fast noch schlimmer.

Sowohl Lina als auch Bente haben mich auf Silvesterpartys eingeladen, aber ich habe beiden gesagt, dass ich schon woanders zugesagt hätte.

Ich fahre die Rolltreppe zur U-Bahn-Station hinunter und drehe mich automatisch um, um mich zu vergewissern, dass mir niemand folgt. In den letzten vier Tagen habe ich bestimmt dreihundert Mal aus dem Fenster geguckt, um nachzusehen, ob die Polizei im Anmarsch ist.

Ich habe „Zivilpolizist" gegoogelt, weil ich wissen wollte, wie man Polizisten in Alltagskleidung erkennt, und natürlich gab es in einem Forum eine ausführliche Beschreibung. Ich kann sie fast auswendig aufsagen: *Zivilpolizisten tragen in der Regel ziemlich „poröse" Hosen, weite Jacken und darunter Kapuzenpullis. Das ist ganz normal, weil sie nicht wollen, dass ihre Ausrüstung wie Waffe, Funkgerät, Schlagstock, Schutzweste etc. zu erkennen ist. Heutzutage sind sie mit einem iPhone-Headset ausgestattet, um über Funk mit ihren Kollegen sprechen zu können. Sie tragen meistens Sneakers oder Laufschuhe, manchmal auch Boots. Häufig sitzen sie in einem Volvo V70 oder einem Saab 9-5. Sie arbeiten immer zu zweit. Die Autos sind mit getönten Scheiben und zusätzlichen Antennen auf dem Dach versehen. Die Scheinwerfer haben oft ein bläuliches Licht.*

Sonntagmorgen hat es an meiner Wohnungstür geklingelt. Ich bin vor Schreck gefühlt einen Meter in die Luft gesprungen und war hundertprozentig sicher, dass die Polizei vor der Tür stand, denn das Klingeln hörte nicht auf. Zum Schluss bin ich an den Spion geschlichen. Ich habe geübt, wie man gehen muss, um geräuschlos an das Guckloch zu kommen. Aber es war nur Frau Urdin aus dem dritten Stock. Sie brauchte Hilfe, weil ihr Fernseher nicht funktionierte.

Frau Urdin heißt mit Vornamen Nancy und ist die goldigste alte Dame zwischen achtzig und dem Tod. Als ich vor vier Jahren hier eingezogen bin, hat sie mir als Willkommensgeschenk selbst gebackene Kekse überreicht und war einfach reizend. Seitdem treffen wir uns bestimmt einmal im Monat zum Kaffeetrinken. Im letzten halben Jahr ist mir aufgefallen, dass sie ab und zu ein bisschen verwirrt ist, und nachdem ich auf dem Fußboden unter ihrem Fernseher gelegen und an allen Kabeln gezogen hatte, habe ich den Fernseher mit der Fernbedienung angestellt, und er ging. Frau Urdin konnte nicht aufhören, über ihre eigene Dummheit zu lachen. Anschließend hat sie mich wie immer zum Kaffee eingeladen und von ihrer Tochter erzählt, die nie vorbeikommt und sie besucht. Sie ist Opernsängerin, deshalb muss man dafür Verständnis haben. Und die Enkelkinder haben auch so viel zu tun. Ich frage mich, ob der Fernseher nur ein Vorwand war, weil sie ein bisschen Gesellschaft haben wollte. Wenn es so war, macht es mir nichts aus. Sie ist einfach süß und hat mich für ein paar Stunden auf andere Gedanken gebracht. Egal, wie verwirrt sie auch einmal sein wird, sie wird immer eine Freundin bleiben.

Ich steige in die U-Bahn, die Gott sei Dank relativ leer ist, stelle mich in eine Ecke und starre an die Wand. Die Menschen um mich herum verhalten sich so normal. Als hätten sie keine Probleme. Als hätten sie nicht vier schlaflose Nächte gehabt, weil sie ihren Arbeitgeber betrogen und einen groben Diebstahl begangen haben, für den sie zwei bis sechs Jahre Gefängnis und lebenslängliche Demütigung riskieren.

Ich habe mich immer gefragt, was die „Unterwelt" ist. Bin ich jetzt ein Teil von ihr?

Dass Daniella in den letzten Tagen die weltbeste Chefin war, macht die Sache nicht besser. Erst hat sie diesen Gorilla-Polizeiinspektor vertrieben, dann hat sie mich getröstet und gesagt, dass ich zwei Tage bezahlten Urlaub nehmen könnte. Sie hat mir sogar einen Therapeuten empfohlen. Er ist wohl einer der besten Therapeuten für kognitive Verhaltenstherapie in ganz Schweden und hat viel mit Opfern von Raubüberfällen gearbeitet. Ich werde nicht hingehen, aber ich weiß es zu schätzen, dass sie jeden Tag angerufen und sich vergewissert hat, dass ich nicht alleine bin – in dem Punkt habe ich sie angelogen. Ich habe auch versucht, ihr zu erklären, dass es nicht so schlimm ist, schließlich habe ich nur gesehen, wie der Lastwagen weggefahren ist. Daraufhin hat sie mir erklärt, dass die Polizei gesagt hätte, dass in der letzten Zeit mehrere Warentransporter gestohlen worden seien und dass die Täter garantiert bewaffnet gewesen wären. „Da kann man nur froh sein, dass dieser Arnold den Lkw nicht eingeholt hat. Wer weiß, wie das Ganze dann geendet hätte!"

Sie hat mich gefragt, ob ich gegen Leif Andersson, den Polizeiinspektor, der mich verhört hat, Anzeige erstatten wolle. Ich habe geantwortet, das sei nicht nötig. Dann hat Daniella noch erzählt, dass sie mit einer Polizistin gesprochen habe, die Blanca heiße und sehr nett sei. „Sie wird sich wegen einer Zeugenvernehmung bei dir melden, aber bei ihr musst du dir keine Sorgen wegen Amtsmissbrauch machen, Süße!"

Ich weiß nicht, ob es gut oder schlecht ist, dass die Polizei davon ausgeht, der Diebstahl sei von Profis verübt worden. Ich würde so gerne mit Ralf sprechen, aber er hat mir verboten, ihn anzurufen, und ich verstehe, wieso, also lasse ich es. Ich habe keine Ahnung, ob er bei der Arbeit war oder nicht, ich kann mich nicht an seinen Schichtplan erinnern. Obwohl ich jede Zeitung akribisch gelesen habe, ließ sich keine einzige Zeile über den Raubüberfall finden. Ich habe keinen Schimmer, ob sie Ralf auf der Lidingö-Brücke geschnappt haben oder ob er sich ins Baltikum abgesetzt hat oder ob alles nach Plan verlaufen ist, wie auch immer der ausgesehen hat.

Als ich Papa angerufen habe, um ihm ein frohes neues Jahr zu wünschen – dazu hatte ich die Erlaubnis –, habe ich versucht, etwas aus ihm herauszubekommen, aber er hatte einen sitzen und tat so, als würde er nicht verstehen, was ich mit „Wie ist es gelaufen?“ meinte.

Um Punkt Mitternacht habe ich mit meiner Mutter telefoniert. Dafür habe ich mich direkt neben den Fernseher gesetzt, der auf voller Lautstärke lief, damit sie glaubte, ich sei in der Stadt unterwegs. Gelallt habe ich auch, obwohl ich stocknüchtern war.

In Lidingö-Zentrum steige ich aus dem Bus, hier fällt der Schneeregen noch dichter als in der Stadt.

Wenn das der Preis ist, den ich für mein Verbrecherdasein bezahle, dann hat es sich nicht mal gelohnt, wenn Papa dieses Rinderfilet für zehn Millionen vertickt.

31

Als ich in den Personalraum komme, sitzt eine größere Gruppe auf dem Ecksofa, und der Erste, den ich sehe, ist Ralf. ALS und Sirpa stürmen auf mich zu und umarmen mich, und Östen gibt mir High Five. Ich weiche Ralfs Blick aus, aber er kommt ebenfalls auf mich zu, gibt mir die Hand und klopft mir auf den Rücken. Alle wollen wissen, wie es mir geht, und ich versuche, ganz normal zu sein, und sage, dass alles in Ordnung sei. Dass es nicht so schlimm war.

Ich kann Ralf immer noch nicht in die Augen schauen.

„Hast du das hier gesehen?“, fragt Ralf fröhlich und hält die Lidingöer Zeitung hoch, die ein großes Bild von Arnold im Krankenhausbett ziert. Sein rechter Fuß ist in einen riesigen Gipsverband gehüllt.

„Oh“, mache ich, weil mir nichts Besseres einfällt.

Ich erinnere mich, dass Daniella mich in einem unserer ersten Gespräche gefragt hat, ob ich mit Journalisten sprechen wolle. Ich habe natürlich Nein gesagt, doch Arnold scheint nichts dagegen gehabt zu haben.

Ralf liest. Ich schiele zu ihm hinüber, um zu sehen, ob er sich irgendwie ungewöhnlich verhält. Aber er sieht aus wie immer und klingt wie immer. Bin ich etwa die Einzige in diesem Gangstertrio, die ein Nervenwrack ist?

„Kurz nach vierzehn Uhr am Freitagnachmittag sollte Arnold Bergström von Stockholms Fleisch den Maxfood-Supermarkt im Lidingö-Zentrum mit einer letzten Fleischbestellung vor Neujahr beliefern“, liest Ralf vor, und alle lauschen andächtig, obwohl sie es bestimmt nicht zum ersten Mal hören. Ich habe das Gefühl, dass mich alle anstarren, um zu sehen, ob meine Mimik irgendetwas verrät. Verdammt! Wissen sie es schon? Ist das nur ein Spiel, um mich zu quälen?

„Als Herr Bergström sich mit einer Angestellten des Supermarkts unterhielt, ergriff ein eiskalter Dieb die Gelegenheit und entwendete den Lastwagen. ‚Ich war völlig perplex', sagt Bergström, ‚so etwas passiert doch nicht im richtigen Leben. Ich stehe höchstens drei Meter vom Lkw entfernt, als ich plötzlich höre, wie der Motor angelassen wird. Ich bin von der Laderampe gesprungen und hinterhergerannt. Dabei muss ich mir den Fuß gebrochen haben. Aber ich habe nichts gespürt. Alles, was ich wollte, war, den Lastwagen einzuholen.' ‚Was hätten Sie getan, wenn Ihnen das gelungen wäre?' ‚Dann wäre ich wie James Bond in das Fahrerhaus eingedrungen und hätte dem Kerl einen rechten Haken verpasst.' ‚Mit gebrochenem Fuß?', wagt unser Reporter zu bemerken, als er Bergström im Karolinska-Krankenhaus besucht. ‚Nein', lacht Bergström. ‚So war es wohl am besten. Ich hätte sterben können, wenn es mir gelungen wäre, den Lkw einzuholen. Ich habe nicht nachgedacht, ich habe es einfach getan. Ich bin vielleicht fünfzig Meter weit gekommen, bis ich die Schmerzen im Fuß spürte.'"

„Was für ein Kerl!", bemerkt Ralf beeindruckt.

Alle Anwesenden lachen. Sogar Ralf und ich. Aber sein Lachen klingt echt, meins hohl.

Es fühlt sich total unwirklich an, den Hergang aus Arnolds Perspektive geschildert zu bekommen.

Ralf liest weiter. „‚Konnten Sie einen Blick auf den Täter werfen?‘ ‚Nein, ich konnte nur erkennen, dass er einen blauen Kapuzenpullover trug. Die Kapuze hat sein Gesicht völlig verdeckt.‘ Die Polizei konnte noch keine Verdächtigen ermitteln, doch der Pressesprecher der Polizei äußerte die Vermutung, dass es sich um eine organisierte Bande handeln könnte, die sich auf den Diebstahl von Warentransportern spezialisiert hat. ‚Es gab eine Reihe ähnlicher Vorfälle, und wir setzen sämtliche verfügbaren Ressourcen ein, um den Tätern das Handwerk zu legen, da wir davon ausgehen, dass sie bewaffnet sind. Die Transporter führen wertvolles Frachtgut, aber vielen Firmen mangelt es an ausgeprägtem Sicherheitsdenken.‘ ‚Ich hoffe, dass ich in vier bis sechs Wochen wieder arbeiten kann‘, sagt Arnold Bergström abschließend. ‚Und in Zukunft werde ich meinen Lastwagen abschließen, auch wenn ich mich nur einen Meter von ihm entferne.‘ Die Lidingöer Zeitung wünscht Herrn Bergström alles Gute und gute Besserung.“

„Die Polizei tappt im Dunkeln“, sagt Ralf. „Hier handelt es sich glasklar um Insiderhandel. Man hört diesem Kerl doch an, dass er in der Sache mit drinhängt.“

Ich kann nicht fassen, dass er sich das traut. Der hat vielleicht Nerven. Aber gut, wenn er meint.

„Ja, finde ich auch“, stimme ich ihm zu. „Den Fuß hat er sich absichtlich gebrochen, damit es glaubhaft aussieht. Das kapiert doch jeder.“ Ich bin nicht der Meinung, dass ich auch nur annähernd so überzeugend klinge wie Ralf. Aber so hätten wir wohl geklungen, wenn wir unschuldig gewesen wären.

„Du kennst ihn doch, Caroline. Vielleicht habt ihr zwei

das gemeinsam ausgeheckt“, sagt Ralf, ich grinse steif. Jetzt reicht es langsam.

„Die beiden sind doch ein schönes Paar“, macht Ralf weiter und hält das Bild von Arnold neben mein Gesicht. „Bonnie und Clyde von Lidingö.“ Alle lachen.

Okay, wenn er sich traut, traue ich mich auch.

„Insiderhandel, sagst du?“, frage ich ernst. „Ich habe jedenfalls ein Alibi. Aber wo warst du am Freitagnachmittag? Hattest du da nicht frei?“

ALS prustet laut los, und Östen johlt, dass bestimmt Ralf derjenige war, der den Lastwagen geklaut hat. Ralf verbeugt sich und gesteht, dass er der Täter ist.

„Carro, endlich!“, höre ich auf einmal Daniella hinter mir rufen. Die anderen nimmt sie gar nicht zur Kenntnis, sondern kommt direkt auf mich zu und umarmt mich. „Wie geht es dir heute?“

„Gut, glaube ich.“

Daniella legt den Arm um mich, und wir gehen in Richtung Umkleideraum.

„Du brauchst nur ein paar Stunden zu arbeiten, wenn du dich dazu in der Lage fühlst. Danach habe ich bei Bo einen Termin für dich vereinbart. Das ist der Therapeut, von dem ich dir erzählt habe. Um sechzehn Uhr. Seine Praxis ist in der Altstadt.“

Sie gibt mir einen Zettel, auf dem Name, Telefonnummer und Adresse stehen.

„Also, so schlimm ist es nicht. Mir geht es ganz gut“, sage ich, doch Daniella hört mir gar nicht zu.

„Nimm dir ein Taxi. Man weiß nie. Du bist überfallen worden, Caroline. Okay?“

„Na gut." Ich traue mich nicht, ihr zu widersprechen.

Wir stehen vor meinem Schrank, und Daniella sieht mir lächelnd in die Augen.

„Maxfood übernimmt drei Sitzungen. Falls du ein paar dunkle Geheimnisse hast, solltest du sie ausgraben, solange es umsonst ist. Danach musst du selbst bezahlen, und das ist nicht billig, kann ich dir sagen." Sie lacht und meint, dass sie keine Ahnung hätte, was für ein Mensch sie heute ohne diesen „Super-Bo" wäre. Und ich sehe ein, dass ich wohl keine andere Wahl habe, als zu ihm zu gehen. Aber das, worüber ich mit ihm sprechen möchte, sind Daniellas „dunkle Geheimnisse". Auf gar keinen Fall meine eigenen.

32

„Haben Sie gut hergefunden?“, fragt Bo, nachdem wir uns die Hand gegeben und uns vorgestellt haben.

„Ja, klar, gar kein Problem“, sage ich. „Nur ein bisschen Google Maps, und schon wusste ich den Weg.“

„Ein bisschen was?“

„Ach, übers Handy …“, murmele ich. Small Talk, der nicht funktioniert, kann man in die Tonne treten.

Bo hat seine Praxis in einem kleinen Raum in der Svartmangatan 9 in der Altstadt, in der Nähe vom Stortorget. Ich habe meine Jacke an einen Herrendiener gehängt, der rechts neben der Tür steht. Der Raum misst vielleicht zehn Quadratmeter und hat eine hohe Decke. Das Fenster vor mir bietet einen Ausblick auf das Haus auf der anderen Seite der Gasse. An der einen Wand befinden sich ein Schreibtisch, auf dem ein ziemliches Chaos herrscht, und ein Regal, das vor Büchern überquillt. An der anderen Wand stehen zwei elfenbeinfarbene Ledersessel.

„Wo soll ich mich hinsetzen?“, frage ich.

„Das können Sie sich aussuchen“, antwortet Bo zuvorkommend.

Es ist nicht von vornherein klar, für welchen Sessel ich mich entscheide. Von dem einen kann man aus dem Fenster sehen, und das ist immer nett. Andererseits sitzt man mitten im Raum, und das kann ich nicht leiden. Ich mag Ecken. Wenn ich allerdings den Sessel in der Ecke wähle, sitze ich mit dem Rücken zum Fenster, und das ist auch kein angenehmes Gefühl.

„Wofür entscheiden sich die meisten?"

„Das ist ungefähr fifty-fifty."

„Dann nehme ich diesen hier", sage ich und setze mich in den Sessel, der mit dem Rücken zum Fenster steht. Ecken sind eben Ecken, und ich habe das Fenster nicht direkt hinter mir.

„Ich beginne immer mit ein paar praktischen Details", sagt Bo und schreibt etwas in einen Collegeblock.

Ich muss meinen Namen, meine Adresse und Handynummer herunterleiern. Das macht er garantiert, damit die Leute zuerst über Dinge sprechen, die nicht unangenehm sind. Wenn man erst einmal den Mund aufgemacht und seinen Namen und seine Adresse genannt hat, ist es bestimmt leichter zu erzählen, dass man an einer Froschphobie leidet, kokst, seine Ehefrau mit seiner Mutter verwechselt oder welche Gründe man auch immer hat, zu ihm in die Praxis zu kommen.

Ich beobachte Bo, während er sich Notizen macht. Er ist um die sechzig, hat weißes Haar und eine schlanke Figur. In jungen Jahren sah er bestimmt gut aus. Er macht einen durchtrainierten Eindruck, und seine ganze Art strahlt etwas Beruhigendes aus.

„Lassen Sie uns von Anfang an die Fakten auf den Tisch legen, Caroline. Wenn ich richtig informiert bin, haben nicht Sie selbst, sondern Daniella Andersson diesen Termin vereinbart?" Er klingt nicht im Geringsten vorwurfsvoll, und seine Stimmlage ist perfekt: angenehm dunkel und tief, ohne in den Bass abzudriften.

„Ja, das stimmt", antworte ich und finde, dass ich im Vergleich zu ihm piepsig und nervös klinge.

„Und deswegen möchte ich Sie fragen: Wie fühlt es sich für *Sie* an, hier zu sein?"

„Ganz gut, nehme ich an. Oder ja, es fühlt sich gut an. Es ist ja nicht so, dass Daniella mich mit vorgehaltener Pistole gezwungen hätte, herzukommen", sage ich und grinse.

„Nein, wohl kaum", erwidert Bo lächelnd. „Und warum, glauben Sie, wollte Daniella, dass Sie zu einer Sitzung kommen?"

„Weil … Sie sind wohl offenbar … Und ich wurde … Oder wir hatten einen … Wir wurden überfallen!" Um Gottes willen, was erzähle ich für einen Müll!

„Möchten Sie darüber reden? Aus Ihrer Perspektive?"

Ich hole tief Luft. Setze mich im Sessel auf. Ich möchte auf keinen Fall, dass er meine Unsicherheit spürt. Und was würde passieren, wenn ich ihm die Wahrheit sage? Therapeuten haben doch Schweigepflicht? Das ist eigentlich das Einzige, worüber ich reden will: Wie zum Teufel konnte Prinzessin Caroline zur Gangsterin werden? Dass ich Freizeit-Alkoholikerin bin und kokse, damit komme ich klar. Das ist sozusagen Teil meines Selbstbilds. Aber wie konnte ich mich auf diesen Fleischcoup einlassen? Das ist es, worüber ich mit Bo sprechen will. Was natürlich idiotisch ist. Schließlich scheint er Daniella ganz gut zu kennen, und wer weiß, auf welche Knöpfe sie drücken muss, damit er ihr erzählt, dass ich an der Sache beteiligt war.

Deswegen gebe ich meine einstudierte Story über den Tathergang zum Besten. Ich tue emotional aufgewühlt, achte aber auf die richtige Portionierung: nicht zu wenig, damit er nicht auf die Idee kommt, sich zu fragen, ob es eine Kehrseite der Medaille gibt, und nicht zu viel, damit er nicht kapiert, dass ich ihm etwas vorspiele. Ich bin ja nicht mit der Waffe bedroht worden, deswegen ist es eigentlich übertrieben, dass ich hier sitze. Ich schmücke alles detailliert aus, einerseits weil es glaubwürdiger klingt, andererseits weil wir fünfzig Minuten Zeit haben.

Als ich meine Geschichte beendet habe, sind noch zwanzig Minuten meiner Zeit übrig.

Bo hat konzentriert zugehört und sich viele Notizen gemacht.

„Und wie haben Sie sich nach diesem Ereignis gefühlt?"

„Schlecht." Das ist doch wohl eine logische Antwort?

Bo wartet darauf, dass ich noch etwas sage.

„Inwiefern? Können Sie das näher erläutern?"

„Ich habe schlecht geschlafen und hatte Schwierigkeiten, mich zu konzentrieren und so. Ich war unruhig."

„Ich verstehe. Lassen Sie uns zum Überfall zurückkehren. Wann hatten Sie am meisten Angst? Erinnern Sie sich daran? Zu welchem Zeitpunkt haben Sie sich am schutzlosesten gefühlt?"

„Als die Polizei gekommen ist", sage ich, ohne nachzudenken.

„Können Sie dieses Gefühl beschreiben?"

„Oder nein … das war dumm von mir."

„Weshalb?"

„Da war die Gefahr ja vorbei."

„Es ist nicht ungewöhnlich, dass wir uns in einer Gefahrensituation so stark auf Flucht oder Gegenwehr konzentrieren, dass wir die Angst verdrängen. Dass sich die Angst erst hinterher einstellt – wenn man sich nicht mehr wehren oder fliehen muss –, ist nicht im Geringsten merkwürdig.

Die Menschen haben einfach nicht genügend Platz für eine unbegrenzte Anzahl an gleichzeitig auftretenden starken Emotionen."

„Ja, aber ..."

„Was?"

Eine Weile sitzen wir schweigend da. Es ist beinahe peinlich. Ich schiele auf die Uhr. Fünf nach halb fünf. Noch eine Viertelstunde. Kann man sich mit einem Therapeuten über das Wetter unterhalten, oder ist das Geldverschwendung?

„Entschuldigung, aber eine Sache muss ich loswerden."

„Bitte."

„Ich habe den größten Respekt vor Leuten, die richtig überfallen wurden, also mit einer Pistole oder einem Messer, aber das hier ... Die Täter haben doch einfach nur einen Lastwagen gestohlen, für den ich nicht verantwortlich war, und sind abgehauen. Was ich damit sagen will, ist, dass ich überhaupt keine so große Angst hatte. Ich glaube, dass Daniella diejenige ist, die Angst hat. Sie meint, dass die Täter bewaffnet gewesen sein *könnten* und so, aber ... Ich will nicht undankbar sein, doch ehrlich gesagt bin ich wirklich nicht der Meinung, dass ich eine Therapie brauche. Es ist alles in Ordnung. Verstehen Sie?"

„Ich verstehe. Für mich ist das kein Problem."

„Gut."

„Und schön für Sie."

„Ja, aber Daniella war so nett zu mir, deswegen würde ich ..."

„Ich glaube, ich verstehe Sie sehr gut, Caroline."

„Gut, dann sollte ich wohl ..." Ich stütze meine Hände auf die Knie, als wollte ich aufstehen. Wie schön wird es sein, von hier wegzukommen. Dazusitzen und zu lügen, ist ziemlich schwer. Besonders dann, wenn man vor einem Therapeuten sitzt, dessen Beruf es ist, Menschen zu durchschauen.

„Es steht Ihnen natürlich jederzeit frei zu gehen."

„Gut", sage ich und stehe auf.

„Aber ich würde Sie gerne fragen, warum Sie nach diesem Ereignis Schlafprobleme und Konzentrationsschwierigkeiten hatten, wenn es Sie doch gar nicht mitgenommen hat?"

Ich sinke zurück in den Sessel.

„So haben Sie es doch ausgedrückt, oder?", sagt er.

33

Meine Absätze hallen auf den Marmorstufen im dunklen Treppenhaus. Es ist zwanzig nach fünf, und ich habe eben erst meine Sitzung mit Bo beendet. Ich habe um eine halbe Stunde überzogen!

Als ich Bo von dem Überfall erzählt habe, kroch die Zeit nur so dahin. Ich habe daran gedacht, wie ich saß, wie ich klang, wie ich mich ausdrückte. Habe die elfenbeinfarbenen Wände betrachtet, das Bild mit der Frau, die ein Bündel im Arm hält, von dem man nicht weiß, ob es ein Kind oder ein Paket ist. Ich habe an alles gedacht, nur nicht an das, woran ich denken sollte.

Dann hat Bo von den verschiedenen Phasen geredet, die man nach einer Krise durchmacht. Die Schockphase, die Reaktionsphase, die Bearbeitungsphase und noch irgendeine andere Phase. Und ich sagte, dass ich vieles davon aus der Zeit wiedererkennen würde, als mein kleiner Bruder gestorben ist.

Ich habe sofort bereut, dass ich das erwähnt habe, doch Bo hat nachgehakt, und irgendwann hatte er mich so weit.

Irgendetwas an seiner Art, Fragen zu stellen, hat mich dazu gebracht, darüber zu reden.

Als Erstes habe ich beschrieben, wie Sebastian in der Badewanne ertrunken ist, als meine Mutter verreist war und nur ich und die Pflegekraft zu Hause waren. Ich habe ein paar Details ausgelassen, die Bo nichts angehen, aber ich habe auch gesagt, wie ich es erlebt habe: dass es für mich ein traumatisches Erlebnis war und dass ich die Polizeibeamten, die damals aufgetaucht sind, nicht ausstehen konnte. Ich habe die Theorie geäußert, dass der widerliche Inspektor, mit dem ich nach dem Überfall gesprochen habe, diese Erinnerungen wieder an die Oberfläche gebracht hat.

Bo sagte, dass das natürlich zutreffen könnte, doch er wollte zuerst hören, wie es war, als Sebastian zur Welt kam, und nicht, wie es war, als er starb.

Ab da verging die Zeit wie im Flug. Ich kann mich an nichts anderes mehr erinnern als an das, worüber ich geredet habe.

Ich habe erzählt, wie Sebastian geboren wurde und meine Mutter einfach zwei Tage lang verschwand. Als ich Sebastian endlich sehen durfte, lag er an Schläuchen in einem Brutkasten, und die Ärzte erklärten uns, wie krank er war. Zerebralparese. Ich habe niemals sonst – weder vorher noch hinterher – so viel Liebe im ganzen Körper gespürt, dass es förmlich pulsiert und beinahe wehtut.

Meine Mutter sagte, dass er Sebastian heißen sollte, und ich antwortete: „Dann können wir ihn ja CP-Bastian nennen." Meine Mutter hat mich vor den versammelten Ärzten und Krankenschwestern angepfiffen, und ich musste gefühlt mehrere Stunden alleine im Auto sitzen und habe geheult.

Eigentlich wollte ich Bo erzählen, wie es war, als Sebastian gestorben ist. Aber ich bin nur bis zu der Zeit gekommen, als er zwei, drei Jahre alt war, dann hat Bo mich unterbrochen, und ich musste Schluss machen. Ich dachte, ich sehe nicht richtig, als es schon zwanzig nach fünf war.

Bo und ich haben für übernächste Woche einen neuen Termin vereinbart, und solange ich nicht über den Überfall reden muss, bin ich zu allem bereit.

Ich schalte mein Handy an und sehe, dass ich drei verpasste Anrufe habe. Hoffentlich war es mein Vater. Nicht zu wissen, was passiert ist, macht mich noch wahnsinnig.

Es war Bente.

Normalerweise würde ich einfach zurückrufen, ohne die Mailbox abzuhören, aber gerade habe ich nicht den Nerv, um ohne triftigen Grund mit jemandem zu reden.

„Hallo, hier ist Bente. Es ist alles in Ordnung ... Nein, das ist es nicht, aber alle sind am Leben. Ich bin mit Hannes im Astrid-Lindgren-Kinderkrankenhaus. Er hat eine Gehirnerschütterung, weil er ...“

Ich höre, dass sie schluckt, um nicht zu weinen. Ich laufe über die Stora Nygatan und biege in irgendeine Gasse in Richtung Munkbron.

„Entschuldige, aber er ist zusammengeschlagen worden. Es geht ihm den Umständen entsprechend gut. Ich dachte, ich hätte mich im Griff und könnte anrufen, ohne dass ich anfange zu heulen, tut mir leid. Ich musste einfach mit jemandem reden ...“

Ich höre mir ihre Nachricht bis zum Ende an. Sie schnieft, dass ich wirklich nicht zu kommen bräuchte, dass alles in Ordnung sei und es ihr leidtue, dass sie überhaupt anruft. Unten am Munkbron winke ich ein Taxi herbei, irgendein Anbieter, den ich nicht kenne und mit dem ich normalerweise nicht fahren würde. Der Fahrer hält an, und ich laufe über die Straße. Ein Motorradfahrer muss mir ausweichen und hupt. Ich zeige ihm den Stinkefinger und setze mich hinten ins Taxi.

„Zum Astrid-Lindgren-Kinderkrankenhaus. Und bitte schnell.“

34

Hannes hängt an einem Tropf und hat die Augen geschlossen. Er hat seinen grünen Gehörschutz auf. Eine Kotztüte liegt griffbereit auf seinem Bauch. Er hält Bentes Hand.

Als ich an sein Bett trete, blickt er hoch und sieht so klein und verängstigt aus, dass es mir förmlich das Herz zerreißt. Wie muss es sich erst für Bente anfühlen?

Weil Hannes nicht schlafen darf – das ist bei einer Gehirnerschütterung offensichtlich gefährlich –, haben Bente und er den Deal, dass er die Augen zumachen kann, doch wenn Bente vorsichtig seine Hand drückt, muss er zurückdrücken. Während Bente mir alles erzählt, sehe ich, wie sie ihre Hände von Zeit zu Zeit gegenseitig drücken.

Hannes sollte in der Klasse irgendwelche Blätter verteilen. Sein Mitschüler Valle hat versucht, ihm ein Blatt aus der Hand zu reißen, bevor Hannes es ausgeteilt hatte. Hannes wurde ärgerlich und hat das Blatt nicht losgelassen, sodass es riss und kaputtging. Woraufhin Valle Hannes als Hure, Fotze und Schwulen bezeichnete und die Lehrerin Valle ins Lehrerzimmer brachte. Alles war wieder Friede, Freude, Eierkuchen, bis eine andere Lehrerin, die keine Ahnung hatte, was vorgefallen war, nicht aufpasste und nicht mitbekam, dass Valle sich heimlich aus dem Staub machte. Er lauerte Hannes im Flur auf und ging auf ihn los. Hannes schlug mit dem Kopf auf dem Boden auf und erlitt dabei eine Gehirnerschütterung.

Ich kann nicht fassen, wie Bente so cool klingen kann. Ich würde diesen Valle am liebsten umbringen.

Als könnte Bente meine Gedanken lesen, fängt sie an, von Valles Eltern zu reden.

„Die sind viel schlimmer dran als ich. Mein Sohn würde niemals einer Fliege etwas zuleide tun. Aber die beiden haben einen Sohn mit ADHS, der zu aggressivem Verhalten neigt. Ich habe mit Valles Stiefmutter gesprochen, die total verzweifelt ist und nicht weiß, was sie tun soll. Als sie mit Valle einmal alleine zu Hause war, hat sie Angst vor ihm bekommen und alle scharfen Messer versteckt. Den Baseballschläger von Valles Vater hatte sie schon vorher in den Müll geworfen. Sie wartet nur auf die richtig große Katastrophe. Hannes hat sich ein paarmal übergeben, und er ist verwirrt und verängstigt. Aber das geht vorbei. Darüber mache ich mir keine Sorgen. Also, wer ist hier zu bedauern?"

Ich frage mich, woraus sie gemacht ist.

„Leider müssen wir ein paar Tage hierbleiben. Am liebsten würden sie eine Computertomografie machen. Ich weiß nicht, ob du so eine Höllenmaschine schon einmal gesehen hast, aber Hannes in so ein Ding zu bekommen und ihn auch noch dazu zu bringen, eine halbe Minute still zu liegen …" Bente lacht.

„So viel Valium gibt es auf der ganzen Welt nicht?", frage ich.

„Die Ärzte sagen, dass er die Computertomografie nicht machen muss. Aber stattdessen wollen sie seine Werte ein paar Tage im Auge behalten."

„Verstehe."

„Ich arbeite sowieso nicht mehr im Eisenwarenladen, und solange die Situation mit Valle nicht geklärt ist, kann Hannes auch nicht zur Schule gehen. Also können wir genauso gut hier sitzen. Entschuldige, jetzt klinge ich wieder bitter."

„Überhaupt nicht."

„Du, Süße", sagt Bente nach einer Weile und legt ihre freie Hand auf meinen Oberschenkel. „Hast du Lust, mir in der Cafeteria einen Kaffee zu holen? Den Flur runter, mit dem Aufzug in den zweiten Stock und dann immer den Schildern nach."

Ich lege eine Hand auf ihren Oberschenkel und sehe in ihre schönen, müden und leicht geschwollenen Augen.

„Du, Süße, für dich würde ich bis nach Södertälje gehen, um dir einen Kaffee zu holen."

Bente lächelt und starrt verlegen auf den Boden.

„Mit Milch?"

„Ja, bitte, aber ohne Zucker."

Bevor ich meine Hand wegnehme, drücke ich ihren Oberschenkel leicht. Sie macht dasselbe bei mir, und ich spüre wieder dieses Kribbeln.

Ich gehe einen dieser typischen Krankenhausflure entlang. An den Wänden hängen gerahmte Röntgenbilder von Gegenständen, die man in Kindermägen gefunden hat. Ich sehe ein Zehn-Kronen-Stück, eine Stopfnadel, einen Schlumpf, einen Ballon und einen Spielzeugelefanten.

Ein ungefähr achtzehnjähriges Mädchen schiebt ihren Freund im Rollstuhl. Er hält einen schlampig bandagierten blutigen Arm hoch in die Luft, doch sie sieht mitgenommener aus als er.

Ich muss mit dieser Paranoia aufhören. Ja, ich war an einem groben Diebstahl beteiligt. Ja, ich riskiere sechs Jahre meines Lebens. Ja, nächste Woche muss ich zu einem Polizeiverhör. Aber was soll's. Ich lebe. Ich bin gesund. Ich muss lernen, die Dinge in einem größeren Zusammenhang zu sehen.

35

Mittlerweile ist seit dem Fleischcoup über eine Woche vergangen, und ich arbeite eine volle Schicht von neun bis achtzehn Uhr.

Immer noch habe ich das Gefühl, dass die Wirklichkeit von einem diffusen Filter überdeckt wird.

Ich werde die ganze Zeit daran erinnert. Mehrere Stammkunden wollen über den Überfall reden, und eine Sicherheitsfirma hat die Laderampe in Beschlag genommen, um Kameras zu installieren, die den ganzen Bereich überwachen.

Dienstag muss ich zur Vernehmung, und ich schwanke zwischen totaler Gemütsruhe und dem Impuls, lieber von der nächsten Brücke zu springen, als dort zu erscheinen.

Aber das Schlimmste ist, dass ich immer noch nichts von meinem Vater gehört habe. Was ist, wenn sie ihn geschnappt haben und dieser Gorilla-Polizeikommissar ihn verhört? Ich glaube, dass Papa eine solche Situation am Anfang ganz gut meistert, doch nach ein paar Tagen könnte die Aussicht auf ein Bier genügen, damit er auspackt.

Mit Ralf habe ich nur ein einziges Mal darüber gesprochen. Das war heute Morgen. Er ist zu mir gekommen, als ich gerade dabei war, Lachs zu filetieren. Ohne mich anzusehen, hat er sich neben mich gestellt und so getan, als würde er nach einem Messer greifen. So leise, wie es nur ging, hat er mich gefragt, ob ich etwas von meinem Vater gehört hätte.

„Kein Sterbenswort", erwiderte ich. „Aber wie ist es bei dir gelaufen?"

„Gut", lautete seine Antwort, und schon war er wieder verschwunden.

Daniella sagt, dass ich jederzeit nach Hause gehen kann, wenn mir danach ist. Sie hat immer ein Back-up im Dienstplan, damit ich keinen Druck spüre. Als hätte sie ein Engel geschickt, um mir ein schlechtes Gewissen zu machen.

Sie hat nicht gefragt, wie die Sitzung bei Bo gewesen ist, nur, ob ich wieder hingehen würde.

„Ja, nächste Woche."

„Gut. Er ist fantastisch", entgegnete sie und schenkte mir ihr neues, aufrichtiges Lächeln. Oder hat sie schon immer so gelächelt, und ich habe es nur falsch gedeutet?

Ich habe viel darüber nachgedacht, was da bei Bo passiert ist. Ich habe mich ihm gegenüber mehr geöffnet, als ich es jemals bei jemand anderem getan habe. Besitzt er irgendwelche Superkräfte, oder bin ich in Wirklichkeit eine Dampfmaschine, die Druck ablassen musste, um nicht zu explodieren?

Gestern hat Bente angerufen. Sie sind aus dem Krankenhaus zurück, und Hannes ist wieder ganz der Alte. Wir haben uns für nächsten Freitag verabredet, wenn Hannes bei seiner Oma schläft.

Neulich Nacht habe ich geträumt, dass Bente hinter mir stand. Ich war nackt, und sie hielt meine Brüste umfasst. Mehr ist nicht passiert, aber ich muss nur an diesen Traum denken, um erregt zu sein. Ich habe keine Ahnung, ob sie ebenfalls nackt war, in meiner Fantasie ist sie es definitiv.

Ich frage mich, was wir Freitag wohl machen werden.

Heute stehe ich hinter der Fischtheke, und weil wir aus Versehen die doppelte Menge Steinbutt bestellt haben, ist es meine Hauptaufgabe, ihn an den Mann und die Frau zu bringen. Da das Kilo nur 199 Kronen kostet, ist das ziemlich einfach.

Ich habe gerade einer supervornehmen Lidingö-Dame zwei Stück verkauft, als ich eine vertraute Stimme höre.

„Hallo, alles klar?"

Ich blicke hoch, und er steht vor mir. Mitten in seinem Lächeln leuchtet die Zahnlücke, ich laufe um die Theke, ohne mir vorher die Handschuhe auszuziehen. Es wird die kürzeste Umarmung der Welt, weil Arnold auf Krücken geht und ich Nitrilhandschuhe trage.

„Verdammt, wie streng du riechst", sagt er.

„Verdammt, wie krüppelig du bist", kontere ich, und wir lachen.

„Willst du mit mir eine Krisengruppe bilden, Caroline?"

„Ich will, dass du auf die Knie gehst und mich das fragst."

Arnold prustet los, und es kommt mir merkwürdig vor, dass wir miteinander scherzen, wie wir es immer getan haben.

„Ernsthaft, wie geht es deinem Fuß?", frage ich, nachdem wir unsere üblichen Flapsereien beendet haben.

„Ganz ernsthaft? Es ist ziemlich ernst."

Er erzählt, dass der Fuß an zwei Stellen gebrochen ist und vielleicht nie wieder richtig verheilen wird. Mein Kloß im Magen wächst. Daran hatte ich noch gar nicht gedacht. Dass jemand verletzt werden könnte. Die Er-ist-selbst-schuld-Ausrede funktioniert auch nicht.

Ich würde ihn am liebsten in die Arme nehmen und mich tausendmal entschuldigen. Er scheint jedoch genauso gut gelaunt zu sein wie immer. Arnold erzählt, dass er mit der Polizei gesprochen hat und dass sie glauben, hinter dem Überfall stecke eine professionelle Bande, die weiß, was sie tut. Wenn die Polizei mit ihrer Vermutung recht hat, sagt Arnold, waren die Täter bewaffnet.

„Es kann schließlich kein Zufall sein, dass sie zuschlagen, wenn der Lkw bis obenhin voll ist mit Fleisch der Spitzenklasse – was er sonst eigentlich nie in dem Umfang ist. Diese Jungs wussten, was sie taten!"

„Jungs?", liegt mir auf der Zunge, aber ich beherrsche mich.

Daniella kommt vorbei und umarmt Arnold, erkundigt sich, wie es ihm geht und wie der Fuß verheilt. Sie unterhalten sich über die Versicherung, die Probleme macht, weil die Schlüssel steckten. Aber Arnold meint, dass sein Chef auf seiner Seite ist und dass sich wohl eine Lösung finden wird.

„Ihr habt bestimmt viel zu bereden", sagt Daniella. „Das Beste ist, mit Leuten zu sprechen, die dasselbe durchgemacht haben. Geht nach oben ins Princess, und trinkt einen Kaffee. Ich springe hier für dich ein, Carro."

„Bist du sicher?", frage ich und überlege, wann sie wohl aufhören wird, die perfekte Chefin zu sein.

„Ja, natürlich. Und bestellt euch jeder ein Krabbensandwich auf Roggenbrot und einen großen Latte macchiato mit dreifachem Espresso. Das ist Therapie. Vergesst nur nicht, euch eine Quittung geben zu lassen."

„Vielen Dank, aber das geht leider nicht", sage ich ernst.

„Nicht?“, erwidert Daniella. „Warum nicht?“

„Weil Arnold aus Lysekil kommt und keine Meeresfrüchte mag.“

Wir lachen, und Daniella sagt, dass das Sandwich mit Hackfleischbällchen fast genauso gut schmeckt.

36

„Wo waren wir stehen geblieben?“, fragt Arnold nach dem ersten Bissen von seinem riesigen Hackfleischbällchen-Sandwich.

„Wann?“

Ich warte, während er zu Ende kaut.

Im Princess ist es ziemlich voll, aber wir haben eine Fensternische für uns alleine ergattert. Ich habe ein Krabbensandwich genommen, und unsere Bestellung beläuft sich auf 178 Kronen. Ich frage mich, wie viel Geld Daniella für mich ausgegeben hat, seit ich das Schlimmste gemacht habe, was man seinem Arbeitgeber gegenüber tun kann. Ich habe nicht die Nerven, das jetzt auszurechnen. Was dagegen schon ein Dreijähriger an den Fingern abzählen kann, ist, dass ich in der Hölle schmoren werde, wenn die Sache rauskommt.

Der Gedanke, dass Arnold von der Polizei als Spion geschickt wurde, ist mir natürlich schon gekommen. Dass er mich dazu bringen soll zu erzählen, was passiert ist, und in dem Moment, in dem ich das tue, reißt er sich sein Hemd vom Leib, und auf seiner Brust klebt ein Hightech-Supermikrofon.

Wenn das der Fall sein sollte, gibt es in ganz Schweden keinen besseren Schauspieler als ihn.

Arnold hat seinen Bissen runtergeschluckt und fährt fort: „Ja, du hast mich doch gefragt, was ich mir wünschen würde, wenn eine mir nahestehende Person stirbt. Ob ich mir wünschen würde, dass diese Person innerhalb einer Sekunde ertrinkt oder fünf Jahre leiden muss, bevor sie stirbt. Und ich habe geantwortet, ich würde mir wünschen, dass sie innerhalb einer Sekunde ertrinkt, weil ich sie nicht leiden sehen möchte. Und als ich dir dieselbe Frage gestellt habe, hast du gesagt, dass du dich für Krebs entscheiden würdest, damit ihr Abschied nehmen könnt. Erinnerst du dich?“

„Ich erinnere mich“, sage ich.

„Und dann hat uns ein unvorhergesehenes Ereignis unterbrochen. Aber ich habe viel darüber nachgedacht – im Krankenhaus hatte ich ja genug Zeit dafür –, und ich verstehe, was du meinst. Ich bin zu dem Schluss gekommen, dass ich den Tod meiner Mutter im Endeffekt so gut verarbeitet oder überwunden habe, oder wie man das auch immer bezeichnen soll, weil wir es geschafft haben, uns alles zu sagen. Sie hat geschafft, mir zu sagen, wie sehr sie mich liebt, und konnte mir ein paar kluge Ratschläge fürs Leben geben. Und ich habe geschafft, ihr zu sagen, dass ich sie liebe, und konnte sie fragen, wie sie mit so jemandem wie meinem Alten Kinder in die Welt setzen konnte.“

Arnold packt wieder dieses charmante Lächeln aus, das ansteckender ist als Masern.

„Aber ich frage mich natürlich, was du deinem kleinen Bruder gerne gesagt hättest, wenn euch mehr Zeit geblieben wäre?“

Wovon redet er? Wie kommt er darauf? Ich hätte gerne mehr Zeit gehabt, aber ich habe nicht die geringste Ahnung, was ich gesagt hätte, wenn ich sie gehabt hätte.

Ich blicke mich im Café um.

Pär, unser Lidingö-Zentrum-Original, kommt zur Tür herein.

Er geht am Rollator, ist immer gut gelaunt und sieht aus wie ein Frosch mit Brille. Er hat einen größeren Buckel als der Glöckner von Notre-Dame und faselt unverständliches Zeug – mit sich selbst und allen, die er trifft. Seine Diagnose muss auf der Welt einzigartig sein.

„Hallo, Pär!“, rufe ich. Arnold denkt vielleicht, dass ich mich seltsam verhalte, doch Pär würde es noch seltsamer finden, wenn ich ihn nicht begrüße.

„Hey, Pippilotta, hollahi-hollaho-holla-hopsasa!“, ruft er zurück, und dann murmelt er etwas, das nur der Rollator versteht, bevor er „Auf geht's, Djurgården!“ skandiert und mit einem der Stehtische einen Frontalzusammenstoß fabriziert.

„Unser Original“, sage ich zu Arnold, der nicht Pär, sondern mich ansieht. Als würde er auf eine Antwort warten.

„Ich würde wohl …“, fange ich an. „Als Erstes würde ich sagen, dass …“

Ich mache eine Pause und blicke zu Pär hinüber, der an den Tresen geht, ohne eine Wartenummer zu ziehen, und einen Kaffee bestellt. Niemand wird sauer, dass er sich vordrängelt. Er gehört einfach wie kein Zweiter in unser Lidingö-Zentrum-Leben.

Jetzt muss ich Arnold antworten, sonst wird es merkwürdig.

„Ich würde Sebastian über den Kopf streicheln und vielleicht seine perfekte Frisur verwuscheln, und dann würde ich sagen: ‚Damit du es weißt, Papa und ich lieben dich genauso sehr wie Mama.‘“

Ich mache die Augen zu. Sehe vor mir, wie ich meinen geliebten Bruder umarme und ihm die Haare zerzause, was meine Mutter regelmäßig auf die Palme gebracht hat. Sie dachte, ich würde das tun, um sie zu ärgern.

„Glaubst du nicht, dass er das gespürt hat?", fragt Arnold.

Ich lasse die Augen immer noch geschlossen.

„Ich weiß nicht."

„Fühlt man so etwas nicht, auch wenn man es nicht ausspricht?"

„Doch, vielleicht. Aber ich würde mich trotzdem gerne bei ihm entschuldigen."

Meine Stimme versagt, und ich muss diesen Tränenkloß hinunterschlucken, der mir im Hals sitzt und so widerlich schmeckt und den ich als Kind gehasst habe. Ich habe mir geschworen, ihn als Erwachsene nie wieder schmecken zu müssen. Ich mache die Augen auf. Diesmal konnte ich mir das Weinen gerade noch verkneifen. Ich blicke in Arnolds schönes, ebenmäßiges, weiches Gesicht. Sein Mund bewegt sich, doch es dauert einen Moment, bis ich verstehe, was er sagt.

„Caroline, wenn ich den Gips los bin, in ein paar Wochen …" Er hält ein paar Sekunden inne. Aber er muss eigentlich gar nicht weiterreden, ich weiß, was er sagen wird. „Dürfte ich dich dann mal zum Essen einladen?"

Ich lächele und lege den Kopf schief. Trinke einen Schluck Kaffee.

Der Latte macchiato ist perfekt hier.

Arnold macht es mir nach.

„Warum willst du warten, bis du den Gips los bist?"

Er nimmt sich ein bisschen Bedenkzeit. Schön, dass ich nicht die Einzige bin, die manchmal keinen Ton herausbringt.

„Weil …“ Arnold redet langsam und deutlich, damit ich keine Silbe verpasse. „Weil ich mich dann als ganzer Mann fühlen möchte. Wenn du verstehst, was ich meine.“

„Ich verstehe, was du meinst. Du darfst mich gerne zum Essen einladen.“

Wir lächeln uns zaghaft an und prosten uns mit unseren Latte-macchiato-Gläsern zu.

„Endstation. Wir bitten alle Fahrgäste auszusteigen“, sagt Rollator-Pär am Nebentisch zu seinem Kaffeebecher.

37

Ich habe es so lange wie möglich hinausgezögert und immer wieder neue Ausreden erfunden, aber zum Schluss ging es nicht mehr. Ich muss meine Mutter treffen.

Wir sind zu Hause im Möjavägen. Ich wärme Pulled Pork auf, das ich gestern für mich selbst gemacht habe. Alle sagen, dass es ein Trendgericht ist, aber ich habe es schon als Kind geliebt. Außerdem ist es extrem leicht zuzubereiten.

Als Erstes habe ich eine Barbecuesauce mit einer Chipotle-Pflaumen-Basis genommen, die ich im Tiefkühlfach hatte. Damit habe ich ein spottbilliges Stück Schweinenacken mariniert, es mit Knoblauchzehen und kleinen Zwiebeln belegt und morgens, bevor ich zur Arbeit gegangen bin, bei hundert Grad in den Ofen geschoben. Als ich nach Hause gekommen bin, war es perfekt.

Vielleicht hat meine Mutter selbst gemerkt, dass ihre Quiche beim letzten Mal hart an der Grenze zu ungenießbar war, jedenfalls schien sie über mein Angebot, Essen mitzubringen, erleichtert zu sein.

Ich stehe am Esstisch und mache einen Paprika-Mais-Salat, während meine Mutter am Tisch sitzt und einen Riesenstapel Papiere sortiert, der aussieht wie eine Mischung aus Einkaufslisten, Kinderzeichnungen und Rechnungen. Garantiert ist es ihr Stapel, denn Jacob ist jemand, der alle Quittungen einscannt, „damit man weiß, wo man sie hat“, und Unterlagen sortiert, bevor sie sich überhaupt stapeln können.

Morgen muss ich zu diesem Verhör ins Präsidium, aber die nette Polizeianwärterin, die Blanca heißt, hat mich gestern angerufen und mir gesagt, dass es sich um eine Zeugenvernehmung handelt. Sie meinte, weil ich nichts gesehen hätte, wäre das eigentlich nicht notwendig, aber man würde die Zeugen trotzdem routinemäßig befragen. Bei ihr klang die Sache ungefähr so dramatisch wie ein gemütliches Kaffeetrinken. Und wenn sie auch nur den kleinsten Verdacht gegen mich hegen würden, würde mich doch wohl keine Polizeianwärterin vernehmen?

Ich bin immer noch nicht wieder ich selbst. Wenn ich in der Stadt unterwegs bin, drehe ich mich ständig um, und ich trinke jeden Abend Alkohol, damit ich einschlafen kann. Dass mein Vater sich nicht meldet, verunsichert mich nach wie vor, aber inzwischen kann immerhin mal eine Viertelstunde vergehen, ohne dass ich daran denke.

Meine Mutter starrt auf ein Blatt, murmelt irgendetwas vor sich hin und nestelt auf ihre irritierende Art am Tauflöffel herum.

Ich sage nichts, sondern konzentriere mich darauf, mit dem am wenigsten stumpfen Messer, das dieser Haushalt besitzt, perfekte dünne Paprikaringe zu schneiden.

Wir schweigen weiter. August ist oben und spielt World of Warcraft, und Jacob ist noch bei der Arbeit, aber zum Essen sollte er zurück sein.

„Mama?"

„Ja?"

„Bist du mit Sebastian nach dem Schwimmen in die Sauna gegangen?"

„Ob wir in die Sauna gegangen sind?"

„Ja."

Sie lächelt und sieht mich an.

„In die Sauna", wiederholt sie in einem Tonfall, als würde ich fragen, ob Kopenhagen die Hauptstadt von Frankreich ist.

„Mhm." Mir wird klar, dass ich nicht hätte fragen sollen.

„Nein, wir sind nicht in die Sauna gegangen." Sie will wirklich, dass ich mir total idiotisch vorkomme.

„Habe ich dir erzählt, was ich in dem Moment, als Sebastian gestorben ist, gefühlt habe?", fragt sie, und ich traue mich nicht zu sagen, dass sie das mindestens schon zehnmal gemacht hat.

„Ich möchte es dir erzählen, damit du verstehst."

„Ich verstehe es", versuche ich.

Meine Mutter holt tief Luft, wie man es vor einem langen Vortrag tut.

„Alles fing mit diesem Arzt an – Gott sei Dank habe ich seinen Namen vergessen –, der mir gesagt hat, dass ich verreisen müsste. Er sagte, er könne an meinen Werten sehen, dass ich Urlaub dringend nötig hätte. Das war so ein Unsinn!"

Meine Mutter spuckt die Worte förmlich aus, als sie von diesem Arzt spricht, der Jörgensen hieß.

„Sicher, ich habe durchschnittlich zwei Stunden pro Nacht geschlafen, und dann diese wund gelegenen Stellen, die ich versorgen musste, und die Kopfschmerzen und die Krankenwageneinsätze, bestimmt einmal im Monat. Ich habe versucht, alles, so gut es ging, zu bewältigen, und dich hatte ich ja auch, aber trotzdem. Ich hätte mich niemals überreden lassen dürfen, Punkt. Aber Gunilla hat mir ununterbrochen damit in den Ohren gelegen. Und am Ende saß ich im Flughafenbus nach Arlanda und wusste, dass es falsch war, aber da war es zu spät."

Meine Mutter streichelt den Tauflöffel und sieht aus dem Fenster, ohne irgendetwas wahrzunehmen, während sie redet. Ich höre auf zu schnippeln und höre nur zu. In diesen Momenten darf man sie nicht unterbrechen. Außerdem ist das auch gar nicht möglich. Sie ist ganz in ihre Geschichte versunken. Wenn meine Mutter sie mir schon zehnmal erzählt hat, dann kann man sich denken, wie oft sie es insgesamt getan hat. Bestimmt über tausendmal. Jedes Mal mit derselben Hingabe. Nur ein paar kleine Änderungen bei den wesentlichen Details. Manchmal ereifert sie sich darüber, dass die Landung in Santorin fürchterlich war. Ein anderes Mal folgt ein zehnminütiger Exkurs, warum die Griechen so viel freundlicher sind als die Schweden oder warum sie in Tränen ausgebrochen ist, als sie am ersten Abend die Lichter im Pool gesehen hat.

Sie handelt die Anreise und die ersten Tage in raschem Tempo ab.

„Am dritten Tag wollten wir auf diesen Vulkan hoch. Den Namen weiß ich nicht mehr. Es war ein furchtbar langer Spaziergang, und irgendwann waren die Ohren komplett zu. Auf halbem Weg haben Gunilla und ich einen Campari getrunken, weil wir beide fanden, dass es so hoch und gefährlich war. Und als wir oben stehen – es ist einfach wuuunderschön, das Mittelmeer, dieser fantastische Vulkan und der Wind, der an einem zerrt, aber trotzdem nicht kalt ist –, fühle ich mich tatsächlich … frei. Ja. Frei.

In dem Moment, exakt in dem Moment überkommt es mich wie eine Welle. Es ist Viertel nach sieben, also der genaue Zeitpunkt, an dem Sebastian gestorben ist. Es fängt in den Zehen an und steigt in die Knie. Schmerzen und Angst ... Dann zieht es in der Brust. Und mir ist, als würde ich einen Schrei im Wind hören. Ich taumele und frage mich, was da gerade passiert. So etwas habe ich noch nie zuvor gespürt. Und dann ist es vorbei. Genauso schnell, wie es gekommen ist. Ich fühle eine unglaubliche Leere in mir, und ich ahne sofort, was geschehen ist. Und ich sage zu Gunilla, dass Sebastian etwas zugestoßen ist, aber sie geht einfach darüber weg, wechselt das Thema und überredet mich, nicht zu Hause anzurufen. Sie sagte, das wäre nur die Höhenangst. Aber ich wurde immer panischer, und schließlich habe ich angerufen. Ann brauchte kaum etwas zu sagen. Ich wusste es ja schon. Es war fast so, dass *ich sie* am Telefon trösten musste."

Meine Mutter seufzt und wischt eine Träne weg.

Mir ist eiskalt.

„Und als ich dann später mit der Polizei gesprochen habe, ist mir klar geworden, dass es derselbe Moment war. Viertel nach sieben. Diese Welle ist in dem Augenblick über mich hereingebrochen, als Sebastian gestorben ist. Es war Sebastian, der sich von mir verabschiedet hat. Kuss, mein kleiner Schatz", sagt sie und küsst gleichzeitig den silbernen Tauflöffel. „Du bist mit vielen Dingen zurechtgekommen, aber ohne deine Mama kamst du nicht zurecht."

Ihre Augen sind feucht, sie tut mir leid. Irgendwann muss ich ihr die Wahrheit sagen. Jetzt?

„Hallo“, ruft Jacob aus dem Flur. Meine Mutter zuckt zusammen. Ich habe auch nicht gemerkt, dass er gekommen ist.

Wir rufen ebenfalls „Hallo“, und Jacob brüllt in der schlechtesten Cowboy-Imitation der Welt: „Yee-haw! Pulled Pork! Yee-haw!“

38

Blanca ist wirklich unglaublich sympathisch.

Sie hat pechschwarze Haare, einen Pagenschnitt und schöne dunkle Augen. Ihr Mund ist groß, ihre Zähne sind blendend weiß, und ihr einziges Make-up besteht aus einem dezenten roten Lippenstift. Wenn ich nicht so aussehen würde, wie ich aussehe, würde ich wie Blanca aussehen wollen.

Ich habe wirklich das Gefühl, als würde ich mit einer Freundin gemütlich Kaffee trinken.

Ich habe mir einen Vernehmungsraum mit Spiegeln an den Wänden vorgestellt, hinter denen Geheimdienstler sitzen, und Kameras an den Decken und so, aber der Raum sieht wie ein ganz normales chaotisches Büro aus. Haufenweise Ordner in den Regalen. Blanca schaltet noch nicht einmal ein Aufnahmegerät ein, sie sitzt nur da und macht sich flüchtige Notizen.

Sie hat mich im Eingangsbereich des Polizeipräsidiums abgeholt, und wir haben direkt gelacht und gescherzt. Wir haben über meine Arbeit geredet und wo ich wohne, und Blanca meinte ironisch: „Es muss ein sicheres Gefühl sein, die Polizei direkt in der Nachbarschaft zu haben."

Ich habe erfahren, dass sie aus Kroatien kommt, mit einem Schweden verheiratet ist und die süßeste Tochter der Welt hat, deren Foto sie als Hintergrundbild auf ihrem Handy verwendet.

Detailliert erzähle ich alles, was ich gesehen und erlebt

habe. Blanca versetzt sich in meine Lage und streut hin und wieder ein „Nein!“, „Was?“ oder „Oh, mein Gott!“ ein. Ich fühle mich wie jeder Zeuge, der eine spannende Geschichte zu erzählen hat.

„Konnten Sie den Täter sehen?“, fragt sie plötzlich, als ich fast am Ende meiner Story bin.

„Nein, leider gar nicht. Sind Sie sicher, dass es sich um einen Mann handelt?“

Blanca lacht. „Ich habe mich deswegen auch schon aufgeregt. Warum geht man automatisch davon aus, dass es ein Mann war? Warum hat sich im Sprachgebrauch die männliche Form ‚Täter‘ eingebürgert, statt von vornherein zwischen Täter und Täterin zu differenzieren? Vielleicht sollte man Täterseite sagen?“

Ich lache pflichtschuldig.

„Können Sie sich noch erinnern, wann Sie die Notrufzentrale angerufen haben?“

Ich zucke zusammen, weil ich weiß, wie konfus ich in diesem Gespräch geklungen habe.

„Als Arnold zu mir zurückgehumpelt ist. Ich hatte einen Schock.“

Ich antworte ohne zu zögern und deutlich und fühle mich nach wie vor sicher.

„Das kann ich gut verstehen. Was wissen Sie noch von diesem Gespräch?“

„Nicht viel. Aber es war nichts Ungewöhnliches, denke ich. Ich habe darum gebeten, die Polizei und einen Krankenwagen zu schicken, weil ich gesehen habe, dass Arnold verletzt war.“

Ich schaue sie an und versuche, an ihrem Gesichtsausdruck zu erkennen, ob sie sich meinen Anruf bei der Notrufzentrale angehört und den Eindruck hat, dass ich meinen Standort zu lange verschwiegen habe. Aber sie sieht völlig neutral aus. Die letzte Gefahr scheint gebannt zu sein, denn Blanca redet nur davon, wie professionell ich mich verhalten hätte, weil ich auch einen Krankenwagen gerufen habe.

„Ich bin von Ihnen beiden beeindruckt."

„Ach, das war doch nichts Besonderes."

„Doch, auch wenn wir es nicht so gerne sehen, wenn Zivilpersonen bei Überfällen die Helden spielen."

„Nein, das verstehe ich."

„Wie geht es eigentlich Herrn Bergströms Fuß?"

„Er hat mich neulich bei der Arbeit besucht. Der Gips muss wohl noch ein paar Wochen dranbleiben."

„Der Arme. Ein sympathischer Kerl", sagt Blanca und lächelt mich an.

„Mhm."

„Ich glaube, ich habe keine weiteren …" Sie murmelt etwas und blättert in ihren Unterlagen.

Ich bekomme eine SMS. Der Nachrichtenton klingt extrem laut.

„Entschuldigung", sage ich und meine es auch so.

„Das macht nichts. Sehen Sie nach, vielleicht ist es wichtig?"

„Ja, bestimmt", erwidere ich und lache. Als ich nachsehe, traue ich meinen Augen kaum. Papa. *Heute Abendessen bei mir? Bring einen Kumpel mit.*

Ich bin so erleichtert, dass ich am liebsten vom Stuhl aufspringen würde.

„Nein, ich habe keine weiteren Fragen mehr an Sie. Möchten *Sie* noch etwas hinzufügen?"

„Nein. Es war nett, mit Ihnen zu sprechen."

„Ja, das finde ich auch."

Blanca erhebt sich. Ich stehe ebenfalls auf.

„Und ich möchte mich noch einmal für meinen Kollegen Andersson und sein Verhalten Ihnen gegenüber entschuldigen", fügt sie leise hinzu. „Also, unter uns, und das verlässt diesen Raum nicht, okay?"

„Okay."

„Wenn alle Polizisten so wären wie er, würde ich mit Ihnen durch diese Tür gehen und nie wieder zurückkommen." Sie schneidet eine Grimasse, die bedeutet, dass er sich immer so aufführt, wie er sich mir gegenüber verhalten hat.

Blanca lächelt und gibt mir die Hand.

„Danke, dass Sie hergekommen sind. Ich glaube nicht, dass wir Sie noch einmal vorladen müssen."

„Auch nicht, wenn es zu einem Prozess kommt?"

„Das ist nicht mein Bereich, und es ist nur eine Hypothese, aber ich gehe davon aus, dass in diesem Fall Arnold Bergström als Hauptzeuge gehört wird, da er den Täter gesehen hat."

„Konnte er ihn deutlich sehen?"

„Nur, dass er einen blauen Kapuzenpullover getragen hat. Das ist alles, was wir bis jetzt haben. Wenn Ihnen also jemand auffällt, der einen blauen Kapuzenpullover anhat und versucht, sieben Tonnen Fleisch zu verkaufen, dann melden Sie sich bitte."

„Versprochen", antworte ich und lache.

Blanca begleitet mich den Flur hinunter. Wir reden darüber, wie es ist, auf Kungsholmen zu wohnen, und zum ersten Mal seit dem Überfall spüre ich keinen Kloß im Magen.

39

Mein Vater kommt nicht zur Tür, als ich klingele. Aber weil er nie abschließt, gehe ich rein und höre, dass er unter der Dusche steht.

Ralf ist noch nicht da. Als ich ihm erzählt habe, dass uns mein Vater heute Abend um acht bei sich zum Essen eingeladen hat, sagte er nur: „Okay, ich komme um halb neun." Er achtet penibel darauf, nicht ohne zwingenden Grund mit mir zu reden.

Ich bin so neugierig, dass ich es nicht lassen kann, durch die Wohnung zu gehen und herumzuschnüffeln. Ich weiß nicht, was ich erwartet habe, vielleicht nicht unbedingt einen gigantischen Geldberg, in dem man wie Onkel Dagobert baden kann, aber irgendein Zeichen, dass Papa seinen Teil erfolgreich erfüllt hat. Allerdings könnte es ja auch sein, dass es ihm nicht gelungen ist, irgendetwas zu verhökern, sondern dass er sich nur eine neue Tiefkühltruhe angeschafft hat und uns bittet, jemand anderen mit besseren Kontakten zu fragen. Tatsächlich ist mir das nicht mehr so wichtig. Solange niemand im Gefängnis landet, bin ich mit hundert Kronen zufrieden. Oder vielleicht tausend, damit ich wenigstens *etwas* für meine Qualen kriege. Tausend Kronen, die ich auf mein Sparkonto einzahlen kann, das ich vor ungefähr einem Jahr eingerichtet habe, um Geld für mein Restaurant anzusparen.

Die Wohnung sieht aus wie immer. Abgesehen von einer

riesigen Pflanze am Wohnzimmerfenster, die ich für Lorbeer halte und über der eine dilettantisch befestigte Wärmevorrichtung hängt. Heute muss die sich besonders anstrengen, denn es war den ganzen Tag lang stockdunkel und schweinekalt. Ich habe nicht aufs Thermometer geguckt, aber es fühlt sich an wie zehn Grad minus.

Mein Vater kommt mit einem Handtuch um die Hüften aus dem Badezimmer. Wir spüren beide, dass es nicht der richtige Moment für eine Umarmung ist. Ich suche in seinem Gesicht nach irgendwelchen Anzeichen, doch er sieht aus wie immer. Papa geht in sein winziges, dunkles Schlafzimmer, das die einzige lebensmittelfreie Zone in dieser Wohnung ist. Nicht einmal ein Gefrierschrank passt da rein.

Er ruft: „Wie geht's?", und ich erzähle ihm, dass ich gerade im Polizeipräsidium war, als ich seine SMS bekommen habe. „Ach ja? Was hast du da gemacht?"

„Nur eine Zeugenvernehmung."

„Hast du irgendetwas gesehen?"

„Nein."

„Pech für die Bullen", sagt mein Vater, und ich versuche, etwas aus seiner Stimme herauszuhören, aber er klingt genauso neutral wie immer. Ich weiß nicht, ob er einen Witz macht oder es ernst meint. Wenn jemand den Überfall aus seinem Gehirn gelöscht hätte, hätte er haargenau dasselbe fragen können.

„Und selbst?", sage ich. „Wie ist es bei dir gelaufen?"

„Ganz gut, denke ich", antwortet er und kommt aus dem Schlafzimmer. „Ich muss dir was zeigen."

Endlich.

Papa geht zu dem Lorbeerbusch und erzählt, dass er einen Kumpel hat, Relko aus Dubrovnik, der ihm immer Lorbeer mitbringt, weil der in seiner Heimat in Hülle und Fülle wild wächst. „Und jedes Mal bringt er mehr mit, weil er glaubt, dass ich dann irgendwann genug habe. Aber Lorbeer benutze ich viel, den brauche ich immer. Gestern ist er hier mit einem Lkw aufgetaucht, mit dem er direkt aus Dubrovnik gekommen ist. Er hat gesagt: ‚Jetzt, du verrückter Schwede, hast du genug Lorbeer, dass es bis an dein Lebensende reicht', und mir diese Pflanze gegeben."

Als Papa lacht, lache ich auch.

„Wir müssen abwarten, ob er sich hier oben auf dem Henriksdalsberget wohlfühlt", sagt er, berührt die Blätter, riecht an seinen Fingern und schließt die Augen, als würde er sich in die Wärme und ans Mittelmeer träumen.

Ich hatte mich eigentlich darauf gefreut, ungestört über den Diebstahl und den Verkauf sprechen zu können, aber er scheint das komplett vergessen zu haben. Oder will er mich auf den Arm nehmen?

Jedes Mal, wenn ich die Sprache auf unseren Fleischcoup bringen will, redet er über irgendetwas anderes.

„Ist was übrig geblieben?", frage ich und bin der Meinung, dass ich es nicht deutlicher formulieren könnte.

„Ja, klar. Willst du ein Bier?"

„Gerne, aber –"

„Ich glaube, zum Grillen ist es zu kalt. Ich stecke den Vogel besser in den Ofen. Meinst du nicht auch?"

„Doch", seufze ich und trinke einen großen Schluck von einem Lager mit einem Etikett, auf dem merkwürdige Buchstaben sind. Bestimmt Russisch oder so.

Es klingelt an der Tür, und weil Papa mit irgendeiner Sauce beschäftigt ist, gehe ich und mache auf.

Ralf sieht fest entschlossen aus. Er trägt einen weiten schwarzen Mantel und eine Strickmütze, aber man sieht ihm an, dass er friert.

„Bist du zu Fuß gekommen?“, frage ich, nachdem wir uns begrüßt haben.

„Ja, ich fand, das sei am sichersten“, antwortet er leise und macht die Tür hinter sich zu.

„Aber jetzt …“ Ralf sieht mich an und strahlt übers ganze Gesicht. „Toll, endlich mit dir reden zu können, Caroline!“

Ralf schließt mich in die Arme. Da sich mein Vater so merkwürdig verhält, ist es besonders schön, ein Mitglied dieses Gangstertrios umarmen zu können.

„Es war eine solche Qual, dich jeden Tag bei der Arbeit zu sehen“, sagt er. „Ich war sooo kurz davor, dich auszufragen, aber ich habe mich nicht getraut.“

„Hast du nicht? Du hast so cool gewirkt“, erwidere ich verblüfft.

„So cool wie ein ausgesetztes Katzenbaby, meinst du wohl? Man hat ja keine Routine in solchen Dingen. Es ist jedenfalls toll, dich zu sehen!“ Ralf nimmt mein Gesicht in beide Hände. Er wirkt völlig aufrichtig. „Ich will alles wissen. Aber erst begrüße ich deinen Vater.“

Die beiden umarmen sich wie zwei alte Freunde. Ich ahne, dass Ralf genauso neugierig ist wie ich.

„Und wie ist es dir ergangen?“, fragt Ralf, nachdem sie ihr kumpelhaftes Begrüßungsritual beendet haben.

„Ach, danke, gut“, antwortet Papa, als würde ihn die Frage wundern, und widmet sich wieder seiner Sauce.

Ralf ist abserviert und wendet sich stattdessen mir zu.

„Dass sich der Fahrer den Fuß gebrochen hat, ist natürlich übel. Aber warum musste er mir auch hinterherrennen? Er hätte dabei draufgehen können!"

„Vielleicht ist ihm sein Lkw heilig?"

„Es tut mir leid, Caroline. Ich hätte nicht gedacht, dass die Sache so einen Wirbel verursacht. Das liegt nur daran, dass es eine echte Bande gibt, die auf dieselbe Idee wie ich gekommen ist. Wie wir."

„Wie du."

„Und die sind wirklich bewaffnet! Sonst hätte die Polizei wahrscheinlich nichts anderes als eine müde Stümper-Truppe geschickt."

„Ist es gut oder schlecht, dass die Polizei davon ausgeht, dass Profis dahinterstecken?"

„Solange sie uns nicht auf die Spur kommen, ist es gut. Aber wenn sie es tun, werden sie glauben, dass wir alle Überfälle begangen haben. Und weil sie glauben, dass wir bewaffnet sind, werden sie sehr viel mehr Leute für die Sache abstellen. Nein, das ist nicht gut."

Ich erzähle von meiner Vernehmung, und Ralf ist ebenfalls erleichtert, dass mich nur eine Polizeianwärterin verhört hat.

Er sagt, wie auch immer die Sache ausgeht, er sei froh, dass er es durchgezogen hat, und dankbar, dass ich mitgemacht habe. Dann dreht er sich in Richtung Küche und sagt lauter: „Aber *ein paar* Moneten wären natürlich schon ganz nett ..."

Mein Vater reagiert immer noch nicht.

Es klingelt an der Tür. Ralf und ich zucken zusammen

und schauen uns an. Ich sehe ihm an, dass er dasselbe denkt wie ich. Aber mein Vater scheint keine Bullenparanoia zu haben. Er geht zur Tür, und es stellt sich heraus, dass es eine Nachbarin ist, die ihm ein paar Schweinekotelettknochen vorbeibringt, die vom Abendessen übrig geblieben sind. Papa bedankt sich, verschwindet wieder in der Küche und gibt die Knochen zu einem Fond, der bereits auf dem Herd köchelt.

„Aber jetzt, Torbjörn, jetzt sind wir doch ein bisschen neugierig, wie es bei dir gelaufen ist", sagt Ralf und geht hinter ihm her.

„Ja, ich zeig's euch …"

Bekommen wir jetzt Ergebnisse präsentiert?

Papa geht zu der Lorbeerpflanze und wiederholt fast wortwörtlich dieselbe Story, die er mir erzählt hat. Ralf sieht genauso aus, wie ich mich gefühlt habe. „Cool, aber –"

Mein Vater sagt: „Das Essen ist gleich fertig. Ihr könnt euch schon mal hinsetzen."

Ralf zieht eine Augenbraue hoch und macht eine resignierte Armbewegung, die wahrscheinlich bedeuten soll: „Was treibt der Kerl da? Ich will Knete sehen, und er zeigt mir eine Lorbeerpflanze."

Ich antworte mit einer ähnlichen Geste, nur dass meine bedeutet: „Ich habe keine Ahnung. Ich bin genauso verwirrt wie du."

40

Wir sitzen am Tisch und essen Taube mit Bulgur und einer Pfefferminzsauce. Und klar, es schmeckt superlecker, aber ich habe heute ein wichtigeres Anliegen.

Mittlerweile sind wir schon beinahe eine Stunde hier, doch Papa redet die ganze Zeit über etwas anderes. Ralf und ich werfen uns hin und wieder einen Blick zu. Es hat den Anschein, als hätte es nie eine Lkw-Ladung voller Fleisch gegeben.

Ralf ist noch netter, als ich gehofft hatte, und erkundigt sich ernsthaft, wie es mir ergangen ist und was ich gemacht habe. Seiner Meinung nach hätte ich dem Gorilla Andersson eine Anzeige an den Kopf knallen sollen, „wenn die Dinge anders liegen würden".

Er erzählt, dass er die Strecke bis zum Frihamnen in Rekordzeit zurückgelegt hat und mein Vater und ein anderer Typ aus Estland in der Garage auf ihn gewartet haben, als er eintraf. Ralf hat dabei geholfen, das Fleisch in ein anderes Fahrzeug umzupacken. Aber was danach passiert ist, weiß er auch nicht. Während wir davon sprechen, tut Papa so, als würde er nichts mitbekommen.

Als wir fast mit dem Essen fertig sind, erzählt er eine Anekdote aus der Zeit, als er in den Siebzigern zusammen mit Carl Butler in einem Restaurant auf Östermalm gearbeitet hat. Sie hatten schon geschlossen und genehmigten sich einen Cognac, als der König und eine Dame namens Alexandra Charles an die Tür klopften und eine nächtliche Stärkung verlangten.

„Wir haben versucht, uns zusammenzureißen, und sagten, das sei gar kein Problem. In der Küche stand noch eine Fischsuppe, die wir anbieten konnten, also haben wir zwei Teller Bouillabaisse angerichtet. Dann muss uns wohl der Teufel geritten haben, denn in dem Moment, als wir sie zum Tisch bringen wollten, ist einer von uns auf die Idee gekommen, dass es doch lustig wäre, wenn wir eine Bouillabaisse mit Tabasco ‚verfeinern' würden. Also haben wir eine halbe Flasche in den Teller geschüttet, der für den König gedacht war, und haben ihm kichernd dabei zugesehen, wie er sich die Suppe reingezwängt hat. Wir hielten das für einen Riesengag, bis wir am nächsten Morgen einsehen mussten, dass wir uns damit selbst die Suppe gründlich versalzen hatten. Und richtig, vom König haben wir nie wieder eine Spur gesehen. Und von Alexandra Charles auch nicht." Mein Vater wiehert, als würde er diese Geschichte zum ersten Mal erzählen.

Ralf und ich haben an den richtigen Stellen gelacht, aber ich merke, dass Ralf allmählich richtig sauer wird.

„Torbjörn", sagt er ernst, als wir aufgehört haben zu lachen.

„Ja?"

„Verflucht noch mal …"

„So sehr?", meint Papa und grinst.

„Jetzt möchten wir wirklich –"

„Ja, natürlich, entschuldige."

„Endlich", sagt Ralf.

„Ihr möchtet wissen –", sagt Papa.

„Ja!", rufe ich ungeduldig.

„… was es zum Nachtisch gibt?"

„NEIN!“, brüllen Ralf und ich wie aus einem Mund.

Jetzt bin ich wirklich stinkwütend. „Hör auf, Papa. Das ist nicht mehr lustig. Wir –“

„Der Nachtisch liegt unterm Bett im Schlafzimmer“, fällt Papa mir ins Wort.

Ralf und ich springen in derselben Sekunde auf, wie zwei kleine Kinder, die Ostereier suchen wollen. Wir laufen in Richtung Schlafzimmer, Ralf ist ein Stück vor mir, sagt aber vor der Tür: „Die Dame zuerst.“

Ich beherrsche mich und mache die Tür vorsichtig auf. Im Schlafzimmer ist es stockdunkel, ich taste nach dem Lichtschalter. Es dauert ein paar Sekunden, weil er tiefer und weiter vom Türrahmen entfernt angebracht ist, als ich dachte. Ich drücke auf den Schalter, doch nichts passiert.

„Die Lampe ist kaputt. Ihr müsst euch vortasten!“, ruft mein Vater aus der Küche.

Als sich meine Augen an die Dunkelheit gewöhnt haben, kann ich die Umrisse des Doppelbetts erkennen. Den süßlich-sauren Geruch hier drin zu beschreiben, ist unmöglich, aber ich bin vermutlich die Einzige auf der ganzen Welt, die diesen Geruch mag. Es riecht nach Papa.

Vor dem Bett knie ich mich auf den Boden.

„Kannst du was sehen?“, fragt Ralf.

„Nein“, antworte ich und taste mit der Hand. Ich strecke sie immer tiefer unter das Bett, fühle aber nichts. Will er uns immer noch auf den Arm nehmen? Ich ändere die Stellung, lege mich halb auf die Seite und strecke den Arm so weit nach vorne, wie ich kann. Dann spüre ich irgendetwas Plastikartiges.

„Hier ist was“, stöhne ich.

Ich zwänge mich tiefer unter das Bett, um den Gegenstand, bei dem es sich vermutlich um eine größere Plastiktüte handelt, besser fassen zu können. Sie ist ganz schön schwer, jedenfalls wenn man auf dem Boden liegt und sie mit einer Hand festhält, doch es gelingt mir, sie unter dem Bett hervorzuzerren.

„Brauchst du Hilfe?“

„Nein, es geht schon.“ Es ist eine von diesen großen blauen Ikea-Taschen. Sie ist mit zwei Druckknöpfen verschlossen, aber man kann ihren Inhalt erahnen.

Wir gehen zurück ins Wohnzimmer und stellen die Tasche zwischen uns. Ich reiße die Knöpfe auf. Die Tasche ist randvoll mit Geldscheinen in allen möglichen Größenordnungen. In erster Linie Hunderter und Fünfhunderter, aber auch ein paar Zwanziger und einige Tausender. Ralf vergräbt seine Arme in den Tiefen der Tasche und atmet aufgeregt.

„Papa“ ist alles, was ich herausbekomme. Völlig unmöglich zu sagen, wie viel es ist. Das Einzige, was ich weiß, ist, dass ich noch nie in meinem Leben so viel Geld auf einem Haufen gesehen habe.

Ich mache es wie Ralf und wühle mit den Händen in der Tasche, nur um die Scheine zu spüren. Sie kitzeln an meinen nackten Armen, und dem Gefühl, wie es ist, in Geld zu baden, werde ich wohl nie näher kommen als in diesem Moment.

„Darf man fragen, um was für eine Summe es sich handelt?“, sagt Ralf.

„Es müssen an die dreihunderttausend sein, glaube ich. Ich habe nicht so genau nachgezählt.“

„Wow“, entfährt es Ralf.

Ich schaue ihn an, um zu sehen, ob er enttäuscht ist, weil ich weiß, dass er auf mehr gehofft hat. Aber genau wie ich scheint er rundum zufrieden zu sein. Die letzten Wochen waren so nervenaufreibend, da sind hunderttausend pro Person unsagbar gut. Für mich ist es der Grundstock für ein eigenes Restaurant, für den Rest muss ich eben ein paar Jahre sparen.

„Aber in der Hockeytasche, die noch weiter hinten unter dem Bett liegt …“, mein Vater macht eine dramatische Pause, „… ist ungefähr eine halbe Million.“

Ich stoße einen Schrei aus, Ralf fällt tatsächlich in Ohnmacht und sackt auf dem Fußboden zusammen.

41

Ich tanze und trinke megasüßen russischen Champagner direkt aus der Flasche.

Ralf singt zu Ebba Grön, die aus den Lautsprechern dröhnen. Er ist ganz im Rhythmus, sein Tanzstil ist eine seltsame Mischung aus Cancan und Headbanging.

Papa kümmert sich um den Abwasch, trinkt Cognac, raucht Zigarre und scheint seine innere Ruhe gefunden zu haben.

Er hat uns versichert, dass die Nachbarn keine Probleme machen, auch wenn es schon halb drei in der Nacht ist und wir ziemlich laut sind.

Ralf und ich haben ungefähr zwei Stunden gebraucht, um das Geld zu zählen. Als Erstes haben wir Tausender-Stapel gebildet, mussten aber schnell einsehen, dass der Platz dafür nicht ausreichte, und haben stattdessen Zehntausender-Stapel aufgeschichtet. Zum Schluss lagen insgesamt vierundachtzig Packen vor uns. Plus 8 300 Kronen. 848 300 geteilt durch drei macht 282 766 Kronen pro Kopf, aber Papa weigerte sich, seinen Teil anzunehmen. Er sagte, dass es ihm Spaß gemacht habe und er kein Geld brauche. Natürlich haben wir protestiert und gemeint, dass ihm eigentlich *mindestens* ein Drittel zustehen würde, weil er bei Weitem das größte Risiko eingegangen sei.

Er wollte sich erst nicht darauf einlassen, aber letzten Endes hat er die 8 300 Kronen als Aufwandsentschädigung akzeptiert.

„Ich bekomme ein bisschen Geld zum Verprassen, und ihr könnt euren Anteil leichter ausrechnen“, sagte er.

Ralf und ich kriegen also jeder 420000 Kronen, und wenn mir jetzt noch einfällt, wie ich das Geld wasche, kann ich mir die gleiche Summe von der Bank leihen und habe genug zusammen, um Carolines Tapas schon im Sommer eröffnen zu können.

Ich kann mich nicht daran erinnern, wann ich mich das letzte Mal in so einer Ekstase befunden habe. Das schlägt alle durchkoksten Nächte mit norwegischen Vorspiel-Königen um Längen! Ich will, dass diese Nacht niemals zu Ende geht. Ralf tanzt mittlerweile seit einer Stunde ohne Pause, ihm scheint es genauso zu gehen. Ich weiß nicht, wie oft er mich geküsst hat, gefühlt mindestens vierhundertzwanzigtausend Mal.

Ralf hat mir gebeichtet, dass er Daniella gesteckt hat, dass ich das kleine Mädchen auf die Personaltoilette gelassen habe. „Ich fand, dass du dir mit deiner Entscheidung zu lange Zeit gelassen hast, und wollte dir einen Motivationsschub geben!“

Keine Ahnung, wie ich morgen darüber denken werde, aber heute finde ich es nur lustig und clever.

Papa erzählt uns, wie er vorgegangen ist. „Das Geheimnis ist Zeit“, sagte er. „Die Ruhe zu bewahren und nicht zu viel zu quatschen. Wer Panik schiebt und nur seine Sachen loswerden will, bekommt nichts. Da kapieren alle, worum es geht, und bezahlen hoffnungslos unter Wert. Ich kenne die Leute ja noch aus meiner Zeit in der Gastronomiebranche. Ich habe die Runde gemacht und ihnen genau gezeigt, um was für Ware es ging. Bei manchen Restaurants habe ich sogar probegekocht, um den Gastwirten zu zeigen, welche Qualität das Fleisch hatte. Ein paar Typen haben mir nur zehn Kilo abgenommen, aber die richtig schweren Giganten, die mehrere Lokale am Stureplan und so betreiben, haben direkt ein paar Paletten genommen."

„Du musst Nordeuropas bester Hehler sein!", sagt Ralf beeindruckt.

„Kumpel, meinst du wohl?", antwortet Papa blitzschnell und legt eine Hand hinters Ohr, als würde er schlecht hören. „Ja, du hast recht. Ich bin Nordeuropas bester Kumpel!"

Ich habe heute Abend so viel gelacht, dass mir der Kiefer wehtut.

„Komm schon, Fjodor!", ruft Ralf mir zu. Er ist immer noch im Ebba-Grön-Fieber, legt den Arm um mich, und wir drehen uns zu Papa und singen. Weil wir dieses Lied mindestens schon dreimal gespielt haben, kann ich den Refrain auswendig.

Wir grölen aus vollem Hals, und ich imitiere Ralfs eigenwilligen Pseudo-Cancan.

Der Staat und das Kapital sitzen im selben Boot
obwohl nicht sie es sind, die rudern, die rudern, dass der Schweiß strömt
Und die Peitsche, die kitzelt, kitzelt auch nicht
ihre fetten Naaacken!

Als das Lied zu Ende ist, lassen wir uns auf den Fußboden fallen, Papa klatscht. Ralf liegt auf dem Rücken und trinkt

Schampus aus der Flasche, der ihm an Kinn und Hals herunterläuft.

Er sieht genauso glücklich aus, wie ich mich fühle.

42

„Ich dachte immer, auf einem Flohmarkt würden Kinder kaputte Spielsachen verkaufen und Kaufmannsladen spielen. Und vielleicht würden noch ein paar Rentner alte Tassen verhökern. Aber das hier habe ich nicht erwartet!"

Bente und ich schlendern über den Kofferraum-Flohmarkt im Parkhaus von Liljeholmen, und sie ist so begeistert, dass sie auf und ab hüpft. Sie hat viele Schnäppchen gemacht, unter anderem mehrere T-Shirts, Pullover und Hosen aus Baumwolle, die Hannes liebt. Ihm ist es nicht so wichtig, wie er aussieht, viel wichtiger ist, wie die Kleidung sich anfühlt. Die Frau, die ihr die Sachen verkauft hat, hat eine Tochter mit einem ähnlichen Syndrom wie Hannes, nur ein paar Jahre älter. Bente hat alles für hundert Kronen bekommen.

Und obwohl sie uns beiden passen würde, habe ich ihr eine superschöne elfenbeinfarbene Bluse mit sexy Spitzenbesatz überlassen.

„Die hätte im Laden über zweitausend Kronen gekostet, mindestens!", jubelt Bente wie jemand, der gerade bekehrt worden ist.

„Ich weiß."

„Ich weiß, dass du das weißt. Ich bin hier die Dumme. Warum kaufen nicht alle Leute grundsätzlich auf Kofferraum-Flohmärkten ein?"

„Weil die Preise dann wohl –"

„Oh! Guck mal hier!“ Bente hört mir gar nicht zu. Sie läuft zu einem Kleiderwagen, an dem haufenweise Röcke hängen. Bente stöbert alleine durch das Angebot, ich besitze genug Röcke und gehe weiter. Heute habe ich nur einen Auftrag, und der lautet: die perfekte Tasche finden.

Ich habe Ralf netterweise alle Fünfhundert- und Tausend-Kronen-Scheine überlassen. Sein Anteil passte in eine Schultertasche, die er von meinem Vater bekommen hat. Während ich meine Hunderter, Fünfziger, Zwanziger und sogar Hartgeld in mehreren Einkaufstüten nach Hause transportiert habe, die ich in der Ikea-Tasche verstaut hatte.

Auf Ralfs Anraten hin habe ich überprüft, ob alle Scheine echt sind. Wenn Falschgeld darunter gewesen wäre, hätte das ein ziemliches Risiko bedeutet. Ich habe eine ganze Nacht unter einer grellen Schreibtischlampe gesessen. Dann habe ich verschiedene Bankfilialen abgeklappert und die Scheine in Fünfhunderter gewechselt, damit sie nicht so viel Platz in Anspruch nehmen. Und Fünfhunderter sind besser als Tausender. Einen Fünfhunderter findet niemand auffällig, aber einen Tausender sieht man nicht unbedingt alle Tage.

Ralf und ich haben vereinbart, dass wir mindestens ein paar Monate warten, bis wir eine größere Anschaffung machen. Er möchte ein Boot, und ich will mir außer meinem Restaurant eine Vespa zulegen. Aber Ralf hat gesagt, dass man sich nur *GoodFellas* ansehen müsste, um zu kapieren, warum man nach gelungenen Coups keine großen Summen ausgeben soll.

Es war ziemlich schwer abzuschätzen, wie groß und schwer das Geldpaket werden würde, aber ich habe gegoogelt und herausgefunden, dass Fünfhundert-Kronen-Scheine 1,09 Gramm wiegen, und weil man für 420000 Kronen 840 Fünfhunderter bekommt, wiegt das Paket nur knapp ein Kilo. Momentan liegt das ganze Geld in einer Einkaufstüte unter meinem Bett. Ich konnte es mir nicht verkneifen, eine Maxfood-Tüte zu nehmen. Aber ich möchte für mein kleines Vermögen eine gute, sichere Tasche, die robust und strapazierfähig ist – für den Fall, dass ich sie vergraben muss.

Ich schlendere an den Kofferräumen entlang. Bente sieht sich immer noch alleine um, und das ist auch gut so, denn in genau diesem Augenblick erblicke ich meine Tasche. Sie ist lila, ein richtig dunkles Lila. Gute Qualität, genau die richtige Größe, mit nur einem Fach, das sich sowohl mit einem Reißverschluss als auch mit Knöpfen verschließen lässt. Außerdem hat die Tasche einen breiten, langen Schultergurt, den man über den Kopf ziehen kann, sodass sie fast wie ein Rucksack sitzt. Was praktisch ist, falls man mit ihr laufen muss. Wenn man schnell irgendwo hinwill. Oder verschwinden muss.

Und dann dieses schwer zu erklärende Gefühl, dass auf der Tasche mein Name steht.

„Was möchten Sie dafür haben?“, frage ich eine Dame, die nicht so recht in das Parkhaus passt, sie ist eleganter als der Durchschnitt.

„Zweihundert Kronen.“

„Für hundertfünfzig nehme ich sie.“

„Ich habe über fünfhundert dafür bezahlt.“

„Dann sind hundertfünfzig ein perfekter Flohmarktpreis, finde ich."

„Tut mir leid. Zweihundert."

„Okay, dann vielen Dank", sage ich und gehe – Flohmarkt-Profi, der ich bin – langsam weiter.

„Also gut, wenn Sie es passend haben, bekommen Sie die Tasche für hundertfünfzig. Ich habe kaum noch Wechselgeld."

„Natürlich", antworte ich und gebe ihr drei Fünfzig-Kronen-Scheine.

Bente spendiert mir in der Liljeholmen-Galerie einen superekligen Kebab, und wir amüsieren uns darüber, dass wir uns gegenseitig immer zu widerlichem Fraß einladen, wenn wir irgendwo in der Stadt essen.

Ich erzähle ihr, dass Carolines Tapas allmählich konkrete Formen annimmt, weil die Bank einem Kredit zugestimmt habe. „Und ich habe ein leer stehendes Lokal in der Sankt Göransgatan gefunden. Früher war da ein Bistro, das zugemacht hat."

„Du meinst es also ernst?"

„Ja! Könntest du dir vorstellen, da mit mir zu arbeiten?"

„Ich hätte nie gedacht, dass du fragen würdest. Nichts lieber als das!", antwortet Bente noch enthusiastischer, als ich gehofft hatte.

Wir beschließen, dass sie nächsten Freitag zu mir nach Hause kommen soll, um Restaurant zu spielen. Ich werde Restaurantleiterin, Spülkraft und Köchin sein, Bente Gardemanger, Spülkraft und Gast.

Wir haben unglaublich viel Spaß, und ich liebe es, mit ihr

zusammen zu sein. Aber das Schönste am ganzen Mittagessen ist, dass ich das komplette Einkaufszentrum im Rücken habe und mich kein einziges Mal umdrehe.

Prinzessin Caroline blickt wieder nach vorne.

43

Erst konnte ich nicht schlafen, weil ich eine Heidenangst hatte, jetzt kann ich nicht schlafen, weil ich so aufgekratzt bin. 420 000 Kronen in einer lilafarbenen Tiger-Tasche unter dem Bett zu haben, macht es nicht gerade leichter, ins Reich der Träume hinüberzugleiten.

Ich sitze in Bos Praxis, und er fragt, wie es sich anfühlt, nach der ersten Sitzung wieder herzukommen. Ich versuche, einen Witz darüber zu machen, dass Daniella schließlich für drei Stunden bezahlt habe und dass man das ebenso gut ausnutzen könne. Ich höre selbst, wie hohl das klingt, und Bo geht gar nicht darauf ein.

Es kommt mir nur so absurd vor, dass ich über ernste Dinge, die in meinem Leben passiert sind, reden soll, wenn ich einzig und allein darüber diskutieren will, wie man 420 000 Kronen wäscht und welche Vespa Stockholms heißester Fünfundzwanzigjährigen am besten zu Gesicht stünde.

Bo möchte wissen, ob ich eine Zentrierungsübung machen will.

„Was ist das?"

„Eine Übung, die im besten Fall Ihr Hier-und-Jetzt-Gefühl verstärkt."

„Sind Sie der Meinung, dass ich das brauche?"

„Sollen wir es auf einen Versuch ankommen lassen?"

„Klar."

Ich finde, das hört sich gut an. Dann geht ein bisschen Zeit rum.

Bo weist mich an, die Augen zu schließen und mich so bequem wie möglich hinzusetzen, und ich denke, wenn ich so einen Sessel zu Hause hätte, würde ich nie wieder aufstehen.

Ich beobachte Bo heimlich und sehe, dass er dasselbe macht wie ich.

Er bittet mich, an meine Füße zu denken. „Versuchen Sie zu spüren, dass Ihre Füße Wurzeln haben, die in den Fußboden wachsen. Und jetzt konzentrieren wir uns auf unsere Oberschenkel und unseren Hintern … wie er sich auf der Sitzfläche anfühlt." Ich gebe mir wirklich Mühe, das zu tun, was er sagt, aber es ist gar nicht so leicht. „Versuchen Sie, sich zu entspannen und so tief zu atmen, wie Sie können."

Wir bewegen uns am Körper aufwärts und konzentrieren uns auf einen Körperteil nach dem anderen. Als wir zum Kopf kommen, sagt Bo, dass wir versuchen sollen, „Kontakt mit dem Universum zu bekommen". Am Ende der Übung atmen wir ein paarmal tief ein und versuchen, uns im ganzen Körper zu entspannen. Das tue ich, und Bo bittet mich, die Augen zu öffnen.

„Fühlen Sie sich präsenter oder weniger präsent als vorher? Oder ungefähr gleich?", fragt er mit seiner angenehmen Stimme, und ich sehe ihm direkt in die Augen und sage ihm, wie ich mich fühle.

„Präsenter, glaube ich."

„Gut, der Meinung bin ich auch."

Er empfiehlt mir, diese Übung hin und wieder zu Hause zu machen, und ich verspreche, es zu versuchen. Bo nimmt seine Notizen aus der letzten Sitzung zur Hand.

„Wenn ich unser letztes Gespräch zusammenfasse, Caroline, dann haben wir zuerst über Ihre Empfindungen im Zusammenhang mit dem Raub eines Fleischtransporters geredet, den Sie miterlebt haben, doch dann sind wir auf Ihren jüngeren Bruder und Ihre Gefühle bei seiner Geburt zu sprechen gekommen."

„Mhm."

„Ich habe mir notiert – das ist völlig subjektiv, Sie können mich also gerne korrigieren, wenn ich mich irre –, hier habe ich beispielsweise notiert ‚früh erwachsen'. Wie denken Sie darüber?"

Ich hole Luft, doch irgendwie kommt sie mir auf halbem Weg abhanden, und ich stoße stattdessen einen langen, lauten Seufzer aus.

„Ja, so wird es wohl gewesen sein, oder? Ich musste erwachsen werden, als mein kleiner Bruder geboren wurde. Mein Vater hat mir das Kochen beigebracht. Aber weil er viel unterwegs war und getrunken hat, bevor er komplett aus unserem Leben verschwand, und meine Mutter so oft im Krankenhaus war und sich immer um Sebastian kümmerte, war ich ziemlich oft auf mich alleine gestellt. Ich bin als Kind alleine zum Training gefahren, habe alleine für die Schule gelernt und mich selbst ins Bett gebracht."

„Wie fühlt es sich an, wenn Sie daran denken?"

„Ganz normal. Es ist eben, wie es ist. Ich habe keine Angst im Dunkeln, und ich habe mich daran gewöhnt."

Bo fragt ein paarmal nach meinem Vater und wo er während dieser Zeit gewesen sei. Aber hier verläuft die Grenze. Ich will wirklich nicht über meinen Vater reden. Geschickt lenke ich ab und erzähle ein paar Episoden aus meiner verkorksten Kindheit. Eine Anekdote ziehe ich in die Länge, weil sie so beispielhaft ist.

„Sebastian hatte immer zwei Rollstühle. Einmal haben meine Freundin Cilla und ich uns einen Rollstuhl ausgeliehen und sind damit zu Domus ins Stadtzentrum bei Slussen gefahren. Ich saß im Rollstuhl und habe so getan, als wäre ich behindert. Darin war ich ziemlich gut."

Ich mache ein paar unkontrollierte Bewegungen, schlage mit den Armen, verdrehe die Augen und stöhne. Bo verzieht keine Miene.

„Cilla hatte das reinste Pokerface. Wir haben mir eine Decke über die Knie gelegt, unter die wir dann lauter Sachen gesteckt haben. Ich kann mich noch an eine Tüte Gummibärchen und eine Flasche Schuppenshampoo erinnern. Was auch immer wir damit wollten. Die Angestellten sind uns auf den Leim gegangen und dachten, dass wir nur die Packung Kaugummi haben wollten, die Cilla bezahlt hat. Niemand traut sich, unter die Decke einer Behinderten zu gucken. Wir fanden das unglaublich lustig, und Cilla hat ihre Rolle als meine Aufpasserin einfach grandios gespielt. Wir sind dann mit dem Bus wieder nach Hause gefahren, und da hat uns wohl so eine alte Klatschtante gesehen. Ich habe keine Ahnung, aber es muss die Gunarsson gewesen sein. Das war so eine, die den Osterhexen Obst gibt und den Kindern sagt, sie sollen leiser spielen. Sie kennen solche Leute. Jedenfalls, als ich nach Hause kam, wusste meine Mutter schon Bescheid. Ich habe sie niemals zuvor so wütend gesehen. Sie hat es gehasst, wenn ich Sebastian nachgemacht habe. Ich bekam eine Woche Hausarrest. Seitdem habe ich ihn nie wieder nachgeahmt."

Ich schweige und reibe mir mit der linken Hand über das Gesicht. Ich weiß nicht, warum, ich tue es einfach. Ich mache die Augen zu und sehe vor mir, wie meine Mutter in einem ihrer bunten Kleider in der Küche steht und mich anschreit. Es ist ihr egal, dass Sebastian dabei ist, und er scheint nichts von ihrem Gezeter zu verstehen. Ich entschuldige mich, ich schäme mich, aber weine ich? Nein, ich glaube nicht.

Bo redet weiter: „Sie sagten, dass Sie Sebastian nachgeahmt haben. Dass Sie gut darin waren, ihn nachzuahmen."

„Ja."

„War es wirklich das, was Sie gemacht haben?"

„Was genau?"

„Ihn nachahmen?"

„Ja, ich fand das lustig, und ich war gut darin. Und außerdem konnte man so leicht klauen."

„Aber ich frage mich, ob *nachahmen* das richtige Wort dafür ist?"

„Ja, oder imitieren, von mir aus. Warum? Was meinen Sie?"

Wir schweigen einen Moment und sehen uns an. Ich habe das Gefühl, Bo versucht es mit Gedankenübertragung, damit ich verstehe, worauf er hinauswill.

„Okay, *warum* haben Sie ihn imitiert?"

„Weil ich gut darin war. Es war lustig. Die Leute haben es geglaubt."

Ich verwandele mich blitzschnell in Sebastian und stöhne: „Einen Behinderten zu spielen ist cooooooooool …"

Bo zieht eine Augenbraue hoch. Für eine Millisekunde macht er den Eindruck, als würde er anfangen zu lachen, doch dann sieht er wieder aus wie immer.

„Sie sind ziemlich überzeugend, Caroline. Ich kann verstehen, warum die Leute Ihnen diese Rolle abgenommen haben. Aber ich würde gerne wissen, *warum* haben sie es Ihnen Ihrer Meinung nach abgenommen?"

„Ich muss wohl eine gute Schauspielerin gewesen sein, was weiß ich?"

„Ist ein guter Schauspieler jemand, der gut im Nachahmen ist?"

Ich weiß nicht, was ich darauf antworten soll.

„Oder im Imitieren?"

Ich mache die Augen zu und schweige lange.

„Jemand, der gut darin ist … sich in etwas hineinzuversetzen. In andere Menschen", sage ich schließlich.

Jetzt schweigt Bo einen Moment. Ich starre auf den Boden.

„Und warum waren Sie gut darin, sich in Sebastian hineinzuversetzen?"

Ich schweige wieder.

„Weil man dann gesehen wurde, vielleicht. Oder ich. Ich wurde gesehen."

Wenn das hier ein amerikanisches Gericht wäre, würde Bo sagen: „No further questions, your honor", und sich selbstzufrieden wieder auf seinen Platz setzen.

Ich sehe ihn an.

„Und daran war ich nicht unbedingt gewöhnt", füge ich hinzu.

Zum ersten Mal lächelt Bo vorsichtig, und irgendetwas

in seinem Blick erinnert mich an meinen Vater. Wenn er nüchtern ist. Ich frage mich, wie es wohl ist, einen nüchternen Vater zu haben.

Ich möchte Bo umarmen.

Tue es aber nicht.

44

Ich sitze in der U-Bahn und bin auf dem Weg nach Vårberg, um Innereien zu kaufen. Es ist Freitag, heute Abend spielen Bente und ich Restaurant. Bente hat mir gesimst, dass ihre Mutter über Nacht bei Hannes bleibt, und hat gefragt, ob sie bei mir schlafen kann. Ich habe sämtliche Zutaten gekauft, die ich für meine Super-Sangria brauche, und ich frage mich, was passiert, wenn wir uns betrinken. Was ist, wenn wir miteinander ins Bett gehen? Oder wenn mich der Teufel reitet und ich ihr die Tasche mit dem vielen Geld zeige? Oder beides? Ich weiß nicht, wie oft ich diese Tasche geöffnet habe, nur um mir das Geld anzusehen. Neuerdings schließe ich auch das obere Schloss meiner Wohnungstür ab, selbst dann, wenn ich zu Hause bin, das habe ich noch nie gemacht. Am liebsten würde ich das Geld in einem Bankfach deponieren. Aber als ich „Bankfach“ gegoogelt habe, stand da, dass es ungesetzlich ist, Geld zu hinterlegen, und das genügt, damit ich mich nicht traue. Wenn ich Dinge googele, die mit unserem Coup zu tun haben, mache ich das grundsätzlich in Internetcafés. „Denk an den Suchverlauf“, wie Ralf zu sagen pflegt.

Schräg gegenüber von mir sitzt ein stark geschminktes, ungefähr sechzehnjähriges Mädchen. Ihre Haare sind pechschwarz gefärbt, sie trägt ein Punker-Outfit, karierter Rock, nackte Beine, hohe schwarze Stiefel. Sie hört Musik, sieht knallhart aus, sitzt kerzengrade da und blickt sich kein einziges Mal um. Über ihrem rechten Knie hat sie ein Tattoo: TEEN RIOT, in großen schwarzen Buchstaben.

Ich frage mich, was sie wohl von diesem Tattoo halten wird, wenn sie vierzig ist.

Als ich sechzehn war, habe ich mich genauso gefühlt wie sie. Ich war auch wütend und hart und kalt, aber ich wollte nie, dass mir jemand ansah, wie ich mich fühlte. Ich wollte immer von innen hart und von außen weich sein. Man kapiert doch sofort, dass jemand, der im Haus eine Sonnenbrille aufsetzt, etwas zu verbergen hat. Und wenn man Nieten trägt und sich TEEN RIOT als Tattoo stechen lässt, sehen alle, dass etwas nicht stimmt, und dann besteht die Gefahr, dass jemand fragt, wie es einem tatsächlich geht.

Ich werde mich niemals tätowieren lassen, dafür liebe ich meine Haut zu sehr.

Was wäre wohl passiert, wenn ich mit siebzehn zu Bo statt zu dieser Agneta gegangen wäre? Hätte er sich unter meine Haut bohren können? Wahrscheinlich. Wenn ich mir vorstelle, dass ich mich bei Agneta so öffnen würde, wie ich es bei Bo tue, wird mir schlecht.

Es ist merkwürdig, daran zu denken, aber wenn ich nicht bei diesem Fleischcoup mitgemacht hätte, dann hätte Daniella mich nicht zu Bo geschickt. Ich frage mich, ob ich ihm wohl irgendwann einmal die ganze Wahrheit erzählen werde.

Ich weiß, dass ich nächste Woche noch eine Sitzung bei ihm habe, aber was soll ich danach machen? Jedenfalls werde ich versuchen, mir beim nächsten Mal so viel wie möglich von der Seele zu reden.

Bo und Bente sind die Einzigen, die ich wirklich treffen möchte. Meinen Vater und Ralf natürlich auch, aber das ist ausgeschlossen. Papa kann ich treffen, allerdings am besten nicht öfter als zwei Mal im Monat. Ich sehne mich danach, dass die Gefahr vorüber ist. Für mich fühlt es sich eigentlich schon so an, doch Ralf ist da vorsichtiger, und das respektiere ich.

Im Gegensatz dazu habe ich das Gefühl, dass sich alle anderen mit mir treffen wollen. Arnold hat mir eine SMS geschickt, dass sein Gips Dienstag abkommt, und abends möchte er mich zum Essen einladen. Ich habe einer Tour durch die Stockholmer Tapas-Bars zugestimmt. Schließlich ist das die perfekte Gelegenheit, Recherche zu betreiben, bevor ich meine eigene aufmache. Jedes Restaurant, das ich in Stockholm getestet habe, hat sich in dem einen oder anderen Punkt nicht gerade mit Ruhm bekleckert. Oft sind die Portionen zu groß, die Preise überteuert, und viele greifen auf Halbfertigprodukte und Brühwürfel zurück. Nur weil ein Restaurant Barcelona heißt, muss es dort nicht automatisch die besseren Tapas geben. Und Arnold möchte ich schon auch sehen. Als ich seine SMS gelesen habe, hat mein ganzer Körper gekribbelt. Ich weiß nicht, ob es daran liegt, dass er der mögliche Hauptzeuge der Klägerseite in diesem ganzen Fleischcoup-Wirrwarr ist oder dass ich in ihn verknallt bin. Vielleicht haben wir Dienstag schon Sex? Wenn ja, dann werde ich ihm meine zweite Superkraft vorführen.

Meine Mutter ruft mich seit einer Woche ununterbrochen an und schreibt SMS, weil sie sich mit mir treffen will. Sie fand es so nett beim letzten Mal. „Ich hatte das Gefühl, dass wir ein ganz neues Verhältnis zueinander bekommen haben." Ich habe es hinausgezögert und eine Ausrede nach der anderen erfunden. Durch mein Versprechen, sie zu einem Abendessen bei mir zu Hause einzuladen – ich weiß, dass sie das am liebsten will –, ist es mir gelungen, das Ganze auf nächste Woche zu verschieben.

Ich wünschte, ich könnte ihr genauso viel erzählen, wie ich Bo erzähle, aber das werde ich mich nie im Leben trauen.

45

Bente hat die schöne elfenbeinfarbene Bluse vom Kofferraum-Flohmarkt an. Darunter trägt sie einen Push-up-BH, was mich freut, weil ich mich auch schick gemacht habe. Ich habe meinen rotschwarzen spanischen Rock angezogen, den ich zusammen mit Stephanie gekauft habe, als ich das erste Mal auf einem Flohmarkt war, und der seitdem mein Lieblingsrock ist. Ohne ihn bin ich, glaube ich, noch nie zu einem Date gegangen.

Wir umarmen uns, Bente macht mich nervös und übt gleichzeitig eine beruhigende Wirkung auf mich aus. Sie hat einen wunderschönen Strauß rosa Pfingstrosen dabei.

„Vielen Dank und herzlich willkommen bei Carolines Tapas!“, sage ich.

Ich reiche Bente ein Glas Sangria und bitte sie, mir ehrlich zu sagen, wie sie alles, was ich ihr im Verlauf des Abends vorsetze, findet.

„Das ist quasi ein erster Test, um herauszufinden, was für ein Restaurant wir betreiben wollen. Okay? Wir entwickeln ein Konzept … hm, das klingt so langweilig, aber du verstehst, was ich meine.“

„Ich verstehe“, sagt Bente und trinkt einen Schluck von der Sangria, die ich nach allen Regeln der Kunst zubereitet habe. Neben spanischem Landwein, Orangen, Zitronen und Zucker enthält sie Cognac, teuren dunklen kubanischen Rum, der nicht zu sehr nach Arrak schmeckt, Cointreau, Calvados und Wermut. Damit die Sangria nicht wässrig wird, fülle ich Eiswürfel und Mineralwasser direkt in die Gläser.

„Gut?“, frage ich.

„Sehr gut, was ist da drin?“

Ich erkläre es ihr, und sie sagt: „Das ist so typisch für dich, Caroline. Man geht davon aus, dass ein Omelett einen bestimmten Geschmack hat oder dass eine Sangria aus billigem Rotwein mit Zucker und Apfelsine besteht. Und dann servierst du ein Himmelreich auf Erden.“

Natürlich freue ich mich über ihr Lob, aber es gibt da ein Problem: Wenn die Sangria so gut sein soll, muss ich für das Glas mindestens hundertfünfzig Kronen nehmen, und ich will ein Low-Budget-Restaurant.

Die ersten Tapas, die ich Bente vorsetze, sind Manchego-Käse mit einer Estragon-Balsamico-Marinade; eine große Kalbfleischfrikadelle mit Zitronenzesten; Parmesan und Tomatensauce; Prosciutto mit Minzmelone und eine Art frittierte Käse- und Muschelbällchen, die ich wohl besser noch ein bisschen übe.

Das gleiche ich mit meiner Gazpacho aus, die ich von meinem Vater gelernt habe. „Hör nicht auf die Gazpacho-Fundamentalisten“, predigt er immer. „Und röste verdammt noch mal die Paprika vorher an!“ Neben gegrillten Paprikafilets (so nennt man Paprikaschoten, nachdem man sie geröstet und gehäutet hat), roten Zwiebeln, Knoblauch, Gurke, Tomaten (gehäutet und geschält), eingeweichtem Weißbrot, Kräutern, Balsamicoessig, Olivenöl, Salz und schwarzem Pfeffer braucht man Chili, Mango, Minze und eine Prise Zucker.

„Gazpacho“, murmelt Bente entrückt, nachdem sie ein paar Schlucke getrunken hat.

Zwischen den Gerichten versuche ich ihr beizubringen, wie man Gemüse schneidet, schließlich soll sie mein Gardemanger werden. „Krümm die Finger, entspann dich, und heb niemals das Messer von der Arbeitsfläche“, wiederhole ich wie ein Mantra. „Lass das Messer die Arbeit machen!“

Bente ist trotzdem steif, verkrampft und weigert sich, die Finger nach innen zu klappen. Ich habe noch nie jemanden gesehen, der so langsam und schief schneidet.

„Entschuldige, aber mein behinderter kleiner Bruder hätte das besser gemacht“, kommentiere ich, und wir kichern wie zwei Teenager.

Als sich Bente zum vierten Mal in den Nagel schneidet, gibt sie auf.

„Ich bin kein Gardemanger, Caroline! Ich kann den Abwasch machen und die Gäste bedienen. Ich mach alles, was du willst, Hauptsache, ich muss kein Gemüse schnippeln. Gibt es keinen Papierkram, der erledigt werden muss?“

Ich zeige ihr sämtliche Formulare, die ich ausfüllen muss, um überhaupt die Genehmigung zu bekommen.

„Ich leide an einer Formular-Phobie und habe sie mir nicht so genau durchgelesen.“

„Nicht so genau?“

„Oder ich habe sie gar nicht gelesen“, gebe ich zu, während ich den Stapel hervorkrame.

Bente reißt ihn mir förmlich aus der Hand.

„Oh, ich liebe Formulare! Das bin ich auf den Punkt gebracht: eine trockene Bürokratin.“

Bente vertieft sich in die Vordrucke, als würde es sich um einen Porno handeln, während ich Bruschetta mit

Weinbergschnecke zubereite. Es ist Zeit für das erste ausgefallenere Gericht des Abends. Papa fand es gut und hat mir zwei Dutzend eingefrorene Weinbergschnecken mitgegeben, als wir bei ihm waren. Ich war ziemlich angeschickert, kann mich aber noch erinnern, wie ich dachte, dass ich vermutlich der einzige Mensch auf der Welt bin, der jemals mit einer Tüte mit fast einer halben Million in bar in der einen und einer Tüte mit vierundzwanzig eingefrorenen Weinbergschnecken in der anderen Hand in einem Taxi gesessen hat.

Ich röste ein Sauerteigbaguette, das mir ganz gut gelungen ist, in Butter an. Ich habe Industriehefe genommen und vertraue meinem Sauerteig nicht so recht, aber ich weiß, dass Hefe zur Geschmacksentwicklung beiträgt und den Teig luftig macht, also sollte ich diese Kunst bald beherrschen. Ich bestreiche die Scheiben mit einer Petersilien-Zitronen-Knoblauchbutter, die auf dem heißen Brot zerläuft, und belege sie jeweils mit einer Tomatenscheibe und einer Weinbergschnecke, die ich in ein Basilikumblatt gewickelt habe. Zum Schluss streue ich noch im Ofen gerösteten Serranoschinken und fein gehackte Petersilie darüber und serviere meine Kreation mit einem Zahnstocher. Meine Gäste sollen mundgerechte Häppchen bekommen, richtige Tapas eben. Keine kleinen Gerichte, wie sie alle zweitklassigen Restaurants in Stockholm anbieten.

„Ich habe noch nie Schnecken gegessen“, sagt Bente und rümpft die Nase, als sie einen Blick unter das Basilikumblatt wirft.

„Gleich wirst du das nicht mehr behaupten können.“

„Okay …“ Zögernd führt Bente den Zahnstocher zum

Mund. Sie macht die Augen zu und den Mund auf. „Weil du es bist."

„Mmh ...", macht sie, nachdem sie etwas länger gekaut hat. „Das ist einfach ... Mir fehlen die Worte, aber ... irgendwie unwirklich!"

„Danke", sage ich und mache einen Knicks.

Bente verlangt eine zweite Portion, und die bekommt sie, doch dann stoppe ich sie, weil ich möchte, dass sie auch noch Appetit auf die schweren Sachen hat.

Wir machen eine Pause und trinken Sangria. Und obwohl Bente allmählich einen Schwips bekommt, kann sie mir alle tausend Formulare erklären. Natürlich verstehe ich kaum ein Wort, doch ich merke, dass Bente es tut.

„Hast du eine Ahnung, wie viel Papierkram und Finanzmanagement ein Restaurant bedeutet, Caroline?"

„Nein. Oder, ja ... mein Vater hat mir einiges erzählt."

„Weißt du, dass du jeden Tag Formulare mit den Temperaturen aller Lebensmittel, Saucen, Kühlschränke und Tiefkühltruhen ausfüllen musst? *Jeden Tag*?"

„So genau wird es schon nicht sein müssen, oder?"

„Und das Einholen aller Genehmigungen ist eine Wissenschaft für sich. Aber in Buchhaltung kennst du dich aus?"

„Na ja ... Nein, aber das kann man doch bestimmt lernen?"

„Klar kann man das. Und wenn man auf einem Wirtschaftsgymnasium war wie ich, ist es noch leichter."

„Also, kannst du dir vorstellen, mir dabei zu helfen?"

„Ich bin sieben Tage die Woche dein Ratgeber, solange ich keine Paprika klein schneiden muss. Okay?"

„Deal!“, stimme ich zu, und wir stoßen an.

Wir haben viel Spaß, und Bente liebt alle Tapas-Gerichte, sogar den frittierten Lammhoden. Zusammen malen wir uns aus, wie Carolines Tapas in Wirklichkeit aussehen könnte, und übertreffen uns an lustigen Einfällen. Bente kommt auf die Idee, dass ich alle Tapas mit Zahnstocher servieren sollte.

„Die Gäste können ihre Zahnstocher aufheben, und jedes Gericht kostet ein paar Zehner oder so.“

„Wie soll man Gazpacho mit Zahnstocher essen?“, wende ich ein.

„Du füllst sie in ein Glas und spießt Paprika, Zwiebeln, Gurken und Croûtons auf einen Zahnstocher, den du ins Glas stellst.“

„Perfekt!“

Dann entwickeln wir ein Konzept. Ich bin heute wieder an dem leer stehenden Lokal in der Sankt Göransgatan vorbeigegangen und kann unsere Tapas-Bar da richtig vor mir sehen.

Wir wollen es spartanisch halten, es soll nur einen Tresen und keine Speisekarte geben. Die Gäste werden schnell begreifen, dass bei Caroline jedes Gericht schmeckt. Man trifft sich nach Feierabend auf ein After-Work oder steht an der Bar. Geöffnet haben wir von sechzehn bis dreiundzwanzig Uhr, so sparen wir uns den Mittagstisch, und die Leute können nicht bis in die Puppen bei uns versacken und trinken. Die Gäste, die zu uns kommen, tun das wegen des Essens, und das Einzige, was sie wissen, ist, dass jedes Gericht mit Zahnstocher serviert wird, vierzig Kronen kostet und unwiderstehlich gut schmeckt. Einige Tapas haben einen hohen Tapas-pro-Krone-Wert, andere – marinierte Oliven zum Beispiel – einen etwas niedrigeren. Aber im Lauf eines Abends sollte sich das ausgleichen.

Bente ist genauso aufgekratzt wie ich. Es ist schön, sie ohne angezogene Handbremse trinken zu sehen.

Zum ersten Mal erzählt sie ausführlich von ihrem Exmann.

Er wohnt mit neuer Frau und neuen Kindern in einem Haus in Äppelviken. Keiner von ihnen interessiert sich für Hannes. „Ich weiß, dass man nicht klagen soll, aber ich wohne in einer Zwei-Zimmer-Wohnung in Bagarmossen, für die ich viel zu viel Miete zahle."

Ich wende ein, dass sie meiner Meinung nach viel zu wenig klagt, woraufhin sie sagt: „Okay, er ist ein verdammter Dreckskerl!", und wir lachen wieder.

Es ist halb drei in der Nacht, und Bente schnarcht, dass die Wände wackeln. Ich war so angetrunken, dass ich mich getraut hätte, sie zu küssen, ohne dass es peinlich gewesen wäre. Aber in dem Moment sagte Bente, sie sei müde und wolle ins Bett. Obwohl ich ihr das Sofa hergerichtet hatte, zog sie sich bis auf den Slip aus und legte sich in mein Bett. Ich habe sie heimlich angesehen, aber für sie war es keine große Sache. Sie hat einfach nur gute Nacht gesagt, das Licht ausgeschaltet und ist innerhalb von zwei Minuten eingeschlafen.

Jetzt liege ich neben ihr und weiß nicht, was ich mit mir anfangen soll.

Zuerst konnte ich nicht schlafen, weil ich eine Bullenparanoia hatte. Dann konnte ich nicht schlafen, weil unter meinem Bett 420 000 Kronen liegen. Und jetzt kann ich nicht schlafen, weil ich neben einer fast komplett nackten sexy Autisten-Mama liege und sie ansehe.

46

Danke für gestern. Du bist toll.

Bente hat einen Zettel auf den Wohnzimmertisch gelegt. Sie hat auch ein Herz gemalt.

Ich gehe in die Kochecke und entdecke, dass alles abgewaschen ist. Ich muss tief und fest geschlafen haben, denn ich kann mich nicht erinnern, irgendetwas gehört zu haben.

Obwohl ich eine Kopfschmerztablette gegen den Kater brauche, fühle ich mich so gut wie ausgeschlafen und bin bester Laune. Jetzt bin ich froh, dass wir nicht miteinander im Bett waren, das kann die Dinge so leicht verkomplizieren. Und die Freundschaft mit Bente übertrifft alle Orgasmen der Welt.

Bis zu meinem Date mit Arnold dauert es nicht mehr lange, und ich kann mir vorstellen, stattdessen mit ihm zu schlafen, wenn mir unbedingt danach ist.

Ich arbeite heute von drei bis Ladenschluss, und zum ersten Mal seit Langem habe ich keine Angst, zur Arbeit zu gehen. Es wird bestimmt Spaß machen, auch wenn ich mich danach sehne, zu kündigen.

Hoffentlich ist Ralf da. Ich frage mich, wann er wohl seine Kündigung einreichen wird. Vielleicht kann er in meinem Restaurant anfangen? Mir gefallen alle Ideen, die ich und Bente gestern hatten. Und ich Idiot habe geglaubt, dass ich die finanziellen Aspekte und alle Formalitäten selbst erledigen kann. Jetzt habe ich jemanden, der das für mich übernimmt. Und abwäscht und sich um die Gäste kümmert. Das Gemüse kann ich selbst schnippeln, was auch gar nicht unbedingt schlimm ist, weil ich – was perfekt geschnittenes Gemüse angeht – äußerst pingelig bin. Der einzige Gardemanger auf der Welt, dem ich nicht andauernd über die Schulter gucken würde, ist mein Vater. Vielleicht kann er einspringen, wenn mal Not am Mann sein sollte.

Ich mache einen Umweg an dem leer stehenden Lokal in der Sankt Göransgatan vorbei und fotografiere das *Zu-vermieten*-Schild. Morgen werde ich den Makler anrufen.

Das Lokal ist perfekt und liegt weit genug von der Västermalms-Galerie entfernt, die so persönlich ist wie ein Big Mac. Die Sankt Göransgatan befindet sich mitten in einem Imbissbudenviertel, und wo es Imbissbuden gibt, gibt es Low-Budget-Menschen, aber auch die wollen Qualität. Und die sollen sie bei mir bekommen. Mein Restaurant wird wie eine Oase sein. Alkoholische Getränke werden allerdings mehr kosten, weil ich mir die Säufer ersparen will.

Um die Ecke liegt sozusagen die Imbissbude aller Imbissbuden, das Restaurant Fridhem, wo ein großes Starkbier für neunundzwanzig Kronen zu haben ist. Gegenüber von meiner Tapas-Bar liegt die Kneipe Iss gut (Ich kann verstehen, dass man eine Gastwirtschaft nicht Iss eklig nennen kann, aber muss man lügen, um die Leute anzulocken?).

Hunderte angenehm kitzelnde Schmetterlinge flattern in meinem Bauch, wenn ich daran denke, dass Bente und ich tatsächlich konkrete Pläne für die Eröffnung von Carolines Tapas schmieden.

Obwohl ich es nicht eilig habe, renne ich die Rolltreppe

zur U-Bahn beinahe hinunter. So habe ich mich als Kind immer vor einem Wettkampf gefühlt. Ich wollte nur, dass es endlich losging, damit ich mein Können unter Beweis stellen konnte. Mein Körper zuckt förmlich vor Ungeduld. Außerdem ist es schön, dass meine Bullenparanoia verschwunden ist.

Ich ziehe meine Karte durch den Schlitz und will gerade durch die Sperre gehen, als ich jemanden meinen Namen rufen höre.

Ich drehe mich um und sehe meinen Vater, der auf mich zukommt.

„Papa!" Wie ein Kindergartenkind, das abgeholt wird, laufe ich ihm mit ausgestreckten Armen entgegen.

Wir umarmen uns, und ich sage, dass ich auf dem Weg nach Lidingö bin, und frage, ob er auch vorhat, die U-Bahn zu nehmen. Das hat er, und gemeinsam tauchen wir ab in die Unterwelt.

Ich kann mich nicht zurückhalten und erzähle ihm von Bentes und meinen Ideen mit Carolines Tapas. Dass alle Gerichte vierzig Kronen kosten und mit Zahnstochern serviert werden sollen, und wenn die Gäste gehen wollen, zählt man einfach die Zahnstocher.

„Und es soll keine Speisekarte geben, sondern man lernt mit der Zeit, dass bei Caroline alles gut schmeckt. Wenn in der Karte Lammhoden steht, schreckt das einige vielleicht ab. Aber wenn man es als Delikatesse auf einem Zahnstocher vorgesetzt bekommt, zögert man nicht. Klingt doch gut, oder?"

Ich rede wie ein Wasserfall, und Papa findet alle Ideen fantastisch.

„Was hat dich eigentlich in meine Gegend verschlagen?“, frage ich, als sich die U-Bahn in Richtung Farsta in Bewegung gesetzt hat.

„Ich habe auf dich gewartet“, antwortet er und sieht mich ernst an.

Der Kloß im Magen kommt wie eine Bowlingkugel angeschossen. Ich habe keine Ahnung, was, aber es muss etwas sehr Schlimmes passiert sein.

„Ich habe mich im Zickzack durch die Stadt geschlagen“, sagt Papa mit leiser Stimme, „und habe ein paar Stunden gewartet. Ich wollte nicht zu dir in die Wohnung kommen, weil ... Seit einigen Tagen, vielleicht schon länger, haben sich ein paar Zivilpolizisten an meine Fersen geheftet, die mir auf Schritt und Tritt folgen. Ich habe keinen Schimmer, warum, und es muss auch nichts zu bedeuten haben, aber ich möchte, dass du es weißt, weil sie möglicherweise auch hinter dir her sind. Die Verbindung zwischen dir, mir und dem Supermarkt ist ziemlich offensichtlich. Gerade ist dir niemand gefolgt, das habe ich gesehen, und ich bin momentan sauber, aber ... Ja, jetzt weißt du Bescheid.“

Ich weiß nicht, was ich sagen soll.

„Einer der fünfzig Restaurantbetreiber, die ich getroffen habe, muss wohl in der Klemme stecken und sich veranlasst gefühlt haben, den Bullen einen Tipp zu geben“, erzählt Papa.

Ich für meinen Teil habe das Gefühl, dass meine Knie keine Muskeln haben, die mich aufrecht halten können, und wenn ich könnte, würde ich anfangen zu weinen.

47

Ich wollte mich krankschreiben lassen, aber Papa hat es mir verboten. „Alles, was du tust, muss ganz normal wirken, okay?“ Er machte einen gefassten Eindruck, doch irgendetwas an ihm war merkwürdig. Erst als er am Östermalmstorg ausgestiegen ist, bin ich draufgekommen, was es war. Er war stocknüchtern.

Wenn ich vorher schon an einer Bullenparanoia gelitten habe, dann war das nichts im Vergleich zu jetzt. Der U-Bahn-Kontrolleur mit Turban am Drehkreuz: ein typischer Polizist. Die Mutter mit Zwillingskinderwagen und Einkaufstüten: eine Bulette.

Ich gebe mir Mühe, mich normal zu verhalten, aber es fällt mir unglaublich schwer. Ich schwanke zwischen dem Impuls, den Kopf zwischen den Händen zu vergraben und auf den Boden zu starren, und dem Drang, mich ständig umzudrehen.

Menschen machen mir Angst, und ich habe Arnold fast umgehend eine SMS geschickt. *Sorry, aber mein Freund mag es nicht, wenn ich mit anderen Typen essen gehe.*

Als ich in Lidingö-Zentrum aussteige, treffe ich den ersten Menschen, von dem ich hundertprozentig weiß, dass er kein Polizist ist: Rollator-Pär. Ich tue so, als würde ich ihn nicht sehen.

„Hey, Pippilotta!“, ruft er.

Ich habe keine Energie, um zu antworten.

„Ich bin schlau wie ein Fuchs, der saß im Kasten!", murmelt er.

Arnold schreibt zurück: *Richte deinem Freund aus, dass ich es im Armdrücken jederzeit mit ihm aufnehme. Melde dich, wenn du ihn abserviert hast. A.*

Verdammt. Er ist ernsthaft verknallt.

Ich muss mit Ralf reden.

Die Erste, der ich in der Gemüseabteilung begegne, ist Daniella.

Sie umarmt mich fest und sagt, dass ich toll aussehe. Ich lächele, aber es fühlt sich an, als hätte ich im ganzen Gesicht Silikonpads.

„Du und ich machen den Laden heute Abend zu. Sollen wir hinterher noch ein Bier trinken gehen?"

„Ich weiß nicht, ich habe vielleicht was vor ...", druckse ich herum, statt einfach nur zu sagen, dass ich nicht kann.

„Vielleicht zählt nicht, jetzt hast du etwas vor. Viertel nach neun im Jernet. Bis nachher!" Daniella eilt davon, und ich fühle mich überrumpelt. Ich muss Ralf finden.

Er kniet vor dem Kopierer, der irgendein Problem zu haben scheint.

„Hallo, Caroline", begrüßt er mich völlig neutral, als wäre ich irgendeine beliebige Kollegin und alles in bester Ordnung. Idiot.

Wir sind alleine im Flur, und ich muss es einfach tun.

„Hat er noch nicht mit dir gesprochen?", frage ich leise.

„Wer?"

„Mein Vater!", fauche ich.

Ralf sieht erschrocken zu mir hoch und mimt irgendwas, das „Was zum Teufel machst du?" bedeuten kann.

Ich weiß, was er meint, aber das ist mir gerade schnurzpiepegal.

„Die Bullen beschatten ihn. Und mich bestimmt auch", zische ich.

Ralf steht auf, lacht laut und gekünstelt und sagt fröhlich: „Das war ein guter Witz, Caroline …"

„Was sollen wir tun?"

Er lacht.

„Geh dich umziehen, damit du irgendwann mal anfangen kannst, zu arbeiten."

„Ich habe Panik", flüstere ich.

Ralf redet weiter mit seiner aufgesetzten Stimme.

„Aber vergiss nicht, dass du erst einstempelst, *nachdem* du dich umgezogen hast."

„Beobachtet *dich* irgendwer?", will ich wissen.

Er beugt sich so weit vor, dass sein Gesicht nur einen Zentimeter von meinem entfernt ist. Seine Augen sehen fast schwarz aus. Zornig zischt er: „Hör verdammt noch mal auf, bevor ich dich im Kühlraum einschließe!"

Ich schaue ihn an. Ich weiß nicht, was ich sagen soll. Irgendjemand kommt den Flur entlang. Ralf kopiert die nächste Seite, und ich gehe weiter.

„Bis später!", ruft er mir mit seiner normalen Stimme nach.

„Mhm", murmele ich.

Ich gehe an Östen vorbei und nicke ihm zu.

Dann höre ich, wie Östen und Ralf miteinander quatschen. Ich kann nicht verstehen, was sie sagen, aber Ralf klingt jedenfalls ganz normal.

Tut mir leid, dass ich nicht als abgebrühte Gangsterin auf

die Welt gekommen bin. Ich bin nicht cool, das gebe ich zu. Ich bin eine ängstliche, feige Memme. Das mache ich niemals wieder, das ist das Dümmste, was ich jemals in meinem ganzen verdammten Leben getan habe.

48

„Ich war fünfzehn und noch Jungfrau, er neunzehn und notgeil. Familientreffen in Roslagen. Verstehst du? Wir sind Cousin und Cousine, und er vergewaltigt mich in einem der Gästehäuser."

„O mein Gott", sage ich.

Wir sitzen an einem Fenstertisch im Jernet, und Daniella erzählt eine der scheußlichsten Geschichten, die ich je gehört habe. Aber sie ist dabei ganz sachlich, und ich begreife, dass sie das schon oft erzählt haben muss.

Die Brasserie, die früher offenbar mal ein Eisenwarengeschäft war, ist ungefähr halb voll, und die Bedienung hat Zeit, uns ein neues Bier zu bringen, sobald unsere Gläser leer sind. Wir haben bestimmt vier, fünf Bier getrunken, und ich sehe Daniella an, dass sie genauso angeschickert ist wie ich. Am anderen Ende des Lokals sitzen zwei ungefähr vierzigjährige Typen, die ziemlich muskulös sind. Zivilpolizisten? Sie trinken zwar Bier, aber extrem langsam.

Warum tun sie das? Sie sind erst bei ihrem zweiten und sind nur fünf Minuten nach uns gekommen. Und so schnell trinken wir nicht. Die beiden machen mich verrückt. Ich könnte durchdrehen. Sie machen keine Anstalten zu gehen, obwohl die Brasserie bald zumacht. Jetzt bestellen sie ihr drittes Bier.

„Er ist mittlerweile tot, er hat sich umgebracht", erzählt Daniella weiter. „Ich habe mich vor ein paar Jahren nach ihm erkundigt. Er hieß Gabriel, aber er war beileibe kein

Engel. Keine Sexualdelikte, aber viele Autodiebstähle, Drogenbesitz und solche Sachen. Er hat sein Leben mit einem freien Fall beendet. Allerdings nicht im Vergnügungspark Gröna Lund, sondern direkt hier gegenüber auf der Fjällgatan. Wenn man da auf dem Boden landet, kauft man nicht auf wackeligen Beinen Popcorn, sondern man wird unten auf der Straße von den Sanitätern aufgekratzt."

Daniella lacht bitter und prostet mir zu.

„Ich frage mich, ob der Dreckskerl wohl vorher noch die Aussicht genossen hat oder ob er direkt gesprungen ist", fährt sie fort. „Ich glaube, es war mein fünfzehnjähriges Ich, das ihn gestoßen hat."

Ich versuche, an den richtigen Stellen zu reagieren. Weil Daniella gut und anschaulich erzählt, ist das gar nicht so schwer.

Aus den Augenwinkeln sehe ich zur Bedienung hinüber, um zu checken, aus welchem der Hähne sie das Bier für die beiden Typen zapft. Ich vermute, dass es nicht derselbe ist wie unserer.

„Er hat mir zwölf Jahre meines Sexlebens genommen. Also, ich habe mit Kerlen geschlafen, aber nur, um normal zu sein. Ich habe mir Pornos angesehen. Nicht, weil mich das erregt hat – Erregung konnte ich gar nicht empfinden –, sondern um zu sehen, wie es geht und wie man klingen soll. Damit niemand Verdacht schöpft. Aber dann habe ich auf einer Party einen Typen getroffen, der irgendwie besonders war. Sein Vater ist auf der Estonia umgekommen, und er wollte wissen, was meine leidvollste Erfahrung ist. Ich habe mich wie immer um eine Antwort herumgedrückt und wollte nicht mit der Sprache raus – das Übliche halt. Doch er hat nicht lockergelassen. ‚Ich weiß, dass du etwas Furchtbares erlebt hast. Erzähl es mir, dann wirst du dich besser fühlen.' Irgendwann habe ich es dann einfach gesagt: ‚Mein Cousin hat mich vergewaltigt, als ich fünfzehn war. Bist du jetzt zufrieden?' In der Zeit danach gab es immer wieder Fortschritte und Rückschläge, aber zum Schluss bin ich bei Bo gelandet. Ich werde nicht fragen, worüber ihr redet, aber … Am Anfang habe ich bestimmt ungefähr fünfmal während jeder Therapiestunde geheult. Im Nachhinein hat er mir erzählt, dass er immer darauf geachtet hat, nach unserer Sitzung keinen direkten Folgetermin zu vereinbaren, weil er wusste, dass sich unser Gespräch in die Länge ziehen konnte. Er hat sich jedes Mal die Zeit genommen, und weißt du was?"

„Nein, was?"

„Mittlerweile liebe ich Sex."

„Das ist gut!", sage ich und kichere spontan. Ich frage mich, wie man es anstellt, aus seiner eigenen Haut zu schlüpfen.

„Wollt ihr noch etwas bestellen, bevor wir schließen?", erkundigt sich die Bedienung.

Ich habe nicht einmal gemerkt, dass sie an unseren Tisch gekommen ist.

Bevor ich den Mund aufmachen kann, um zu sagen, dass wir nichts mehr möchten, bestellt Daniella noch zwei Bier und bittet um die Rechnung.

Daniella redet weiter darüber, wie wichtig es ist, dass alles Dunkle an die Oberfläche kommt. „Diese ganzen Geheimnisse, die wir mit uns herumschleppen und voreinander verbergen. Das ist so unnötig, findest du nicht?!"

„Doch, sicher."

Ich entschuldige mich und gehe zur Toilette. Langsam schlendere ich am Tresen vorbei und sehe, dass die Bedienung unser Bier aus einem anderen Hahn zapft. So vorsichtig und unauffällig, wie ich kann, lehne ich mich über die Theke, um die Aufschrift auf den Zapfhähnen zu lesen. Auf unserem steht *Staropramen.* Auf dem Hahn, aus dem die Typen ihr Bier bekommen haben, steht *Pripps Leichtbier.*

Ich spüre, wie Panik in mir aufsteigt, doch ich versuche, gelassen und ganz normal die Treppe hinunterzugehen. Bei jedem Schritt habe ich das Gefühl, als würde ich mit einem Kilo Kokain im Gepäck eine Sicherheitskontrolle in Thailand passieren.

Es kann einfach nicht sein, dass zwei vierzigjährige Kerle drei Stunden lang an zwei Gläsern Leichtbier nuckeln.

Außer sie müssen nüchtern bleiben.

Weil sie im Dienst sind.

Als Zivilpolizisten.

Ich setze mich auf die Toilette und pinkele. Denke an die Fjällgatan und bin felsenfest davon überzeugt, dass ich springen könnte. Wenn dieser Gabriel das kann, kann ich das auch.

Das Schlimmste muss sein, vorher einen Blick in die Tiefe zu werfen. Aber wenn ich mit dem Rücken zur Straße und zur ganzen Stadt stehe und mir vorstelle, im Eriksdalsbadet einen Delfinsprung vom Zehnmeterturm zu machen, dann traue ich mich bestimmt.

49

„Sie haben doch Schweigepflicht?“, frage ich Bo und springe gleichzeitig aus dem Sessel auf, bevor wir überhaupt mit unserer Zentrierungsübung angefangen haben.

„Ja, es gibt eine absolute Schweigepflicht, die nur für Priester gilt. Alle anderen, Psychologen, Ärzte, Sozialarbeiter und so weiter, sind an die normale Schweigepflicht gebunden.“

„Also bleibt alles, was ich sage, zwischen uns?“

„Selbstverständlich.“

„Auch wenn es um eine Straftat geht?“

„Die Sache ist die: Wenn ich den Verdacht habe, dass ein Klient eine minderjährige Person auf irgendeine Weise misshandelt oder kränkt, dann bin ich verpflichtet, das Jugendamt zu informieren, das eine Untersuchung einleitet und entscheidet, ob eine Strafanzeige erstattet wird. Wieso? Woran denken Sie?“

Ich laufe in Bos kleinem Zimmer auf und ab. Heute Nacht habe ich kaum ein Auge zugemacht, weil ich mir einbilde, dass in der Wohnung gegenüber von mir Polizisten hocken. Ich hätte nicht gedacht, dass ich heute die Energie aufbringen würde, zu Bo zu gehen, doch plötzlich sind meine Beine einfach hierhergelaufen. Bis ich vor der schweren Eingangstür in der Svartmangatan stand, habe ich mich kein einziges Mal umgedreht. Ich habe niemanden gesehen, als ich ins Haus gegangen bin, aber das muss ja nicht unbedingt etwas heißen.

„Sie erzählen es also nur weiter, wenn ich gestehe, dass ich Kinder schlage?"

„So in etwa, ja."

Ich laufe weiter auf und ab.

„Bitte, Caroline, ich kann verstehen, dass Sie wegen irgendetwas nervös und aufgewühlt sind, aber so ist es schwer, einen Kontakt zu Ihnen aufzubauen. Könnten Sie sich vielleicht hinsetzen?"

„Entschuldigung." Ich ziehe die Beine hoch und kauere mich im Sessel zusammen.

Ich spüre, dass Bo mich ansieht. Kann ich es wagen, ihm alles zu erzählen?

„Sogar wenn es sich um ein furchtbares Verbrechen handelt, würden Sie es niemandem weitererzählen?"

„Nein."

„Ganz sicher?"

„Das ist uns Therapeuten in Fleisch und Blut übergegangen. Das tun wir einfach nicht."

„Und Sie schreiben auch kein Buch über eine Person A, und alle, die mich kennen, kapieren sofort, dass ich diese Person bin?"

„Nicht, wenn Sie nicht damit einverstanden sind und mir vorher Ihr Einverständnis erteilt haben. Das wird sogar schriftlich festgehalten. Aber ich glaube nicht, dass das ein Problem werden könnte. Ich schreibe keine Bücher."

„Okay, dann werde ich es Ihnen erzählen."

„Ich finde, das sollten Sie tun. Dann können wir über das reden, was Sie mir erzählen."

Ich schweige eine Weile und denke darüber nach, wie ich mich ausdrücken soll.

„Oder Sie erzählen es mir nicht, und wir reden darüber, warum Sie es nicht tun. Sie entscheiden, Caroline. Sie bestimmen über Ihre Zeit hier, denken Sie daran. Ich bin wegen Ihnen hier."

Ich blicke hoch und sehe ihm direkt in die Augen. Irgendetwas an ihm ist anders. Er war beim Friseur. Ich hole tief Luft, lächele ein bisschen und hoffe, dass er zurücklächelt. Das tut er nicht. Er schaut mich nur an.

Jetzt kommt es.

Ein paar Sekunden noch. Ich lege mir im Kopf die genaue Formulierung zurecht.

Jetzt weiß ich, was ich sagen werde. Jetzt.

Ich schaue aus dem Fenster, frage mich, wie das Wetter ist, obwohl ich das eigentlich wissen sollte, schließlich war ich vor weniger als zehn Minuten noch draußen auf der Straße, aber ich habe es vergessen.

Reiß dich zusammen, Caroline. Konzentrier dich. Du bestimmst über deine Zeit hier.

„Ich habe meinen kleinen Bruder getötet", sage ich und bin erstaunt, dass ich mich tatsächlich getraut habe. Bo zeigt keinerlei Reaktion.

Ich kann nicht glauben, dass ich es gesagt habe.

„Aber ist er nicht in der Badewanne ertrunken?"

„Doch."

„Also haben Sie ihn … ertränkt?" Jetzt höre ich, dass seine Stimme schwankt.

„Nein!", widerspreche ich. „Das hat er selbst gemacht. Aber ich … ich war diejenige, die ihn schreien gehört hat. Als die Badehilfe umgefallen ist. Und ich war diejenige, die gleich gewusst hat, dass etwas passiert ist. Ich war diejenige, die nichts getan hat. Weil ich heimlich rauchen wollte und gedacht habe … hoffentlich stirbt er. Also ist er gestorben. Und mit dieser Schuld lebe ich jeden Tag seit zwölf Jahren. Ich habe niemandem etwas davon gesagt. Bis jetzt."

Bo schweigt eine Weile. Ich weiß nicht, ob er darauf wartet, dass ich weiterrede. Das kann er vergessen. So, wie ich mich jetzt fühle, werde ich meinen Mund wohl niemals wieder aufmachen. Was habe ich gesagt?

„Hat Sie jemand gefragt?"

„Äh … Nein, oder ich verstehe nicht ganz."

„In den zwölf Jahren, hat Sie jemand in den zwölf Jahren gefragt, ob Sie etwas gehört haben?"

„Nein. Wieso?"

„Wie alt waren Sie damals?"

„Dreizehn. Es war mein dreizehnter Geburtstag."

„Noch dazu an Ihrem dreizehnten Geburtstag."

Bo macht wieder eine Pause.

„Wie fühlen Sie sich jetzt, wo Sie es erzählt haben? Fühlen Sie sich besser oder schlechter oder ungefähr wie vorher?"

„Ich weiß nicht. Jedenfalls nicht schlechter. Ungefähr so wie vorher."

„Das ist gut. An was können Sie sich noch von diesem Tag erinnern?"

„An so ziemlich alles."

„Erzählen Sie es, wenn Sie wollen."

Er bittet mich, die Augen zu schließen und alles „so detailliert und subjektiv wie möglich" zu erzählen. Aus meiner Perspektive.

Ich tue, worum er mich bittet, und versetze mich in die Vergangenheit: in den Möjavägen, an diesem furchtbaren Märztag vor zwölf Jahren. Der Anfang ist zäh, ich verhaspele mich und bleibe stecken, und irgendwann stehe ich auf und sage, dass ich gehen muss.

Bo reagiert nicht ungehalten, sondern sagt nur, dass ich über meine Zeit bestimme und dass ich gehen kann, wenn ich will, aber dass er sich wünschen würde, dass ich mich wieder setze.

Ich tue ihm den Gefallen.

Ich erzähle, wie sauer ich darüber war, dass meine Mutter über meinen Geburtstag verreisen wollte. Und als sie mir am Telefon gratulierte, hat sie vielleicht dreißig Sekunden mit mir geredet und mehrere Minuten mit Sebastian, der nicht einmal sprechen konnte.

„Seine größte motorische und intellektuelle Leistung war, auf seine Hände zu zeigen, weil er *Love me tender* hören wollte“, erkläre ich Bo. „Nach diesem Anruf war ich jedenfalls wütend und habe mich nach dem Abendessen hinters Haus ins Gras gelegt und weiße Prince geraucht, die ich Ann, der Pflegerin, die bei uns wohnte, während meine Mutter im Urlaub war, geklaut hatte. Ich liege da und wünsche mir, dass er stirbt, weil ich es so verdammt satthabe, dass … Ja, das, worüber wir gesprochen haben. Das unbeachtete Kind zu sein, oder wie Sie das ausgedrückt haben. Und als ich diesen Schrei höre, der wie kein anderer Schrei klingt, da denke ich … wie schön. Anstatt ins Haus zu gehen und nachzusehen, was passiert ist.“

Ich habe kein Zeitgefühl mehr. Ich mache die Augen zu

und kann die Uhr nicht sehen. Bo muss mich unterbrechen, wenn unsere Sitzung um ist.

„Wo war Ihr Vater an diesem Tag?“

Ich sehe hoch. Warum muss er ständig meinen Vater mit hineinziehen?

„Woher zum Teufel soll ich das wissen?“ Ich höre selbst, dass ich wie ein pubertierender Teenager klinge.

„Haben Sie ihn nie gefragt?“

„Nein“, grinse ich, damit er begreift, wie dumm diese Frage ist.

„Ich höre, dass Sie nicht über Ihren Vater reden möchten, Caroline.“

Ich zucke mit den Schultern und murmele irgendwas, das noch nicht einmal ich selbst verstehe.

„Aber ich möchte, dass Sie wissen, Caroline – und in diesem Punkt bin ich mir ganz sicher: Wir beide wissen, dass Alkoholismus eine Krankheit ist und dass Ihr Vater vermutlich Hilfe braucht. Doch das ändert nichts daran – und das ist wichtig: Solange Sie und Ihr kleiner Bruder noch minderjährig waren, hatte Ihr Vater dieselbe moralische und gesetzliche Verantwortung für Sie beide wie Ihre Mutter.“

Ich weiß nicht, was ich darauf erwidern soll. Bos Worte fühlen sich an wie Schläge ins Gesicht. Ich setze mich auf.

„Ich verstehe, was Sie sagen“, sage ich.

Bo entgegnet nichts. Er scheint mich ausreden lassen zu wollen.

„Aber mein Vater kann auch sehr nett und umsichtig sein.“

„Das ist gut. Aber das könnte doch auch ein Ausdruck

von schlechtem Gewissen sein, weil er einigen seiner grundlegenden Verpflichtungen als Elternteil nicht nachgekommen ist?"

„Mhm", mache ich. Ich merke, dass ich heute nicht die nötige Energie aufbringen kann, um auch noch darüber zu reden. Wie soll ich Bo das erklären, ohne dass es theatralisch klingt?

„Wir müssen das nicht vertiefen", sagt Bo, als könnte er meine Gedanken lesen. „Aber jetzt habe ich es wenigstens angesprochen."

„Okay", murmele ich.

„Hatten Sie in Ihrem Garten im Möjavägen Bäume?"

„Was?"

„Hatten Sie in Ihrem Garten im Möjavägen Bäume?"

„Wieso?"

Ich schiele zur Uhr. Ich sollte jetzt gehen.

„Gab es dort Bäume?"

„Kann sein. Ich erinnere mich nur noch, dass wir Johannisbeersträucher hatten. Ach ja, ich glaube, da stand eine Birke."

„Wir einigen uns darauf, dass Sie eine Birke hatten."

„Oder genauer gesagt stand sie außerhalb von unserem Grundstück. Auf der Gemeinschaftsfläche."

„Das genügt. Klettern Sie bitte auf den Baum."

„Was?"

„Machen Sie die Augen zu, und tun Sie so, als würden Sie auf die Birke klettern."

Ich sehe Bo skeptisch an.

„Das ist nur ein Vorschlag."

Ich mache die Augen zu.

„Und jetzt sehen Sie von oben den gesamten Ablauf, wie es war, als Sebastian ertrunken ist, nicht mit Ihren, sondern mit fremden Augen. Außerdem haben Sie den Röntgenblick und können durch Wände sehen."

„Bin ich Gott?"

„Sie können Gott sein, wenn Sie möchten."

„Gott existiert nicht."

„Jetzt schon."

„Kann ich nicht Superman sein?"

„Doch", erwidert Bo, und ich höre, dass er dabei lächelt. „Sie können Superman sein. Wichtig ist, dass Sie durch Wände sehen können."

„Dann bin ich Superman."

„Gut. Sie können sich leider nicht bewegen, aber Sie haben alles im Blick. Erzählen Sie, was Sie sehen."

Ich konzentriere mich genau, doch es dauert eine Weile, bis ich mich selbst entdecke.

„Ich sehe ein stinkwütendes und trauriges Mädchen, das in einem Garten raucht."

„Was hat das Mädchen an?"

„Eine Jeansjacke. Es friert. Und hustet vom Rauch."

„Schauen Sie in das Badezimmer?"

„Ja, da liegt Sebastian in dieser merkwürdigen Vorrichtung und badet."

„Was macht Ann?"

„Ich sehe sie nicht."

„Schauen Sie genauer hin. Ist sie nicht im Badezimmer?"

„Nein, ist sie nicht. Sie ist bestimmt oben im Zimmer meiner Mutter."

„Was macht sie da?“

„Sie telefoniert mit ihrem Freund, glaube ich … Oder sie kümmert sich um den Abwasch. In der Küche. Ich weiß nicht.“

„Aber Sie sind sich sicher, dass sie nicht im Badezimmer ist?“

„Da bin ich mir hundertprozentig sicher.“

Ich habe meine Mutter nie gefragt, was Ann gemacht hat. Warum sie nicht im Badezimmer war. Ich habe nur daran gedacht, warum ich mich wie ein Idiot verhalten und nichts getan habe.

„Welche dieser Personen ist Ihrer Meinung nach für den kleinen gehandicapten Jungen verantwortlich, der in der Badewanne liegt? Das Mädchen im Garten oder die Frau, die telefoniert oder den Abwasch erledigt?“

Ich schweige. Jetzt entdecke ich Ann, die mit einer Freundin telefoniert und darüber diskutiert, was sie am Wochenende unternehmen wollen.

Bo wiederholt seine Frage.

„Welche dieser Personen ist Ihrer Meinung nach für den kleinen gehandicapten Jungen verantwortlich, der in der Badewanne liegt? Das wütende, minderjährige, vergessene Mädchen, das heimlich im Garten raucht? Oder die erwachsene, professionell ausgebildete Frau, die nicht dort ist, wo sie sein sollte?“

„Ann“, murmele ich.

„Das würde ich auch meinen.“

Wir schweigen eine Weile.

„Was würden Sie zu Ann sagen, wenn sie Sie jetzt hören könnte?“

„Dass sie auflegen soll!"

„Was haben Sie gesagt?"

„Leg auf!"

„Warum glauben Sie nicht, dass sie das tut?"

„Leg auf!!!", brülle ich Ann an. „LEG VERDAMMT NOCH MAL AUF!"

Es ist zu spät. Ich spüre, dass dieser widerlich schmeckende Tränenkloß in meinem Hals wie eine Lawine wächst. Diesmal werde ich ihn nicht hinunterschlucken können.

50

Ich habe mich entschieden zu fliehen.

Nachdem ich Bos Praxis verlassen hatte, fühlte ich mich um tausend Tonnen leichter und hatte fast vergessen, dass ich eine gesuchte Verbrecherin bin.

Aber jetzt bin ich mir hundertprozentig sicher, dass ich beschattet werde, und ich habe genug Kraft, um zu fliehen. Als ich nach Hause gekommen bin, saßen vor meinem Haus zwei Typen in einem Auto. Sie haben wirklich sämtliche Klischees erfüllt. Volvo, Kapuzenpullis, Muskelpakete. Ich will noch nicht sterben, und ich will nicht in den Knast. Also haue ich ab. Um 22:47 Uhr geht ein Zug nach Kopenhagen. Von da werde ich weitersehen. Wenn sie mich an der Grenze festnehmen, ist das eben so, aber wie groß kann die Fahndung nach mir schon sein?

Mein Plan ist, schäbige Sachen anzuziehen und die Wohnung mit einer Ikea-Tasche voller Kleidung und der lila Tiger-Tasche zu verlassen. Ich werde so tun, als würde ich nach unten in den Waschkeller gehen, weil ich nicht weiß, ob sie auch meine Wohnungstür oder nur die Haustür beobachten. Im Keller ziehe ich mich um und verschwinde durch die Hintertür nach draußen auf den Hof. Dort muss ich leider über eine hohe Mauer klettern, aber das werde ich schon schaffen. Dann muss ich mich irgendwie so zwischen den Häusern durchschlagen, dass ich auf der Alströmergatan rauskomme, die weit genug entfernt liegt, und ab da bin ich auf der sicheren Seite.

Ich glaube, dass ich das schon schaukeln werde.

Es ist erst kurz vor sechs, aber ich will genug Zeit haben, und sobald ich am Bahnhof sitze, ist alles gut. Schließlich bin ich nicht der Schakal, oder wie der Typ heißt. So wichtig bin ich für die Polizei nicht.

Ich will so wenig Gepäck wie möglich mitnehmen, doch eine Zahnbürste und Zahnpasta brauche ich. Die übrige Hygiene muss sich irgendwie finden. Ich habe gerade größere Probleme als Schweißgeruch. Ich gehe, um die Tasche unter meinem Bettsofa zu holen.

Es klingelt an der Tür.

Ich erstarre zu Eis.

Verflucht. Hätten sie mit meiner Festnahme nicht noch eine halbe Stunde warten können? Ein paar Sekunden vergehen. Es klingelt wieder. Aber hat die Polizei die Angewohnheit zu klingeln? Hämmern Polizisten nicht eher an die Tür oder gehen einfach rein? Und sollten sie nicht wenigstens rufen: „Aufmachen, Polizei!“, oder machen sie das nur im Film? Vielleicht ist es Frau Urdin, die mit mir Kaffee trinken will. Langsam schleiche ich zur Tür. Die Klappe vom Briefschlitz wird von außen geöffnet.

„Caroline?“

Die Stimme meiner Mutter!

Welcher Tag ist heute? Mittwoch?

„CAROLIIINE!“

Es ist Mittwoch, und ich habe meine Mutter zum Abendessen eingeladen. Soll ich einfach nicht aufmachen? Dann flippt sie aus. Ich stelle mein Handy auf lautlos. Genau, wie ich es mir gedacht habe. Sie ruft mich an. Verflixt, es gibt kein Entkommen. Was soll ich sagen? Dass ich es vergessen habe? Das verzeiht sie mir nie. Jetzt klingelt sie an der Tür und ruft mich gleichzeitig auf dem Handy an. Begreift sie nicht, dass ich nicht zu Hause bin und ihr nicht aufmachen kann? Sie hämmert auch noch gegen die Tür. Um nichts in der Welt will ich, dass diese Wohnungstür Aufmerksamkeit auf sich zieht. Man hört ihre Klingelei im ganzen Treppenhaus.

Der Briefschlitz klappert wieder.

„Caroline?“

Ich merke, dass sie gereizt ist.

Auf Zehenspitzen schleiche ich ins Badezimmer, mache mir die Haare so nass wie möglich, laufe zur Tür und öffne.

„Hallo, Mama! Tut mir leid, ich war unter der Dusche. Ich habe so schnell gemacht, wie ich konnte.“

„Ich dachte schon, du hättest mich vergessen. Du bist auch nicht ans Handy gegangen.“

„Ich nehme das Handy ja auch nicht mit ins Bad. Wie könnte ich dich vergessen, Mama? Entschuldige. Komm rein, komm rein! Wie nett!“, füge ich aus irgendeinem Grund hinzu.

Meine Mutter hängt ihren Mantel auf und fängt an zu plappern, und ich will mich nur noch erschießen.

51

Die Angst brennt mir unter der Haut, und in meiner Brust brodelt die Wut.

In zwanzig Minuten habe ich ein Abendessen aus dem Ärmel geschüttelt, das aussieht, als hätte ich stundenlang am Herd gestanden. Als Vorspeise haben wir Pilz-Schnittchen gegessen, und als Hauptspeise gab es einen Lachs, den ich im Tiefkühlfach hatte. Dank Papas Fonds konnte ich im Handumdrehen eine absolute Traumsauce zaubern. Doch ich bereue, dass ich die Tür aufgemacht habe. Meine Mutter ist die Letzte, die ich sehen will, und sie leidet an absoluter Selbstüberschätzung und bildet sich ein, dass wir einen tollen Kontakt zueinander haben, weil sie mir beim letzten Mal von diesem verdammten Moment erzählt hat, als Sebastian gestorben ist. Ich kann es nicht mehr hören.

„Ich finde es wichtig, dass wir einander verstehen", lautet ihr typischer Mamaspruch. Was bedeutet, dass ich ihrer Meinung sein und ihr zustimmen soll.

Sie glaubt, dass wir einen netten Abend haben, und ignoriert meine säuerlichen Kommentare geflissentlich. Wie viele Gläser Wein ich getrunken habe, zähle ich schon lange nicht mehr, und ich kümmere mich auch nicht mehr um ihre spitzen Bemerkungen.

Ich habe es so satt, dass sie mir einfach nicht zuhören kann.

Bei einem Schluck Wein sammele ich Mut.

Dann stehe ich auf und fange an zu reden.

„Weißt du, dass es nicht Sebastian war, den du gespürt hast, als du zweitausendfünfhundert Kilometer von zu Hause entfernt auf diesem griechischen Vulkan gestanden hast?"

„Wie bitte?"

Sie sieht mich verständnislos an, und das kann ich verstehen. Das kam aus dem Nichts. Aber ich kann es nicht länger zurückhalten.

„Ich habe gesagt, dass es nicht Sebastian war, den du gespürt hast. Er hat sich nicht von dir verabschiedet."

„Ach nein? Und woher willst du das wissen?"

„Ich weiß es."

„Was war es dann?"

„Soll ich dir mal was sagen?"

„Ich weiß nicht, ob ich das hören möchte. Vielleicht sollte ich besser …"

Meine Mutter macht Anstalten aufzustehen.

„Sitz!", brülle ich, als wäre sie ein Hund.

Meine Mutter gehorcht. „Aber dann kannst du dich wohl ebenfalls setzen, Caroline?"

Ich tue so, als ob ich sie nicht hören würde.

„Ich war diejenige, die Sebastians Hilferuf gehört hat", sage ich. „Nicht du."

„Ach so?"

„Aber ich habe nicht reagiert, weil ich so wütend war."

„Bitte, Caroline, hör jetzt auf!"

Doch ich habe nicht vor aufzuhören. Die Zeit der Schöntuerei ist vorbei.

„Ich war wütend, weil du mir nicht einmal vernünftig

zum Geburtstag gratuliert hast, sondern nur mit Sebastian sprechen wolltest, als du angerufen hast."

„Fang nicht schon wieder damit an. Das führt zu nichts."

„Also bin ich in den Garten gegangen und habe geraucht."

„Du hast geraucht? Du warst doch erst dreizehn. Ich glaube, dass du dich da falsch erinnerst, aber das ist nicht ungewöhnlich. Das ist normal bei Kindern."

„Und ich habe mir gewünscht, dass er stirbt, weil ich es so satthatte, dass sich niemand für mich interessierte."

„Das ist genau das, was ich meine, Caroline."

„Dann habe ich einen Schrei gehört und wusste sofort, dass es Sebastian war, der in der Badewanne lag."

„Ach, Schätzchen."

„Aber ich habe nichts getan."

„Du warst noch ein Kind."

„Ich bin schuld, dass er gestorben ist."

„Nein!" Meine Mutter lacht auf, als würde sie gar nicht hören, was ich sage. „Setz dich hin, mein Schatz. Es ist alles meine Schuld. Ich hätte nicht verreisen dürfen. Und das habe ich ihm erklärt, er weiß, dass ich es war. Niemand macht dir einen Vorwurf, Caroline."

„Hörst du mir nicht zu?"

„Doch, aber Sebastian und ich hatten einen besonderen Kontakt zueinander, verstehst du. Das hattet ihr nicht, und dafür habe ich Verständnis. Wie du immer das Wort Spastiker benutzt hast. Dass jemand Spastiker ist, beinahe wie ein Schimpfwort. Das war so gedankenlos."

Ich lasse sie reden und frage mich, worauf sie hinauswill.

„Und dass du ihn nachgemacht hast. Das war nicht im Geringsten lustig."

Ohne zu überlegen, verziehe ich das Gesicht und tue so, als würde mein Arm krampfhaft zucken.

Meine Mutter schießt in die Höhe. Ihr Stuhl fällt um, aber keinen von uns kümmert das.

„Was hast du da gerade gemacht?" Ihre Stimme klingt anders. Dunkel und hart. Aber ich bekomme keine Angst. Stattdessen mache ich weiter, lasse meinen ganzen Körper zerebrale Bewegungsstörungen simulieren.

Ich verziehe den Mund und verdrehe die Augen. Meine Arme und Beine zucken unkontrolliert und unrhythmisch.

Ich höre, dass meine Mutter irgendetwas schreit, kann sie aber nicht verstehen. Ich bin ganz in meiner Rolle.

Ich übertöne sie mit dieser undeutlichen nasalen Stimme, die bestimmte Konsonanten auslässt.

„Ast u gesagt, ass ich ihn nachmache?"

„Hör bitte auf, ihn nachzumachen!"

„Ihn nachmaaachen?"

„HÖR AUF, IHN NACHZUMACHEN, CAROLINE, HÖR AUF!"

„Maaache ich ihn nach?"

Meine Mutter packt mich, schüttelt mich und stößt mich zu Boden.

Ich höre auf, meinen kleinen Bruder zu imitieren. Aber ich bin noch nicht fertig.

Meine Mutter läuft im Kreis umher und flucht, wie ich sie noch nie habe fluchen hören.

Mit normaler Stimme sage ich: „Mama, ich habe Sebastian nicht nachgemacht."

Sie redet weiter vor sich hin, doch ich lasse nicht locker. Ich werde das sagen, was ich zu sagen habe. Ich stehe auf und stelle mich mitten in den Raum.

„Ich habe ihn nicht nachgemacht. Ich habe mir nur gewünscht, dass ich ebenfalls behindert bin, weil man dann so viel Aufmerksamkeit bekommt."

„Ja, natürlich. Es geht immer nur um dich, Caroline", zischt meine Mutter.

„Das habe ich nicht gesagt."

„Sondern? Was hast du dann gesagt, Caroline? WAS GENAU HAST DU GESAGT?"

Meine Mutter stellt sich vor mich hin, ihr Gesicht ist nur ein paar Millimeter von meinem entfernt.

„Weißt du, was das Schlimmste ist, Mama?"

„Nein, sag es mir. Was ist das Schlimmste?"

„Das Schlimmste ist nicht, dass du mich einfach links liegen gelassen hast, als Sebastian geboren wurde, und dich nur noch um ihn gekümmert hast."

Meine Mutter will mich unterbrechen, aber ich sage ihr, dass sie mich ausreden lassen soll. Sie seufzt und schüttelt den Kopf auf eine Art, die bedeutet, dass ich weiterreden kann.

„Das Schlimmste ist auch nicht, dass du nicht geglaubt hast, dass ich ihn genauso sehr liebe wie du. Dass du dich auf ihn geworfen hast, als würde er nur dir gehören. Das Schlimmste ist, dass du glaubst, dass auch die Trauer nur dir gehört. Und die Schuld. Aber Trauer und Schuld gehören mir ebenso sehr wie dir. Verstehst du?"

Ich spüre, wie meine Stimme allmählich versagt. Sie wird brüchig. Ich schlucke und beiße die Zähne zusammen. Ich muss weitermachen.

„Mama, dass du in zwölf Jahren kein einziges Mal ... Soll ich dir was sagen, was ich dir schon seit zwölf Jahren sagen will, mich aber nicht getraut habe? Ich wollte es dir sagen, seit du nach Hause gekommen bist und erzählt hast ... Wie du gespürt hast, dass du genau in dem Moment, als Sebastian gestorben ist, etwas verloren hast? Der Schmerz in deiner Brust um Punkt Viertel nach sieben, als Sebastian von uns gegangen ist ...“

Ich mache eine Pause, weil ich spüre, dass sie mir zuhört. Sie sieht mich nicht an, aber sie ist extrem gespannt darauf, was ich sagen werde. Jetzt habe ich keine Angst mehr, dass ich nicht den Mut aufbringe. Ich hole tief Luft, bevor ich weiterrede, und spreche langsam und deutlich.

„Mama, Sebastian ist um Viertel nach sieben gestorben. Das stimmt. Du hast diesen Schmerz in der Brust um Viertel nach sieben gespürt ... ja, sicherlich. Aber dass du in zwölf Jahren nicht auf den Gedanken gekommen bist, dass zwischen Griechenland und Schweden verflucht noch mal eine Stunde Zeitverschiebung besteht! Als du diesen Schmerz in der Brust gespürt hast – um Viertel nach sieben in Griechenland – haben wir am Küchentisch gesessen und in aller Ruhe Abendbrot gegessen. Sebastian war bester Laune und hat putzmunter gesabbert, und da war es Viertel nach *sechs* – Viertel nach sechs schwedischer Zeit.“

Meine Mutter krümmt sich nach vorne, als hätte ich sie in den Magen geboxt. Sie schreit, einen solchen Schrei habe ich noch nie in meinem Leben gehört. Es muss dieser Urschrei sein. Ich möchte sie in den Arm nehmen.

Sie stößt mich weg, schreit, schluchzt und stolpert aus der Wohnung. Die Tür knallt sie hinter sich zu.

Ich gehe in die Küche und schütte mir ein Glas Gin ein, bevor ich wie ein Häufchen Elend auf den Fußboden sinke.

52

Ich habe keine Ahnung, wie lange mein Handy schon geklingelt hat, bevor ich drangehe. Mein Kopf dröhnt. Es ist hell im Zimmer, weil ich bei brennendem Licht eingeschlafen bin. Ich greife nach meinem Telefon und schaue auf das Display. Papa! Wie spät ist es? 07:01 Uhr. Ich setze mich blitzschnell auf und melde mich.

„Guten Morgen, ich wollte dir nur sagen, dass die Polizei jetzt hier ist."

Im Hintergrund ist gedämpftes Hämmern und Klopfen zu hören.

„Okay", sage ich und lege auf. Ich stehe auf und laufe in meinen Erker, von dem aus man auf die Straße sehen kann. Zwei uniformierte Polizisten überqueren gerade die Straße und gehen auf mein Haus zu.

Ich zerre die Tasche unter dem Bettsofa hervor und laufe zur Tür. Ich habe nur Unterwäsche an, und es ist mitten im Winter. Aber solange ich es nach unten in den Keller schaffe, komme ich klar. Die Schlüssel. Gott sei Dank habe ich sie gestern auf den Flurtisch gelegt. Ich nehme sie und ziehe die Tür hinter mir zu, die automatisch ins Schloss fällt. Der Fahrstuhl ist auf dem Weg ins Erdgeschoss. Wenn ich es nach unten in den vierten Stock schaffe, fahren sie mit dem Aufzug an mir vorbei, und ich kann in den Keller laufen. Gut, dass ich barfuß bin.

Weit unten kann ich ihre Stimmen hören.

„Fahr du mit dem Aufzug, ich nehme die Treppe."

Verdammt, die beiden sind klüger als Kling und Klang in Pippi Langstrumpf. Jetzt bin ich geliefert. Es sei denn … Ich versuche es mit einem letzten Ausweg.

Ich fliege beinahe nach unten in die dritte Etage, laufe zu Frau Urdins Wohnungstür und drücke auf die Klingel.

Der Fahrstuhl passiert den dritten Stock, doch hier bin ich nicht zu sehen. Bitte, Nancy, machen Sie auf! Ich halte die ganze Zeit den Klingelknopf gedrückt und hoffe, dass es der Polizist, der die Treppe hochgeht und jetzt im zweiten Stock sein müsste, nicht hört. Kommt Nancy zur Tür? Der Polizist auf der Treppe nähert sich. Hoffentlich hat Frau Urdin nicht so eine Senioren-Sicherheitskette.

Die Tür wird einen Spaltbreit geöffnet. Nancy ist noch im Nachthemd und sieht aus wie ein Gespenst. Ich reiße die Wohnungstür auf, dränge mich in den Flur und mache die Tür so geräuschlos wie möglich hinter mir zu.

„Hallo, Nancy! Ich dachte, wir könnten zusammen Kaffee trinken!“, sage ich leise.

„Wie bitte?“

„Ich hatte plötzlich so große Lust, mit Ihnen Kaffee zu trinken. Haben Sie Zeit?“

„Natürlich, wie nett. Wie viel Uhr ist es? Ich muss wohl eingeschlafen sein?“

„Es ist Kaffeezeit. Wenn Sie Kaffee machen, stelle ich das Gebäck auf den Tisch.“

„Das ist sehr nett, aber …“ Nancy schaut mich an und sieht ziemlich verwirrt aus. Ich kann sie verstehen.

„Aber?“, frage ich trotzdem.

Frau Urdin mustert mich von oben bis unten. Ich tue so,

als wäre es die normalste Sache der Welt, dass ich nur Slip und Unterhemd trage.

„Aber … Nein, kein Aber“, sagt sie. „Wie nett. Ich trinke gerne Kaffee mit Ihnen.“

Frau Urdin verschwindet in die Küche. Ich stelle meine Tasche im Flur ab und gehe durch das Wohnzimmer nach draußen auf den Balkon. Nancys Balkon geht auf den Hinterhof, vielleicht kann ich nach unten klettern. Durch das Küchenfenster sehe ich Nancy dabei zu, wie sie Kaffee kocht. Ihre Bewegungen sind schnell und sicher, als wäre sie sechzig und vollkommen klar im Kopf. Die verwirrten Phasen kommen und gehen.

Ich beuge mich über das Geländer. Es ist viel zu hoch, um zu springen, und die Feuerleiter ist drei Meter entfernt, die erreiche ich nicht. Ich kann zwar gut klettern, aber es erschwert die Sache, wenn man nichts hat, an dem man sich festhalten kann. Schließlich bin ich nicht wirklich Spiderman. Dieser Plan ist also gescheitert. Ich muss mir etwas anderes überlegen. Vielleicht kann ich hier einziehen? Nancys Pflegerin werden?

Denk nach, Caroline, denk nach! Gleich wird es draußen hell, und dann ist alles noch viel komplizierter.

Ich traue mich nicht, nach unten in den Keller zu schleichen. Möglicherweise haben sie jemanden an der Haustür postiert, und dann bin ich geliefert. Aber *falls* ich es irgendwie dorthin schaffen sollte, hoffe ich, dass jemand ein paar Kleidungsstücke im Waschkeller liegen gelassen hat. Es war gut, dass ich die Schlüssel mitgenommen habe, doch ich traue mich nicht, an der Haustür vorbeizugehen. Und das muss ich, wenn ich in den Waschkeller will.

Ich denke an Papa. Ob er wohl gerade in einem Streifenwagen sitzt? Er kann ihnen nicht entkommen sein.

Und meine Mutter. Was sie wohl macht? Ich will, dass sie kommt und mich rettet, so wie sie es das letzte Mal gemacht hat, als die Polizei hinter mir her war. Es fühlt sich seltsam an, dass ich mir das mit der Zeitverschiebung endlich von der Seele geredet habe. Nach all diesen Jahren. Ich frage mich, ob sie überhaupt noch lebt. Sie sah jedenfalls mehr tot als lebendig aus, als sie aus meiner Wohnung getaumelt ist.

„Möchten Sie Zucker in Ihren Kaffee?“, ruft Nancy aus der Küche.

„Nein danke“, antworte ich.

Ich helfe ihr, ein paar süße altmodische Kaffeetassen auf ein Tablett zu stellen. Und eine Plätzchendose mit alten Ballerina-Keksen, die ich in der Speisekammer gefunden habe. Alles bei Nancy ist altmodisch.

„Haben Sie schon den Marder gesehen?“, erkundigt sie sich, als wir uns an den kleinen runden Tisch im Wohnzimmer gesetzt haben.

„Den Marder?“

„Haben Sie ihn noch nicht gesehen?“

„Was ist das?“

„Ich habe einen Marder, der unter meinem Bett lebt.“

„Wirklich? Einen lebendigen?“

„Natürlich ist er lebendig“, lacht Nancy. „Verrückte Göre, wer möchte schon einen toten Marder unter dem Bett haben?“

Ich sehe sie an. Sie lacht und schüttelt den Kopf, als wäre ich nicht ganz gescheit. Im Gesicht sieht sie aus wie ein Vogeljunges. Sie ist so zart und zerbrechlich.

„Gehen Sie hin, und begrüßen Sie ihn", sagt Nancy, als sie aufgehört hat zu lachen.

„Natürlich begrüße ich den Marder", sage ich.

Ich stehe auf und gehe in Frau Urdins kleines Schlafzimmer. Weil es viel zu dunkel ist, schalte ich das Licht an.

„Sehen Sie ihn unter dem Bett?", ruft sie.

Ich knie mich auf den Boden und schaue unter das Bett. Wenn man 420 000 Kronen unter dem Bett haben kann, dann wohl auch einen Marder. Aber da ist nichts. Abgesehen von ein bisschen Staub ist da rein gar nichts. Als ich das Schlafzimmer verlasse, sehe ich Nancys Sachen, die auf einem Herrendiener hängen.

Ich habe eine Idee.

„Wie schön der Marder ist. Wie heißt er?", frage ich, als ich mich wieder neben sie an den Tisch setze.

„Das weiß ich nicht. Er kann nicht sprechen."

„Frau Urdin, mir ist gerade ein Gedanke gekommen. Ich bin nämlich auf dem Weg zu einem Kostümfest, und da ist mir eingefallen, dass ich mir vielleicht ein paar Kleidungsstücke von Ihnen ausleihen könnte?"

„Ein Kostümfest? Wie aufregend!"

„Hätten Sie etwas dagegen, wenn ich mich als Sie verkleide?"

„Oh, wie lustig. Ich liebe Kostümfeste!"

„Darf ich?"

„Natürlich. Wissen Sie, dass ich auf einem Maskenball war?"

„Wirklich?"

„In der Tat!"

„Mit Gustav dem Dritten?"

„Ganz recht. Ein gut aussehender Mann war das, müssen Sie wissen. Und wie der tanzen konnte."

Nancy erzählt weiter davon, wie sie auf dem Maskenball war, auf dem Gustav der Dritte erschossen wurde. Nur dass wir uns nicht im achtzehnten Jahrhundert befinden, sondern „im Jahr 1951, ich weiß es noch wie gestern".

Ich gebe ihr recht und höre interessiert zu. Aber draußen wird es allmählich hell, und ich will nicht bis heute Abend warten, ich habe es eilig.

Wir inspizieren Nancys Kleiderschrank, in dem so viele herrlich trutschige Sachen hängen, dass mir ganz warm ums Herz wird.

53

Ich stehe im Fahrstuhl und versuche, mich wie ein sehr alter Mensch zu fühlen. Meine Aufmachung ist brillant. Schwarze Stiefel. Sie sind zu klein, aber es muss gehen. Eine lila Hose aus Gabardine, die Nancy bis zur Brust hochzieht. Bei mir sitzt sie auf der Taille, und weil die Stiefel so hoch sind, fällt nicht auf, dass sie zu kurz ist. Außerdem habe ich eine Bluse und einen Gürtel angezogen, aber die sieht man nicht, weil ich einen warmen roten Wintermantel trage. Die Ärmel sind ein bisschen zu kurz, doch ich habe sie einfach mit Handschuhen verlängert, die Nancy viel zu groß sind. Meine Haare habe ich hochgesteckt und unter dem Highlight meines ganzen Outfits verborgen – dem Hut. Er ist dunkelblau. Das Modell hat ganz bestimmt einen entzückenden Namen, aber ich nenne ihn Omahut. Ich habe meine Kopfbedeckung so tief nach unten gezogen, wie es geht, ohne dass es seltsam aussieht, damit man von meinem Gesicht so wenig wie möglich erkennt.

Der Aufzug ist im Erdgeschoss angekommen. Beim Türöffnen tue ich so, als wäre sie sehr schwer. Nancys Einkaufstrolley ziehe ich hinter mir her, als würde er hundert Kilo wiegen. Was für ein Glück, dass meine Tasche genau hineinpasst. Als Nancy im Bad war, habe ich in eine Dose, auf der *Kaffeekasse* stand, zwei Fünfhundert-Kronen-Scheine getan. Das sollte für neue Kleidung und einen Trolley reichen. Denn falls mein Plan funktioniert, wird sie die Sachen nicht zurückbekommen. Zwei Fünfhunderter habe ich in meinen neuen Mantel gesteckt. Mit dem Rest habe ich andere Pläne.

Ich nähere mich mit Ameisenschritten und gebeugtem Rücken der Haustür und drücke auf den Öffner, damit die Tür automatisch aufgeht. Draußen ist es inzwischen hell, aber glücklicherweise trübe und diesig. Als ich auf dem Bürgersteig stehe, registriere ich aus den Augenwinkeln einen schwarzen Volvo, in dem zwei Personen sitzen. Weil ich mit gesenktem Kopf gehe, kann ich ihre Gesichter nicht erkennen. Ich denke, dass meine Körperhaltung glaubwürdig ist. Alte Menschen gucken auf den Boden, um sich vor vereisten Stellen in Acht zu nehmen. Ich würde mir diese ganze Show am liebsten sparen und so schnell laufen, wie ich nur kann, doch ich beherrsche mich. Extrem langsam trippele ich an dem Auto vorbei. Ich versuche mir vorzustellen, dass ich einen steilen Berg erklimme. Wie mühselig und zeitaufwendig das ist. Jeder Muskel und jedes Gelenk schmerzt, und ich bin mit meinen Nerven am Ende. Ich warte nur darauf, dass sie die Autotür aufmachen und mich rufen, aber nichts passiert.

Ich laufe die ganze Alströmergatan bis zur Fridhemsgatan hinunter. Wie ein vorsichtiger älterer Mensch gehe ich über den Zebrastreifen. Ein Auto hält an, ich winke und lächele. Aus einem puren Reflex heraus schaue ich dem Fahrer in die Augen und sehe, dass eine ungefähr vierzigjährige Frau hinterm Steuer sitzt, die zurücklächelt. Sie macht nicht den Eindruck, als würde sie an meinem Verhalten irgendetwas merkwürdig finden. Sie hat einfach eine sehr alte Dame vorbeigelassen.

Ich gehe zur U-Bahn-Station. Auf der Rolltreppe nehme ich den Hut ab und stecke ihn in den Trolley.

Jemand sieht mich an, als würde ich etwas Sonderbares tun, aber das spielt jetzt keine Rolle. Ich krempele die Ärmel meines Mantels hoch, knöpfe ihn auf und binde den Gürtel über die Bluse. Ich habe keine Ahnung, wie mein Style heißt, aber ich finde nicht, dass ich seltsamer aussehe als viele andere in dieser Stadt.

Als ich in der Altstadt umsteige, denke ich an Bo. Wie verdattert er wohl wäre, wenn ich mitten in einer Sitzung in sein Zimmer platzen würde, nur um ihn zu umarmen?

Ich denke daran, was er über meinen Vater gesagt hat.

Alkoholismus ist eine Krankheit, aber nichtsdestotrotz hatte er sowohl die moralische als auch die gesetzliche Verantwortung für mich und Sebastian.

In dem Moment wollte ich ihn einfach nur schlagen, aber natürlich hat er recht. Mein Vater ist wie jeder andere unzuverlässige Alkoholiker. Seine spontane Reaktion, als ich ihm von dem Lastwagen erzählt habe, war, dass er uns nicht helfen wollte. Er fand die Menge zu groß. Aber irgendetwas hat ihn dazu gebracht, es trotzdem zu tun. Damals habe ich nicht daran gedacht, doch Bos Erklärung leuchtet mir ein: Es könnte auch ein Ausdruck von schlechtem Gewissen sein, weil er seinen Verpflichtungen als Elternteil nicht nachgekommen ist.

Ich frage mich, wie Papa es wohl finden wird, im Gefängnis zu sitzen. Solange er Alkohol trinken kann, wäre das für ihn keine große Sache. Nüchtern im Paradies wäre dagegen die reinste Hölle.

Wenn man ihm Böses wollte, könnte man ihm wünschen,

dass das der Preis ist, den er bezahlen muss, weil er seine Familie und seinen gehandicapten Sohn im Stich gelassen hat: ein Jahr Gefängnis. Nüchtern. Sobald das alles hier vorbei ist, muss ich mit Bo über ihn reden. Ich bin nicht besser als andere Co-Abhängige. Und das ist auch eine Art Sucht. Ich spüre, dass ich wütend werde, wenn ich an meinen Vater denke, allerdings auf eine andere Weise als früher. Aber jetzt habe ich nicht die Zeit, um mir über ihn den Kopf zu zerbrechen.

Die U-Bahn-Linie 17 in Richtung Skarpnäck fährt ein. Ich setze mich und gehe meinen Plan Schritt für Schritt durch. Ich fühle mich viel gelassener als noch vor ein paar Stunden. Es ist, als hätte ich einen Auftrag, den ich nur noch zu Ende bringen muss.

In Bagarmossen steige ich aus. Auf dem Bahnsteig liegt ein Obdachloser, der mit seinem Handy in der Hand eingeschlafen ist. Ich stecke das Telefon in die Innentasche seiner kaputten Lederjacke, damit es niemand klaut.

Im Kiosk bitte ich um ein Blatt Papier. Ich leihe mir einen Stift und kritzele ungelenk mit der linken Hand, damit es so aussieht, als hätte es ein Kind geschrieben: FÜR BENTE + HANNES.

Als ich Bentes Haus erreiche, nehme ich die Plastiktüte mit dem Geld aus der Tiger-Tasche und lege sie in den Einkaufstrolley. Vor ihrer Wohnungstür stelle ich ihn ab, lege den Zettel darauf und klingele. Dann laufe ich, so schnell ich kann, die Treppe hinunter. Ich höre, wie oben Bentes Tür geöffnet wird und sie „Hallo?“ ruft. Damit ich von ihrem Fenster aus nicht zu sehen bin, mache ich einen Umweg zur U-Bahn. Bis jetzt hat mein Plan einwandfrei funktioniert. Wie perplex sie sein wird, wenn sie entdeckt, dass vor ihrer Wohnungstür 418 000 Kronen stehen. Ich frage mich, ob sie wohl jemals begreifen wird, wer dahintersteckt.

In einem ganz passablen Secondhandladen am Ringvägen kleide ich mich neu ein. Nancys Mini-Stiefel gegen ein paar Sneakers einzutauschen, ist das beste Gefühl des Tages. Die Verkäuferin hält mich wahrscheinlich für nicht ganz lupenrein, aber da pfeife ich drauf. Sie wird niemals eine Zeugenaussage machen müssen. Vom Secondhandladen aus jogge ich zum Eriksdalsbadet. Jetzt muss ich mir für diesen Vormittag nur noch ein Alibi zulegen, dann ist alles klar.

Sich ohne Eintrittskarte ins Eriksdalsbadet zu schleichen, ist einfacher, als ich dachte. Ich gehe hinter einer Schulklasse durch die Sperre und sehe aus, als sei ich ihre Lehrerin. Der Typ an der Kasse, von dem ich weiß, dass er in mich verknallt ist, tippt gerade etwas in die Kasse und sieht mich nicht. Ich quatsche mit einem Jungen aus der Klasse und bewundere seine coole Cap. Bei der Gelegenheit erfahre ich, dass Joe Thornton ein Eishockeyspieler ist und sein Team San Jose Sharks heißt. Und dass sie die Besten sind.

Ich ziehe mich auf der Toilette um, stopfe Nancys Sachen ganz unten in einen großen Mülleimer, der in der Umkleide steht, mache mir die Haare nass und gehe nach draußen.

„Hallo und tschüs, ich habe genug für heute!“, sage ich zu dem sympathischen Typen an der Kasse.

„Hallo, seit wann bist du denn hier?“, fragt er.

„Seit halb acht. Ich bin zweitausend Meter geschwommen, bin in der Sauna gewesen und war unter dem Solarium. Herrlich.“

„Klingt gut.“

„Das war es auch. Tschüs!“

„Bis bald. Mach dir noch einen schönen Tag.“

„Du dir auch.“

Ich schenke ihm mein strahlendstes Lächeln, winke und verlasse das Hallenbad. Jetzt ist es endlich Zeit, nach Hause zu fahren und so zu tun, als sei alles ganz normal.

54

Aus den Augenwinkeln sehe ich, dass der schwarze Volvo noch an exakt derselben Stelle steht wie heute Morgen. Als ich meinen Türcode eingebe, höre ich, wie die Autotüren geöffnet werden.

„Sind Sie Caroline Södergren?“, ruft eine Männerstimme in genau dem Moment, als ich ins Haus gehen will.

„Ja“, sage ich und drehe mich um. „Wieso?“

Ein ungefähr dreißigjähriger Typ mit Glatze und rotem Kapuzenpulli kommt auf mich zu. Hinter ihm sehe ich einen zweiten Mann.

„Wir sind von der Polizei, und wir würden Sie bitten, uns ins Präsidium zu begleiten.“

Ich halte ihm zur Begrüßung die Hand hin. Er streckt mir seine rechte Hand entgegen, doch statt sie zu nehmen, umfasst er mein Handgelenk. Mit der Linken greift er resolut nach meinem Ellenbogen. Sein Griff ist nicht hart und tut nicht weh, aber ich merke, dass er extrem stark ist und mit mir machen kann, was er will, sollte ich auch nur den geringsten Widerstand leisten.

„Darf man fragen, weshalb?“

„Gegen Sie besteht ein dringender Tatverdacht.“

„Äh … wie bitte?“

„Haben Sie einen scharfen Gegenstand bei sich?“

„Nur meine Zunge.“

„Ich frage Sie noch einmal: Haben Sie einen scharfen Gegenstand bei sich?“

„Nein“, erwidere ich. Ein Affe hat mehr Humor.

Ich lehne seitlich am Volvo, und die beiden durchsuchen mich penibel. Ich will nur, dass es schnell geht, damit uns niemand sieht, aber es scheint, als ob die ganze Alströmergatan stillsteht und uns anstarrt.

An die Brüste greifen sie mir nicht, tasten allerdings dazwischen und ziehen am Bügel meines BHs. Einer der beiden greift mir unter den Gürtel. Das ist keine Leibesvisitation, wie sie auf Festivals gemacht wird. Das hier ist bitterer Ernst. Mein Magen zieht sich zusammen.

Handy und Schlüssel nehmen sie mir ab.

Nach ein paar Minuten scheinen sie fertig zu sein.

„Gut, dann können wir los.“

Der eine hält mich fest, während der andere zuerst die rechte Hintertür öffnet und dann ums Auto geht und sich auf die Rückbank hinter den Fahrersitz setzt. Nachdem er eingestiegen ist und die Tür zugemacht hat, muss ich mich neben ihn setzen. Ich spüre eine Hand auf meinem Kopf. Meine Tür wird zugeschlagen. Der Polizeibeamte, der meinen Einstieg überwacht hat, setzt sich hinters Steuer und fährt los.

„Worum geht es eigentlich?“, frage ich, als wir in die Arbetargatan einbiegen. Ich halte das für eine berechtigte Frage für eine unschuldige Person.

„Sie werden alles Nötige erfahren, sobald wir im Präsidium sind.“

„Fahren wir nach Kronoberg?“

„Nach Södermalm. Zur Torkel Knutssonsgatan. Dorthin werden alle Frauen gebracht.“

Ich stelle keine weiteren Fragen. Die beiden machen keinen besonders redseligen Eindruck. Ich sitze unbequem, weil ich eine störende Kopfstütze im Nacken habe. Aus den Augenwinkeln beobachte ich den Polizisten neben mir. Seine Kopfstütze scheint ihn nicht zu stören, aber da ich ein Stück kleiner bin als er, muss ich nach vorne gebeugt sitzen. In der Autositztasche vor ihm liegt eine Flasche mit Handdesinfektionsmittel. Ich habe keine Autositztasche vor mir.

Die Uhr im Armaturenbrett zeigt 10:14 Uhr. Ich habe meinen Plan ziemlich schnell durchgezogen. In knapp drei Stunden habe ich ganz schön viel geschafft. Und es ist ein gutes Gefühl, dass ich das Geld in Sicherheit gebracht habe. Jetzt kommt es wohltätigen Zwecken zugute.

Ich muss an einen Witz denken, den Ralf gemacht hat. Er meinte, dass ich mir, wenn ich geschnappt werde, einen „AIK-ler“ besorgen müsse.

„AIK-ler?“, habe ich verständnislos gefragt.

„Alkoholiker in Kostüm“, erklärte er, aber ich habe die Pointe trotzdem nicht verstanden. Er meinte offenbar einen Anwalt. Ralf-Humor.

Die Polizeibeamten unterhalten sich über das schlechte Wetter. Ich schweige und sehe aus dem Fenster, während wir auf dem Söderleden fahren. Wir kommen am Rathaus vorbei, das mit der gegenüberliegenden München-Brauerei den Konkurrenzkampf um Stockholms schönstes Gebäude ausficht. Mir fällt ein, dass ich meine Eltern als Kind einmal gefragt habe, ob in der München-Brauerei Kaffee gebraut würde, als wir im Auto daran vorbeigefahren sind. Sie haben sich gekringelt vor Lachen und gesagt, ja, das sei tatsächlich der Fall. Ich habe erst Jahre später verstanden, warum sie so gelacht haben. Ich versuche, mich an eine andere Gelegenheit zu erinnern, bei der meine Eltern gemeinsam gelacht haben, aber mir fällt keine ein.

Als wir beim Södermalm-Polizeipräsidium ankommen, wird ein grünes hohes Tor geöffnet, und wir fahren in eine Tiefgarage. Der Polizist am Steuer nimmt ein Funkgerät in die Hand und drückt auf eine Taste. „Streifenwagen 31-9140 hier. Wir kommen mit einer festgenommenen Person."

Sein Tonfall ist völlig normal, aber in meinem Kopf hallen seine Worte mit tausend Dezibel wider. Mit einer festgenommenen Person? Ein zweites riesiges Tor öffnet sich automatisch, und wir fahren in eine weitere Garage. Das Tor geht hinter uns zu, und erst als es komplett geschlossen ist, steigt der Fahrer aus dem Wagen und öffnet meine Tür. Ich kann nicht viel erkennen, in der Garage ist es ziemlich dunkel, die Wände sind schwarz und grau.

Bin ich in der Hölle gelandet?

55

Ich liege auf einer harten Kunststoffpritsche ohne Laken, mit einem unbequemen Kopfkissen und einer zu kurzen Decke, und starre auf die kleine längliche Luke in der Zellentür. Die Tür ist hellgrün. Graue Wände umgeben mich. In der Zelle befindet sich ein Waschbecken aus Stahl. Der Desinfektionsmittelgeruch ist stärker als in einem Swingerclub. Soll man hier etwa schlafen können? Die Zelle misst vielleicht zwei mal drei Meter, hat keine Fenster, und einmal stündlich kommt eine Sicherheitsbeamtin und sieht einen durch diese Luke an, um zu kontrollieren, dass man sich nicht umgebracht hat. Wie eine höllische Kuckucksuhr. Aber es gibt gar nichts, an dem man sich erhängen könnte, und das Kopfkissen ist so winzig, dass man es verschluckt, wenn man versucht, sich zu ersticken. Ich versuche, die Panik auf Abstand zu halten, und gebe mir Mühe, an etwas Lustiges zu denken. Aber meine Gedanken scheinen mit uraltem Klebeband aufgehängt zu sein, sodass sie die ganze Zeit herunterfallen.

Sie müssen glauben, dass ich was mit der Sache zu tun habe, weil sie etwas gegen Papa in der Hand haben. Aber wenn ich alles abstreite, müssen sie mich irgendwann gehen lassen. Dass ich mit ihm verwandt bin, reicht nicht. Mein Plan ist, so zu tun, als wüsste ich überhaupt nicht, wovon sie reden.

Als ich vor ungefähr einer Stunde in Polizeigewahrsam gekommen bin, wurde ich noch einmal durchsucht. Diesmal musste ich mich komplett vor einer Frau ausziehen, die klein und rund war und ein sympathisches Gesicht hatte. Sie war nett, aber ich konnte nicht nett zu ihr sein. Ich war auch nicht unfreundlich, doch ich habe mich wie ein Tier gefühlt und hätte sie am liebsten angefaucht und gebissen. Nur weil der Mensch in mir eingesehen hat, was für eine dumme Idee das wäre, habe ich es gelassen.

Sie informierte mich – und ihr Ton ließ keinen Zweifel daran, dass sie das schon Millionen Mal gesagt hat –, dass ich vorübergehend festgenommen sei und der Staatsanwalt Einschränkungen verhängt habe, ich dürfe beispielsweise keinen Besuch empfangen, keine Zeitungen lesen oder fernsehen. Außerdem teilte sie mir mit, dass ich maximal zweiundsiebzig Stunden festgehalten werden könnte. Spätestens „um zwölf Uhr am dritten Tag" müsste ich freigelassen oder mit einem Haftbefehl in Untersuchungshaft überführt werden.

Gedämpft höre ich, dass jemand den Flur entlangkommt. Es klingt nach zwei Personen.

Vor meiner Zelle halten die Schritte an. Diesmal öffnet sich nicht die Luke, sondern die Tür.

Es ist die weibliche Sicherheitsbeamtin, die mich eingewiesen hat. Und Blanca! Auch wenn sie Polizistin ist, bin ich überglücklich, sie zu sehen. Ich würde ihr am liebsten entgegenlaufen und um den Hals fallen, aber ich beherrsche mich.

Sie gibt mir nicht die Hand.

„Hallo, Caroline", sagt sie.

„Hallo", antworte ich.

„Ich bin hier, um Sie zu einem ersten Verhör zu holen."

„Okay."

Sie halten mir die Tür auf.

„Aber warum … Also, was …?", stammele ich.

„Sie werden gleich alles erfahren", sagt sie leise, ohne mich anzusehen.

Ich bin froh, dass mich nicht dieser Gorilla Andersson, oder wie der hieß, verhört. Aber mir gefällt nicht, dass Blanca nicht so freundschaftlich mit mir umgeht wie beim letzten Mal. Sie fragt nicht einmal, wie es mir geht.

„Wir sind im Vernehmungsraum drei", informiert sie die Sicherheitsbeamtin.

„Okay", erwidert die Frau und geht vor uns her zu einer Tür, auf der eine Drei abgebildet ist. Sie schließt auf und hält uns die Tür auf. Ich versuche, ein „Danke" hervorzubringen, aber es kommt kein Ton aus meinem Mund.

Wir betreten einen Raum, dessen Wände genauso grau sind wie die in meiner Zelle, doch er ist mindestens doppelt so groß. Festgeschraubte Stühle, ein festgeschraubter Tisch. Immer noch keine Fenster. Auf dem Tisch steht ein Laptop, und auf jeder Tischseite ragen zwei schmale Mikrofone zehn Zentimeter in die Höhe. Ich soll mich auf den Stuhl gegenüber vom Computer setzen. Die Sicherheitsbeamtin postiert sich hinter meinem Rücken. Blanca setzt sich an den Computer. Als sie Platz genommen hat, geht wieder die Tür auf. Ich drehe mich um. Der Gorilla! Verdammter Mist! Bei seinem Anblick läuft es mir kalt den Rücken hinunter. Ohne jemanden zu begrüßen, ohne jemanden eines Blickes zu würdigen, setzt er sich neben Blanca, die am Laptop herumfummelt.

Sie tut mir leid, weil sie mit diesem Typen zusammenarbeiten muss. Er ist bestimmt Rassist. Die beiden sehen aus wie eine Parodie von guter Bulle, böser Bulle.

„Also dann …“, sagt der Gorilla und schaut Blanca an. „Können wir anfangen?“

„Ja“, sagt sie.

Er holt tief Luft.

„Ich bin Voruntersuchungsleiter Leif Andersson. Neben mir sitzt Polizeianwärterin Blanca Kovac. Ich möchte Sie, Caroline Södergren, darüber in Kenntnis setzen, dass Sie der Beihilfe zu einem Raub beziehungsweise zu einem Diebstahl in einem schweren Fall verdächtigt werden, bei dem Sie am Freitag, dem 29. Dezember letzten Jahres, zusammen mit einer oder mehreren Personen einen Lastwagen voller Fleischwaren entwendet haben. Gestehen Sie, die Straftat begangen zu haben, oder streiten Sie Ihre Beteiligung ab?“

„Ich bestreite sie. Hundertprozentig. Also, jetzt muss ich –“

„Dann frage ich Sie, ob Sie einen Anwalt hinzuziehen möchten. Und falls ja, ob Sie eine bestimmte Person im Auge haben oder ob wir Ihnen einen Pflichtverteidiger besorgen sollen, der Ihnen vom Stockholmer Amtsgericht zugewiesen wird.“

„Ich brauche keinen Verteidiger. Ich bin unschuldig.“

Blanca und Andersson sehen sich an. Er beugt sich zu ihr. „Das Gericht wird sich wundern“, murmelt er.

„Wir empfehlen Ihnen *dringend*, bereits in diesem Stadium einen Anwalt zurate zu ziehen, Caroline.“ Blanca schaut mich an, und ich sehe, dass es ihr ernst ist. Verflucht. Was soll das heißen, „bereits in diesem Stadium“?

„Okay“, sage ich und zucke mit den Schultern, als würde es keinen Unterschied machen, aber wenn sie unbedingt meint, dann meinetwegen.

Andersson sagt, dass wir das Verhör an dieser Stelle unterbrechen und weitermachen, sobald der Anwalt eingetroffen ist. Vermutlich in ungefähr einer Stunde.

Bitte, lieber Gott, wenn es dich gibt, dann mach, dass es die letzte Stunde ist, die ich in dieser scheußlichen Zelle verbringen muss.

56

„Was haben Sie am Freitag, den 29. Dezember, gemacht?“, beginnt Andersson nach den üblichen Einleitungsfloskeln das Verhör.

Ich benehme mich ihm gegenüber nicht unverschämt und weise ihn nicht darauf hin, dass ich das Blanca bereits gesagt habe, sondern erzähle ein weiteres Mal in sachlichem Ton und der Reihe nach alle Details, an die ich mich erinnern kann. Wie ich zur Arbeit gefahren bin, was ich während meiner Schicht getan habe, und ich schildere genau, was vor, während und nach dem Überfall geschehen ist. Mein Anwalt, ein Typ in den Vierzigern, der Oscar Stenberg heißt, hat mich beruhigt. Seine Augen sind wach und lebendig, er hat Lachgrübchen im Gesicht, und in seinem Haar zeigen sich die ersten grauen Strähnen. Normalerweise würde ich ihn für supersexy halten, aber gerade ist mir das vollkommen egal. Ich bin nur froh, jemanden an meiner Seite zu haben.

Oscar hat gesagt, dass ich auf die Fragen antworten soll, doch dass es ganz und gar nicht sicher sei, dass sie so viel gegen mich in der Hand hätten, wie sie vorgeben würden. „Wenn Sie detailliert und wahrheitsgemäß auf die Fragen antworten, können Sie höchstwahrscheinlich heute Nachmittag nach Hause gehen.“

Aus seinem Mund klang das so einfach.

Er teilte mir ebenfalls mit, dass er nicht befugt sei, sich während eines solchen Verhörs zu Wort zu melden, aber wann immer ich den Wunsch hätte, mit ihm zu sprechen, sollte ich das sagen, dann könnten wir eine Pause machen.

„Okay, aber ich glaube nicht, dass das nötig sein wird. Ich bin so unschuldig wie ein neugeborenes Katzenbaby“, sagte ich.

„Dann ist es ja gut“, erwiderte er lächelnd.

Der Gorilla holt aus einer Tasche, die auf dem Boden steht, eine große Papierrolle hervor. Er breitet sie auf dem Tisch aus, und ich sehe sofort, dass es sich um eine Zeichnung der Anlieferzone handelt, auch wenn sie nicht annähernd so professionell ist wie Ralfs. Sie haben die genaue Stelle markiert, an der der Lastwagen gestanden hat, Menschen haben sie nicht eingezeichnet.

„Können Sie erkennen, was das hier ist?“, will er wissen.

„Nein, aber ich nehme an, dass das der Bereich um die Laderampe hinter Maxfood ist.“

„Das ist richtig. Und genau hier befand sich der Lastwagen zum Tatzeitpunkt“, erklärt Andersson und deutet auf die Karte. „Können Sie uns zeigen, wo Sie gestanden haben, als der Lastwagen entwendet wurde?“ Er erläutert den Maßstab und präzisiert, wie viele Meter in der Wirklichkeit einem Zentimeter auf der Karte entsprechen.

„Ungefähr da, würde ich sagen“, sage ich und deute auf einen Punkt, der irgendwo zwischen der Wahrheit und der Stelle liegt, an der ich normalerweise stehe.

Blanca und Oscar beugen sich interessiert vor, um zu sehen, wohin ich zeige.

„Da, meinen Sie? Ungefähr zwei Meter vom Lastwagen entfernt?“, fragt Andersson.

„Ja, ich denke schon.“

„Stehen Sie immer an dieser Stelle, wenn Sie neue Warenlieferungen annehmen?“

„Ja, so in etwa …“

„Ein paar Wochen vor dem Diebstahl haben Sie eine Brotlieferung entgegengenommen. Genauer gesagt am 14. Dezember gegen sechzehn Uhr. Können Sie sich daran erinnern?“

„Leider nein“, antworte ich grinsend, weil ich mich nicht entsinnen kann. „Ich nehme ziemlich oft Brotlieferungen an“, sage ich.

„Das kann ich mir denken. Sie müssen sich nicht an jede einzelne Lieferung erinnern, aber zeigen Sie uns bitte auf der Karte, wo Sie normalerweise stehen, wenn Ihr Brotlieferant kommt.“

Ich zeige auf dieselbe Stelle wie vorher und sehe achselzuckend zu meinem Anwalt, als würde ich mich fragen, worauf der Gorilla eigentlich hinauswill.

Andersson beugt sich unter den Tisch und holt eine zweite Karte hervor. Auf dieser sind sowohl Arnold als auch ich eingezeichnet, als Kreise mit einem A und einem C in der Mitte.

„In Wahrheit standen Sie hier, als Sie den Brotlieferanten in Empfang genommen haben.“ Der Gorilla zeigt auf eine Stelle direkt neben dem Lastwagen. „Als Sie diese Fleischlieferung angenommen haben, standen Sie hingegen hier.“ Diesmal zeigt er auf den Kreis mit dem C in der Mitte, der mit Sicherheit vier Meter vom Lastwagen entfernt ist. „Haben Sie eine Erklärung dafür?“

„Nein.“

„Wirklich nicht?“

„Wirklich nicht.“

Der Gorilla macht eine Pause und sieht mir in die Augen. Ich erwidere seinen Blick. Ich frage mich, ob ich rot im Gesicht bin. Andersson lehnt sich zurück und schaut wieder auf die Karte. Wenn wir Lachen verboten spielen würden, hätte ich gewonnen, aber ich glaube nicht, dass der Gorilla das genauso sieht.

Er fragt mich, wie oft ich Fleischlieferungen angenommen habe und warum ausgerechnet immer freitags. Ich antworte, das sei purer Zufall gewesen.

Sie haben sich also die Kameraaufzeichnungen angesehen oder mit Zeugen gesprochen oder beides. Sie haben ihre Arbeit gemacht, aber wenn sie nicht mehr gegen mich in der Hand haben als das, können sie mich wohl kaum weiter hier festhalten, oder?

Die beiden fragen mich, was ich nach dem Diebstahl gemacht hätte, und ich schmücke alles so ausführlich aus, wie ich nur kann.

„Sie haben bei der Notrufzentrale angerufen, Caroline. Wie ist dieses Gespräch abgelaufen?“

Mir ist klar, dass sie sich die Aufzeichnung des Telefonats angehört haben. Hier werde ich ihnen keine Informationen schenken.

„Ich war ziemlich durcheinander. Aber nachdem ich aufgelegt hatte, habe ich eingesehen, dass ich mich wie ein alberner Teenager aufgeführt haben muss. Die Mitarbeiterin in der Notrufzentrale wollte wissen, wo genau sich der Überfall ereignet hat, damit sie einen Streifenwagen schicken konnte, aber ich habe die ganze Zeit irgendwelche unzusammenhängenden Dinge gefaselt. Ich kann mich noch erinnern, dass ich ziemlich viel Unsinn geredet habe. Das ist alles. Sonst weiß ich nichts mehr."

Blanca, die eine Weile schweigend dagesessen hat, hakt direkt ein, als hätten die beiden es so abgesprochen.

„Als ich Sie am 9. Januar dieses Jahres vernommen habe, habe ich Sie gefragt, woran Sie sich im Hinblick auf das Telefonat noch erinnern, und habe mich dabei auf Ihren Anruf bei der Notrufzentrale bezogen. Wissen Sie noch, was Sie geantwortet haben?"

Ich schüttele den Kopf.

„Sie haben geantwortet – und ich zitiere – ‚Nicht viel. Aber es war nichts Ungewöhnliches, denke ich. Ich habe darum gebeten, die Polizei und einen Krankenwagen zu schicken, weil ich gesehen habe, dass Arnold verletzt war.' Ist es richtig, dass Sie das ausgesagt haben?"

„Mhm."

„Damals haben Sie also nicht ausgesagt, dass Sie sich wie ein ‚alberner Teenager' aufgeführt haben. Wie kommt das? Ich hatte Sie schließlich ausdrücklich nach Ihrem Anruf bei der Notrufzentrale gefragt. Daran können Sie sich doch noch erinnern, oder etwa nicht?"

„Natürlich, aber in der Situation habe ich nicht daran gedacht."

„Ich finde es seltsam, Caroline, dass das Erste, was Ihnen jetzt zu diesem Gespräch einfällt, der Umstand ist, dass Sie das Eintreffen der Polizei und des Krankenwagens verzögert haben, indem Sie Ihren Standort nicht sofort genannt haben. Bei unserem ersten Gespräch haben Sie das überhaupt nicht erwähnt."

„Es tut mir leid", sage ich, „aber ich kann es nicht ändern."

Blanca und der Gorilla sagen keinen Ton und mustern mich. Ich winde mich auf meinem Stuhl hin und her und schlage das rechte Bein über das linke. Ich hasse es, wenn meine Körpersprache so leicht zu durchschauen ist. Und ich hasse es, dass die beiden schlauer sind, als ich geglaubt habe. Blanca ist ganz und gar keine charmante Polizeianwärterin, auf die man diesen Fall abgewälzt hat. Sie ist der zukünftige Star hier im Polizeipräsidium und wusste ganz genau, was sie tat, als sie mir vorgespielt hat, dass ihr der Durchblick fehlt. Nur eine Zeugenvernehmung. Als ob.

Trotzdem reichen ihre Beweise immer noch nicht aus. Solange ich die Ruhe bewahre und nicht panisch werde, bin ich heute Nachmittag zu Hause. So muss ich denken.

„Lassen Sie uns einen Zeitsprung machen, Caroline." Jetzt ist Andersson wieder an der Reihe.

„Okay", sage ich und spüre, wie trocken mein Mund ist, aber ich werde nicht um ein Glas Wasser bitten.

„Was haben Sie heute Morgen gemacht? Wir waren um sieben Uhr bei Ihnen zu Hause, um Sie abzuholen. Aber Sie waren nicht da. Wo waren Sie?"

„Im Eriksdalsbadet."

„Im Eriksdalsbadet?"

„Ja."

„Um sieben Uhr in der Früh? Was haben Sie dort gemacht?"

„Ich weiß nicht mehr ganz genau, wann ich da war. Aber ich bin um halb sieben aufgestanden. Ich muss zwischen halb acht und halb zehn im Hallenbad gewesen sein. Da bin ich ziemlich oft. Ich bin zweitausend Meter geschwommen und war anschließend im Solarium und in der Sauna. Ich hatte frei und finde, dass das eine gute Art ist, den Tag zu beginnen."

Ich bin heilfroh, dass meine Stimme wieder etwas sicherer klingt.

„Gibt es jemanden, der diese Angaben bestätigen kann?", fragt Andersson.

„Ich war alleine da ... Aber der Typ an der Kasse, vielleicht kann der sich noch an mich erinnern. Sonst wüsste ich niemanden."

Blanca und Andersson flüstern miteinander. Diesmal habe ich an meiner Schauspieleinlage nichts auszusetzen.

„Okay, wir beenden das Verhör an dieser Stelle", sagt Andersson.

„Kann ich jetzt nach Hause?", frage ich, aber die beiden nehmen gar keine Notiz von mir, sondern reden über irgendwelche Formalitäten. Blanca klappt ihren Laptop zu. Die Sicherheitsbeamtin greift nach meinem Arm, und mein Anwalt erkundigt sich, ob ich ungestört mit ihm reden möchte.

„Nein, ich möchte nicht reden, ich will hier raus!", flüstere ich.

Wir gehen in den Flur. Oscar begleitet mich in meine Zelle.

Ich heiße ihn in meiner Spa-Abteilung willkommen und frage ihn, ob er zuerst in den Jacuzzi oder in die Sauna möchte.

Er lacht, als hätte ich einen Megawitz gerissen, aber ich finde es gar nicht so lustig und will eigentlich nur wissen, was jetzt weiter geschieht.

Oscar meint, dass sie sicherlich in aller Ruhe mein Alibi überprüfen wollen und deshalb nicht sagen, wann das Verhör weitergeht.

„Wenn ich ein Alibi habe, kann ich dann nach Hause?"

„Keine Ahnung, aber sie müssen schon etwas mehr auf Lager haben als das, was sie bisher gegen Sie vorgebracht haben, um Sie weiter hier festzuhalten."

„Das haben sie nicht", sage ich.

„Umso besser", erwidert Oscar. „Dann müssen Sie sich keine Sorgen machen. Dann werden Sie morgen dem Haftrichter vorgeführt, der entscheidet, ob die Beweislage ausreicht, um Sie in U-Haft zu nehmen. Und da werde ich definitiv auf einen Freispruch plädieren und verlangen, dass Sie unmittelbar auf freien Fuß gesetzt werden."

Oscar möchte wissen, ob ich noch weitere Fragen habe, ich verneine. Wir geben uns die Hand. Nachdem er gegangen ist, fragt die Sicherheitsbeamtin, ob ich mein Mittagessen haben möchte.

„Ja, bitte. Was gibt es?"

„Fischauflauf, glaube ich."

„Lecker!", sage ich, während sie meine Zellentür schließt und verriegelt.

57

Nach der längsten Nacht der Weltgeschichte freue ich mich über jedes Gesicht.

Wir sitzen wieder im Vernehmungsraum drei, und sämtliche Anwesenden sind damit beschäftigt, sich vorzubereiten. Oscar blättert in irgendwelchen Unterlagen, Blanca tippt etwas in ihren Laptop, und Andersson macht sich Notizen. Er trägt dasselbe Hemd wie gestern. Jedenfalls sieht es genauso aus. Ich frage mich, ob er geduscht hat. Mir wurde eine Dusche angeboten, ich habe abgelehnt. Seit ich das letzte Mal geduscht habe, hat sich ziemlich viel Schweiß in meinen Achselhöhlen angesammelt, aber das ist mir schnuppe.

Die Sicherheitsbeamtin steht wieder in meinem Rücken.

Ich hoffe, dass der Kassierer im Eriksdalsbadet seine Aufgabe erfüllt hat und ich nach Hause gehen darf. Was auch immer passiert, eine weitere Nacht bleibe ich auf keinen Fall hier.

„Hat er sich an mich erinnert?“, erkundige ich mich schüchtern.

Blanca und Andersson tun so, als hätten sie meine Frage nicht gehört.

Ich sehe meinen Anwalt an, der kaum merklich den Kopf schüttelt. Ich kapiere, dass ich keine Fragen stellen soll.

Sie schalten das Aufnahmegerät an, Andersson nennt die Namen der Anwesenden und gibt an, dass es sich um die Fortsetzung des gestrigen Verhörs handelt.

Jetzt möchten sie, dass ich ihnen erzähle, was ich in den letzten Wochen gemacht habe. Mit wem ich mich getroffen habe, wann ich bei der Arbeit war und solche Sachen. Hier muss ich kein bisschen lügen, und ich habe den Eindruck, dass die beiden gar nicht wissen, was sie mit ihren Fragen bezwecken. Sie fischen im Trüben. Ich werde immer sicherer und traue mich sogar, einen kleinen Scherz zu machen. Erzähle von Mittagessen, U-Bahn-Fahrten und von dem Abend, an dem ich mit meiner Chefin ein Bier im Jernet getrunken habe.

Mein Alibi aus dem Hallenbad hat ihnen, glaube ich, den Wind aus den Segeln genommen.

Heute stellt überwiegend Blanca die Fragen, Andersson ist es vermutlich leid. Zumindest hat sie wieder ihren warmen, sympathischen Tonfall, doch mir fällt auf, dass die beiden manchmal gar nicht richtig zuhören. Es muss ja auch stinklangweilig für sie sein, sich anzuhören, was ich so alles gemacht habe. Mein Gedächtnis ist phänomenal, und ich habe eine Vorliebe für Details, also erzähle ich ziemlich ausführlich, und das dauert seine Zeit. Ich habe das Gefühl, dass ich diejenige bin, die ihnen den letzten Nerv raubt, und nicht umgekehrt.

„Und vorigen Samstag?“, wirft Blanca ein und streckt sich. „Da hatten Sie die Spätschicht, ist das richtig?“

„Ja, ich habe erst am Nachmittag angefangen. Das war auch ganz gut so, denn ich hatte einen leichten Kater. Wie ich schon gesagt habe, war Freitagabend eine Freundin bei mir zu Besuch.“

„Wie sind Sie zur Arbeit gefahren?“

„Mit der U-Bahn und dem Bus. Wie immer.“

„Ist unterwegs irgendetwas Besonderes vorgefallen?"

„Nein, nicht dass ich wüsste."

Das war der Tag, an dem mich mein Vater abgepasst und mir erzählt hat, dass ihn die Polizei beschattet. Aber das muss ich den beiden ja nicht auf die Nase binden. Schließlich hat Papa gesagt, dass mich niemand beobachtete und dass er selbst „sauber" war.

„Sie sind niemandem begegnet?"

„Nein", antworte ich.

Warum sieht sie mich so an?

„Haben mit niemandem gesprochen?"

Ich schüttele den Kopf und versichere glaubhaft: „Nein, mit keiner Menschenseele."

Gott sei Dank machen sie ganz normal weiter. Sie fragen mich nach Einzelheiten aus meinem Alltag, und ich antworte wahrheitsgemäß.

„Sie haben wirklich ein Gedächtnis für Details. Beeindruckend!", sagt Blanca, als ich mich sogar daran erinnere, dass der ältere Herr, dem ich am Montagmorgen aus dem Bus geholfen habe, eine braune Mütze getragen hat.

„Danke", erwidere ich.

Sie macht eine Pause und sieht mir in die Augen. Ich erwidere ihren Blick.

Bevor sie den Mund aufmacht, weiß ich, dass die beiden mir eine Falle gestellt haben.

„Und deshalb finden sowohl Leif als auch ich es äußerst merkwürdig, dass Sie sich nicht daran erinnern, dass Sie letzten Samstag auf dem Weg zur Arbeit Ihren Vater getroffen haben."

„Habe ich das?" Der festgeschraubte Stuhl scheint sich

auf einmal zu drehen, und ich habe das Gefühl, in ein großes schwarzes Loch gesogen zu werden. Meine Kiefer kleben aufeinander, und ich fühle mich, als würde mir jemand in den Magen boxen. Ihre Stimmen dringen wie durch einen kilometerlangen Tunnel zu mir.

„Ja, das haben Sie."

„Ach ja, genau, wie dumm von mir. Jetzt fällt es mir wieder ein!", sage ich mit sich überschlagender Stimme. Mein Gesicht muss förmlich in Flammen stehen. Ich könnte mir genauso gut einen Post-it-Zettel auf die Stirn kleben, auf dem „Schuldig" steht.

„Ich habe ihn zufällig an der U-Bahn-Station getroffen, ja", stammele ich. „Und wir sind ein Stück zusammen gefahren. Das war nett. Warum?", frage ich, obwohl ich weiß, dass ich ihnen keine Fragen stellen soll.

„Begegnen Sie sich häufiger zufällig, wenn Sie auf dem Weg zur Arbeit sind?"

„Nein."

„Und trotzdem konnten Sie sich nicht daran erinnern, dass es letzten Samstag zu diesem überraschenden Zusammentreffen gekommen ist?"

„Ich dachte, das wäre Sonntag gewesen …"

„Gerade haben Sie noch gesagt, dass Sie sich daran erinnern, dass es am Samstag war", wirft Andersson ein.

„Habe ich?"

„Ja, das haben Sie", bestätigt Blanca.

„Und das ist nicht länger als dreißig Sekunden her", bemerkt Andersson.

„Möchten Sie uns etwas sagen, Caroline?"

„Nein, was sollte das sein?"

Die beiden schweigen lange.

Ich wage es nicht, sie anzuschauen. Ebenso wenig meinen Anwalt.

Niemand sagt ein Wort. Ich starre auf das Mikrofon.

„Sollen wir eine Pause machen?“, fragt Oscar.

„Nein, das ist nicht nötig“, erwidere ich. Eine Pause an diesem Punkt würde einem Eingeständnis gleichkommen, dass sie tatsächlich etwas gegen mich in der Hand haben, doch wenn ich mich jetzt zusammenreiße, kann ich mich immer noch aus ihren Fängen befreien.

Blanca fragt mich weiter nach dieser Begegnung mit meinem Vater und wo Papa ausgestiegen ist. Das weiß ich, das war am Östermalmstorg. Es ist irgendwie ein krankes Gefühl, sich vorzustellen, dass uns die ganze Zeit ein Polizeibeamter beobachtet hat. Ich frage mich, ob derjenige wohl hinter Papa oder hinter mir her war? Wie auch immer, jedenfalls kann ich, was dieses Treffen angeht, nicht mehr lügen. Das Problem ist nur, dass ich mich gerade an absolut gar nichts mehr erinnern kann.

„Was haben Sie gemacht, als Ihr Vater am Östermalmstorg ausgestiegen ist?“

„Ich habe mich hingesetzt, denke ich.“

„Wissen Sie noch, wie Sie gesessen haben?“

„Nein, daran kann ich mich nicht erinnern. Ganz normal, nehme ich an.“

„Wenn ich Ihnen sage, dass ich ganz genau weiß, dass Sie mit gesenktem Kopf dagesessen und den ganzen Weg bis Ropsten auf den Boden gestarrt haben, abgesehen von den Momenten, in denen Sie sich alarmiert umgesehen haben, was sagen Sie dann?“

„Dass ich das vermutlich gemacht haben muss, weil Sie wissen, dass ich es getan habe, und ich mich nicht erinnern kann."

Blanca und Andersson sitzen schweigend da und sehen mich an. Ich starre weiter auf mein Mikrofon. Mein Gesicht muss rot wie eine Tomate sein. Der eklige Tränenkloß im Hals ist zurück, aber es gelingt mir, ihn hinunterzuwürgen.

„Wissen Sie noch, worüber Sie und Ihr Vater sich während der Fahrt unterhalten haben?"

Ich schüttele den Kopf.

„Die festgehaltene Person schüttelt mit dem Kopf", sagt Andersson automatisch.

„Wissen Sie, was ich glaube?", fährt Blanca fort.

Wieder schüttele ich den Kopf. Doch dieses Mal piepse ich ein „Nein", damit ich die Stimme des Gorillas nicht hören muss.

„Ich glaube, dass Ihr Vater Sie darüber informiert hat, dass er von der Polizei beschattet wird, denn das hatte er zuvor bemerkt. Und da bekamen Sie es mit der Angst zu tun, und das kann ich verstehen, Caroline. Aber Sie können aus dieser Sache herauskommen: Sagen Sie die Wahrheit. Wir haben Ihren Vater."

Ich schaue sie an.

Sie redet mit mir, als wäre ich ein kleines Kind, mit dem man behutsam umgehen muss. Aber ohne mir über den Kopf zu streicheln, sondern eher so, als würde sie mir die Wange tätscheln.

„Ich möchte Ihnen unseren derzeitigen Ermittlungsstand darlegen. Jetzt ist doch ein guter Zeitpunkt dafür, oder, Leif?"

„Ausgezeichnete Idee, finde ich“, stimmt er zu.

„Caroline, sehen Sie mich bitte an.“ Ich tue, was sie sagt. „Wir haben Ihren Vater. Und er hat gestanden. Wir haben sowohl Zeugen, die ihn identifiziert haben, als auch technische Beweismittel, die ihn mit der Straftat in Verbindung bringen. Sie sind seine Tochter. Sie haben sich während des Raubüberfalls sehr seltsam verhalten. Sie waren vor Ort. Sie haben gelinde gesagt eine enge Verbindung zum Tatort. Wir wissen, dass Sie an der Tat beteiligt waren. Für Sie ist es das Beste, wenn Sie ein Geständnis ablegen. Ihr Anwalt kann Ihnen genauer erklären, warum das so ist. Okay?“

Sie wiederholt den Satz ein zweites Mal, damit ich es auch wirklich kapiere.

„Für Sie ist es das Beste, wenn Sie ein Geständnis ablegen.“

Sie schweigt, und ich denke nach. Sie hat mich schon einmal belogen, doch diesmal ist leider alles, was sie sagt, wahr, fürchte ich. Und mein armer Vater sitzt in der Klemme. Ich muss mir irgendetwas Cleveres aus den Fingern saugen, damit Ralf nicht in die Sache hineingezogen wird.

„Können wir eine kurze Pause machen?“, frage ich vorsichtig.

Blanca sieht Andersson an.

„Selbstverständlich“, sagt er, und seine Stimme klingt freundlicher als jemals zuvor. „Uns ist klar, dass diese Situation unangenehm für Sie ist. Besprechen Sie alles mit Ihrem Anwalt. In zwanzig Minuten machen wir weiter. Es gibt noch so einige Dinge, die wir von Ihnen wissen möchten. Lassen Sie sich alles in Ruhe durch den Kopf gehen.“

Ich stehe von meinem Stuhl auf und merke erst jetzt, dass ich komplett nassgeschwitzt bin.

58

Oscar meint, dass nicht sicher ist, ob die Beweislage für eine Verurteilung ausreicht, aber dass ich vermutlich in Untersuchungshaft kommen werde. Das spielt keine Rolle mehr. Ich habe mich entschieden. Ich werde ein Geständnis ablegen.

Ich frage mich nur, wo alle abgeblieben sind. Wir wollten eine zwanzigminütige Pause machen, und mittlerweile sind drei Stunden vergangen. Die Kuckucksuhr hat sich zumindest dreimal geöffnet.

Ich hatte jedenfalls Zeit zum Nachdenken. Und ich bin zu dem Schluss gekommen, dass es lächerlich ist, die Tat weiterhin abzustreiten. Wenn das hier eine Schachpartie wäre, hätten sie meinen König von allen Seiten umzingelt. Bei einem Boxkampf würde ich ausgeknockt und halb bewusstlos auf den Brettern liegen, und der Ringrichter hätte bis neun gezählt.

Mir bleibt nichts anderes übrig, als zu gestehen. Sie sind clever. Ich werde nie wieder versuchen, Polizisten für dumm zu verkaufen. Irgendjemand sollte die Beschreibung im Internet aktualisieren, die professionellsten Fahnder werden nie enttarnt. Und ich würde mich am liebsten entschuldigen, weil ich Andersson für einen rassistischen Gorilla und Blanca für eine sympathische, verpeilte Assistentin gehalten habe. Die beiden sind ein smartes Dreamteam, wissen genau, was sie tun, und beherrschen ihre Rollen als guter Bulle, böser Bulle meisterhaft.

Als ich das erste Mal auf dem Polizeipräsidium war, hatte Blanca zwei Aufgaben. Erstens: mich in Sicherheit zu wiegen. Zweitens: mich dazu zu bringen, Dinge zu sagen, die sie gegen mich verwenden können. Beides hat sie geschafft. Herzlichen Glückwunsch, ich kippe meinen König um.

Und ich werde nie wieder etwas Ungesetzliches tun, in meinem ganzen Leben nicht. Ich werde nie wieder klauen, schwarzarbeiten oder einen Lastwagen voller Fleisch stehlen. Wie kann man nur auf eine so bescheuerte Idee kommen?

Das einzig Positive an der Sache ist, dass ich 418 000 Kronen für Bente sichern konnte. Das ist Robyn Hoods Sieg.

Ich habe mich entschieden, was ich sagen werde.

Ich werde keine Namen nennen, und ich bin sicher, dass Papa genauso denkt. Ich weiß nicht, ob er gestanden hat, dass er den Lkw gefahren hat, damit Ralf außen vor bleibt. Ich werde sagen, dass ich nicht weiß, wer den Lkw entwendet hat, meine Aufgabe sei einzig und allein gewesen, den Lkw-Fahrer abzulenken und das Eintreffen der Polizei hinauszuzögern, und das habe ich getan. Leider sei für mich nichts dabei rausgesprungen, denn Geld hätte ich noch nicht gesehen.

Oscar ist genau wie Ralf der Ansicht, dass unser Fleischcoup als grober Diebstahl eingestuft wird und dass ich bei einem Geständnis mit maximal zwei Jahren davonkomme. Vielleicht sogar nur anderthalb, und dann wäre ich nach einem Jahr wieder draußen.

Aber wo bleiben sie?

Das letzte Mal, als die Sicherheitsbeamtin die Luke geöffnet hat, habe ich sogar darum gebeten, zur Toilette gehen zu dürfen, obwohl ich gar nicht musste, weil ich sie fragen wollte, warum es so lange dauert. Sie hatte keine Ahnung und hat irgendetwas von Rechtsstaat gemurmelt. Die Tür von Vernehmungsraum drei war geschlossen, und es war kein Ton zu hören.

Seit ich mich entschlossen habe, die Karten auf den Tisch zu legen, fühle ich mich jedenfalls besser. Mein Anteil ist wohltätigeren Zwecken zugutegekommen als einer Tapas-Bar auf Kungsholmen. Und vielleicht ist es im Knast gar nicht so schlimm. Schließlich habe ich die Nacht in dieser Zelle auch überlebt, und Oscar glaubt, dass ich in den offenen Strafvollzug kommen werde, da schließen sie abends nur die Flure ab, die Zellen bleiben immer offen.

Was Daniella wohl sagen wird? Immerhin habe ich ihrem geliebten Maxfood in den Mund gepinkelt. Von ihrer Seite kann ich wohl keine Besuche und Blumen erwarten. Ich frage mich, ob mich überhaupt irgendjemand besuchen wird. Hannes und Bente garantiert. Soweit ich weiß, gibt es irgendein Besucherhotel, in dem man einmal im Monat übernachten darf.

Ralf vielleicht? Ob er sich das traut? Was ist schon dabei, wenn ein ehemaliger Arbeitskollege kommt und einen aufmuntert? Oder fehlt ihm dazu der Mumm? Ich würde mich riesig freuen, wenn er käme, und eigentlich bin ich der Meinung, dass er mir das schuldig ist.

Papa kann nicht kommen, er sitzt ja selbst im Knast.

Und meine Mutter? Weiß sie überhaupt, dass ich hier bin? Und was wird sie sagen? Meine liebe Mama, ich werde traurig, wenn ich an sie denke. Zwölf Jahre lang habe ich davon geträumt, den Mut aufzubringen, ihr das mit der Zeitverschiebung zwischen Griechenland und Schweden zu sagen. Ich habe keine Ahnung, wie viele Briefe ich in den Papierkorb geworfen habe. Aber ich hatte nicht vor, es ihr auf diese Art zu sagen. Wenn sie erfährt, dass ich im Gefängnis sitze, wird sie sowieso jeden Kontakt zu mir abbrechen. Ich werde mich wohl darauf einstellen müssen, dass sie mich nie wiedersehen will.

Statt zu weinen, schreie ich.

„Jetzt kommt endlich, verdammt noch mal, bevor ich es mir anders überlege!", brülle ich und trete gegen die Zellentür. Davon tun meine Zehen weh, und ich komme mir vor wie eine Comicfigur.

Schlüsselklappern!

Die Tür wird geöffnet.

Oscar. Er ist allein.

Die Sicherheitsbeamtin geht, ohne uns einzuschließen.

„Wo waren Sie so lange?", frage ich wie aus der Pistole geschossen.

„Ich werde Ihnen alles erzählen."

„Ich werde auch alles erzählen", sage ich und denke, dass er versteht, was ich meine.

„In Ordnung, aber lassen Sie mich bitte den Anfang machen."

„Okay", stimme ich zu.

Oscar setzt sich neben mich auf die Pritsche, er sieht mir in die Augen. Seine funkeln. Er sieht verteufelt gut aus, wie Papa sagen würde.

„Caroline ..." Er lacht und fängt noch einmal an. „Caroline." Oscar räuspert sich, hält die Hand vor den Mund und nimmt einen dritten Anlauf. „Sie sind frei."

„Was?" Ich verstehe nicht, was er sagt.

„Sie sind ein freier Mensch. Es steht Ihnen frei zu gehen, wohin Sie wollen, und zu tun, was immer Sie wollen. Sie sind frei!"

„Das ist nicht Ihr Ernst!" Ich bin mir sicher, dass er mich veräppelt.

„Doch, die Voruntersuchung gegen Sie wurde fallen gelassen. Der Staatsanwalt hat die Anklage abgewiesen. Sie können sich von dieser Spa-Abteilung verabschieden."

Ich höre, was er sagt, aber ich begreife es nicht.

„Aber … Wie ist das möglich?"

„Ich bin der beste Anwalt der Welt!", johlt er und fuchtelt mit den Armen.

Ich stoße einen seltsamen Schrei aus und umarme ihn.

„Kommen Sie, ich begleite Sie nach draußen. Dann werde ich Ihnen alles erzählen. Das ist eine richtig gute Story."

Ich stehe mit zittrigen Beinen auf und gehe ohne einen Blick zurück aus der Zelle.

59

Oscar ist bei mir, als ich meine Sachen hole und meine Entlassung quittiere. Ich gehe wie ein Zombie. Ein glücklicher Zombie. Zur Sicherheitsbeamtin sage ich: „Tschüs, auf Nimmerwiedersehen“, und sie überreicht mir ein kleines Paket. Bekommt das jeder, der entlassen wird? Ich stecke es in meine Jackentasche. Jetzt will ich endlich Oscars Story hören.

„Ich kenne den Staatsanwalt, oder was heißt kennen, wir haben vor ewigen Zeiten zusammen Jura studiert. Deswegen weiß ich so genau, wie alles abgelaufen ist. Er findet auch, dass es eine gute Story ist.“

Wir gehen durch lange graue Korridore und nehmen den Fahrstuhl, während er erzählt.

„Der Termin für die Vorführung beim Haftrichter stand bereits fest, und alles war vorbereitet. Ihr Vater hat gestanden. Er wird zu einer Gefängnisstrafe verurteilt werden. Ich tippe auf zwei Jahre wegen Hehlerei. Die Beweise gegen Sie würden für eine Überführung in Untersuchungshaft ausreichen. Aber plötzlich taucht aus heiterem Himmel eine dritte Person auf. Ein Ralf irgendwer. Der gesteht die Tat. Er sagt, er habe den Lkw entwendet und gefahren. Die Beute aus dem Überfall hat er dabei: 23 500 Kronen. Er beteuert in Gegenwart des Voruntersuchungsleiters, dass Sie unschuldig sind. Dass er und Ihr Vater den Coup alleine geplant hätten und dass es nur ein Zufall war, dass Sie die Fleischlieferung angenommen haben.“

„Nicht zu fassen!"

„Das kann man wohl sagen. Aber dieser Ralf behauptet, dass er die ganze Sache eingefädelt hat und dass Ihr Vater am eigentlichen Raubüberfall nicht beteiligt gewesen sei. Er habe lediglich die Ware verkauft. Das klingt doch ziemlich unglaubwürdig, oder? Man fragt sich doch, woher die beiden sich kennen. Und schließlich sind Sie das verbindende Glied zum Supermarkt!"

„Ja", sage ich.

„Also verhört man die beiden, und es stellt sich heraus, dass die zwei sich schon seit den Siebzigern kennen. Beide haben exakt dasselbe erzählt, von Festivals, auf denen sie waren, und von einem gemeinsamen Bekannten, der mit seinem Boot tödlich verunglückt ist. Sie haben sogar denselben makabren Witz über ihn gemacht."

Das ist das Beste, was ich seit Langem gehört habe. Papa und Ralf haben genau abgesprochen, was sie sagen, falls sie beide vernommen werden sollten. Sie wussten genau, wenn sie haargenau dieselbe Geschichte über ihren Kumpel Micke „Didn't" Thörn zum Besten geben, ist ihre langjährige Freundschaft mit einer wasserdichten Story belegt. Wie soll ich ihnen das nur jemals danken?

Oscar erzählt weiter: „Alle waren natürlich ziemlich verwirrt, und Voruntersuchungsleiter Andersson meinte, dass man Sie alle drei in U-Haft überführen sollte. Aber der Staatsanwalt hat ihn zur Schnecke gemacht. ‚Soll ich etwa Anklage gegen eine Person erheben, weil sie vier Meter statt nur einen Meter von einem Lastwagen entfernt gestanden und ihren Vater in der U-Bahn getroffen hat?'"

Ich werde den Boden küssen, auf dem Ralf geht.

Einfach brillant, im Präsidium mit einigermaßen glaubwürdigen dreiundzwanzigtausend Kronen aufzukreuzen. Das heißt, wenn er wieder auf freiem Fuß ist, bleiben ihm immer noch fast vierhunderttausend.

„Wissen Sie, wie die Polizei überhaupt auf meinen Vater und Ralf gekommen ist?", frage ich.

Oscar erzählt, dass Papa von irgendeinem Gastwirt aus einem der Vororte verpfiffen wurde, der Dreck am Stecken hat und der Polizei einen Dienst erweisen musste. Da seien die Ermittler hellhörig geworden. „Vor allem, weil sich seine Tochter am Tatort aufgehalten hat. Das hielten sie natürlich für einen extrem interessanten Zufall. Und das war es schließlich auch, oder etwa nicht?"

„Sehr interessant", stimme ich zu. Wir lachen.

Oscar versteht, und es macht mir nichts aus.

Wir kommen zum Ausgang, ich muss nur noch auf einen Knopf drücken, um die Sicherheitsschleuse zu passieren, dann bin ich wieder im normalen Empfangsbereich.

Niemand hält mich auf, die Leute nehmen nicht einmal Notiz von uns. Wir laufen ein paar Treppenstufen hinunter, gehen durch die Eingangstür, und dann bin ich draußen auf der Torkel Knutssonsgatan an der frischen Luft.

Oscar ist mit seiner Geschichte noch nicht am Ende.

„Aus irgendeinem Grund haben estnische Zollbeamte den Lastwagen an der Grenze gestoppt und gemerkt, dass er als gestohlen gemeldet worden war. Sie haben ihn gründlich untersucht, Spuren gesichert und die Resultate an die schwedische Polizei geschickt. Und als sich herausstellte, dass sämtliche Fingerabdrücke, die nicht dem Fahrer zugeordnet werden konnten, von Ihrem Vater stammen, wurde er verhaftet."

Dann muss Oscar zurück ins Präsidium, er hat noch einen anderen Fall. Er gibt mir seine Visitenkarte und sagt, dass ich ihn jederzeit anrufen kann. Dabei lächelt er und schaut mir in die Augen. Ich erwidere sein Lächeln, und mir fällt auf, dass er doppelte Lachgrübchen hat. Sehr schöne Lachgrübchen. Ich sehe ihm nach, als er durch die Drehtür ins Gebäude geht.

Ich stehe auf der Treppe vor dem Polizeipräsidium und fühle mich wie durch die Mangel gedreht. Meine Beine zittern, und ich überlege, was ich als Nächstes tun soll.

Direkt gegenüber liegt eine Apotheke und daneben ein Fitnessstudio für Frauen, das Rosa Eisen heißt. Wenn ich jemals auf die Idee kommen sollte, ins Fitnessstudio zu gehen, dann sicher nicht in eins mit einem so affigen Namen.

Ich laufe durch Seitenstraßen in Richtung Mariatorget und höre meine Mailbox ab. Nicht, weil ich will, sondern weil ich muss. Ich muss herausfinden, was die Leute wissen und was nicht. Ich habe zwei neue Nachrichten. Schön, es hätten auch hundert sein können.

Die erste ist von Bente, die mich mit einer sehr seltsamen Stimme bittet, sie anzurufen. Aber wie erwartet ist sie clever und sagt nichts über irgendeinen Einkaufstrolley.

Die zweite ist von Daniella. Mit ihrer schärfsten Stimme verlangt sie einen Rückruf. Sie hat ein paar sehr wichtige Fragen an mich und will wissen, „ob es möglicherweise etwas gibt, das du mir erzählen möchtest".

Ich gehe an dem abgestellten Springbrunnen am Mariatorget vorbei. Es fängt an zu schneien, ich stecke meine

Hände in die Jackentaschen. In der rechten ist irgendetwas. Ach ja, genau! Die Sicherheitsbeamtin hat mir ja ein Päckchen gegeben.

Es ist in schönes blaues Geschenkpapier mit Schmetterlingen eingewickelt.

Vorsichtig mache ich es auf, denn in unserer Familie wird schönes Geschenkpapier aufgehoben. Es ist eine kleine Schachtel. Sie ist ebenfalls sehr schön. Schwarz mit einem kleinen Schloss. Ungeschickt fummele ich das Schloss auf, aber weil meine Finger kalt sind und zittern, ist das gar nicht so einfach.

Ich mache den Deckel auf.

In der Schachtel liegt ein blank polierter Silberlöffel. An der Spitze hat er ein kleines Loch, und er hängt an einer Kette, damit man ihn um den Hals tragen kann.

Sebastians Tauflöffel.

Unter dem Löffel liegt ein Zettel. Die Handschrift ist die meiner Mutter, sie hat nur ein einziges Wort geschrieben:

Entschuldige.

Ich setze mich auf eine Bank und breche in Tränen aus.

60

Es ist Samstag, ein warmer, strahlend schöner Spätsommertag Ende August. Ich bin mit meiner Vespa auf der Alströmergatan in der falschen Fahrtrichtung unterwegs.

Ich war zu Hause und habe ein paar von Papas Fonds geholt, die ich bei mir aufbewahre. Immer noch habe ich jedes Mal ein Kribbeln im Bauch, wenn ich zu Bentes und meinem Restaurant fahre. Es ist alles so schnell gegangen.

Natürlich hat Bente kapiert, dass das Geld in dem Einkaufstrolley von mir war, aber sie hat nie danach gefragt. „Ich frage nicht, woher das Geld stammt, und du fragst nicht, wie ich es wasche, okay?"

Meiner Meinung nach ein guter Deal, und den haben wir eingehalten, seit wir an diesem verregneten Frühlingstag eine ganze Bank mit unserem Charme und unserem Enthusiasmus über meine weltbesten Tapas um den Finger gewickelt haben.

Bente und ich sind wirklich ein Dreamteam. Ein sehr netter älterer Herr hat uns das Restaurant auf der Sankt Göransgatan vermietet und uns, ohne zu zögern, einen Fünfjahresvertrag angeboten. Wir haben die Räume renoviert und dabei vor allem den Bauhaus-Charme, der hinter Kunststofftapeten und unter Laminatböden verschwunden war, wieder zum Vorschein gebracht. Dann haben wir eigenhändig geputzt, Küchenutensilien gekauft, Schilder gemalt und für die Möblierung gesorgt. Bente hat sich von Anfang an um die finanziellen Dinge und die nötigen Formalitäten gekümmert. Und obwohl sie Hannes hat, gibt sie hundert Prozent. Wegen Hannes habe ich unser winziges Büro schallisoliert, und er hält sich häufig darin auf und spielt am Computer Mastermind. Manchmal ist er in der Küche und steckt die Zahnstocher in meine Tapas, dabei trägt er seinen Gehörschutz.

Am Eröffnungstag war es brechend voll, seitdem herrscht eher Flaute. Die Gäste bleiben aus.

Ich bin nach wie vor von meiner Idee überzeugt, aber bis jetzt habe ich noch keine einzige Krone für mich selbst abzweigen können. Bente muss ihr Gehalt bekommen, ich nicht. Und da ich von morgens bis abends arbeite, habe ich sowieso keine Zeit, um Geld auszugeben.

Ich biege in die Sankt Göransgatan ein, und wie üblich überkommt mich ein Glücksgefühl, als ich das *Carolines-Tapas*-Schild sehe, das Bente mit meiner Unterstützung entworfen hat. Ich wollte es in Rot und Schwarz halten. Gleichzeitig klassisch und modern mit einem Schriftzug, der leicht zu lesen ist. Jeder, der sich in der Stockholmer Gastronomie-Szene auskennt, kann sehen, dass es vom Tennstopet inspiriert ist.

Ich betrete unser Restaurant, und ab dem Moment spielt es nicht die geringste Rolle mehr, dass ich diesen Sommer ungefähr vierzig Sekunden Urlaub hatte. Die Einrichtung ist genau so, wie ich sie mir erträumt habe. Ein großer, quadratischer, solider Tresen mit der passenden Anzahl Barhocker, die ich allesamt auf dem Flohmarkt aufgestöbert habe. Wir haben ein altes Foto des Lokals von 1947 gefunden, als das Haus gebaut wurde. Damals war hier ein Handwerksladen. Diese Atmosphäre wollten wir durch unsere Renovierungsmaßnahmen zu neuem Leben erwecken. Ein Stehtisch im Fenster. Keine superwitzigen Schilder. Nur eins, und auf dem steht: *Bitte draußen telefonieren*. So wenig Werbung wie nur irgend möglich. Unsere einzige Grünpflanze ist ein großer Lorbeer-Topf, der in einer Ecke steht. Keine oder höchstens gedämpfte Musik.

Bente hat superschöne Wandleuchten aufgetrieben, die ich im ersten Moment hässlich fand. Ich war der Meinung, dass sie wie Kakadus aussahen. Aber Bente sagte nur: „Vertrau mir", und als die Lampen an den dunkelbraunen Originalholzwänden hingen, waren sie der perfekte Farbtupfer.

Die Küche war ein Schnäppchen. In dieser Branche gibt es mehr Betriebsaufgaben als Hundehaufen im Rålambshovsparken. Wenn es um gebrauchte Restaurantküchen geht, hat man als Käufer die freie Auswahl.

Bente sitzt in unserem Minibüro, das sich in dem engen Gang zwischen Bar und Küche befindet. Sie füllt Formulare aus. Ich stecke den Kopf zur Tür herein, lege meinen Helm auf den Fußboden und lobe sie, weil sie so fleißig ist. Sie achtet penibel darauf, dass alles seine Richtigkeit hat. Es sind unglaublich viele Formulare mit allen möglichen Temperaturangaben, alles muss dokumentiert werden. Die finanziellen Angelegenheiten erledigt Bente ebenfalls tadellos. Sie hat sich ein paar Bücher über Betriebswirtschaftslehre gekauft, die sie durchgeackert hat. „Ich muss auf dem Gymnasium grottenschlechte Lehrer gehabt haben. Betriebswirtschaft ist superinteressant und sogar ziemlich logisch!"

Ich liebe es, wie sie mit ihrer Lesebrille auf der Nase Vordrucke ausfüllt. Manchmal schaue ich ihr heimlich zu und bewundere sie. Ab und zu spüre ich immer noch dieses Kribbeln, doch Bente zeigt keinerlei Anzeichen, dass es ihr genauso geht. Und das ist vermutlich auch besser so.

Es ist gut, dass sie so übergenau ist, denn kein anderes neu eröffnetes Restaurant in Stockholm kann so viele unangemeldete Inspektionen und Kontrollen gehabt haben wie wir. Obwohl auf allen Unterlagen und Papieren Bentes Name steht, scheinen Polizei und Finanzamt davon überzeugt zu sein, dass unsere Tapas-Bar mit gestohlenem Geld finanziert wurde, doch bislang haben sie noch nichts gefunden. Aber irgendetwas sagt mir, dass sie uns nicht zum letzten Mal unter die Lupe genommen haben.

Einmal ist Leif Andersson hier aufgekreuzt und hat bei uns gegessen. Mein Herz ist stehen geblieben, doch er hat so getan, als würde er mich nicht wiedererkennen.

Ich habe mich beinahe an meine Bullenparanoia gewöhnt, nur der Kloß im Magen taucht jedes Mal auf.

Das Einzige, wobei wir gegen die Vorschriften verstoßen, ist, dass ich Papas Fonds verwende, zu Hause backe und meine Sangria mit Schmuggelalkohol zubereite.

Hannes ist heute nicht hier, weil er jedes Wochenende in einer Kurzzeit-Einrichtung übernachtet, die gut zu funktionieren scheint. Bente ist mittlerweile eine Meisterin in der Zubereitung von Sauce béarnaise, und wenn Hannes nicht zu Hause schläft, hat er immer welche dabei.

Ich gehe in die Küche und schmecke meinen Estragon-Manchego ab, der das erste Gericht des heutigen Abends ist. Weil meine Gäste so große Stücke bekommen sollen, dass sie die vierzig Kronen, die jedes Gericht kostet, auch wert sind, muss der Käse über Nacht in der Marinade liegen. Bente kommt in die Küche, und ich bitte sie zu probieren. Sie sieht genauso verzückt aus wie immer. Ich liebe es, ihre Chefin sein zu dürfen.

Daniella hat mir übrigens meine Beteuerung, dass ich mit dem Überfall nichts zu tun habe, abgekauft. Sie hat mich angesehen und mich aufgefordert: „Sag, dass du unschuldig bist."

Also habe ich ihr in die Augen geschaut und ohne das kleinste Zittern in der Stimme gesagt: „Ich bin unschuldig, Daniella. Ich hatte keine Ahnung. Ralf hat mich reingelegt."

Da hat sie mich umarmt und gemeint: „Ich glaube dir. Ich sehe es den Leuten immer an, wenn sie lügen. Und Ralf ist eine Ratte, das habe ich schon immer gesagt."

Sie hatte auch Verständnis dafür, dass ich nach allem, was passiert ist, meine Kündigung eingereicht habe.

Ich habe Arnold angerufen, weil ich ihn zum Abendessen einladen wollte, aber das war das reinste Desaster. Als er sich meldete, sagte ich mit meinem schwungvollsten Göteborgerisch: „Hallo, alles klar?", und er erwiderte trocken: „Was willst du?"

Als ich versuchte, meine Einladung zum Abendessen zu überbringen und alles zu erklären, sagte er geradeheraus, er wüsste, dass ich an dem Raub beteiligt gewesen sei und dass ich der falscheste Mensch sei, den er jemals getroffen hätte. „Du solltest die Mutter meiner Kinder werden, Caroline. Jetzt will ich nicht einmal, dass du meine Scheiße frisst."

Ich sagte: „Es tut mir leid", und er legte auf.

Seine Reaktion hat mir im ganzen Körper wehgetan, und ich hoffe, dass ich ihm irgendwann alles erklären kann.

Aber das glaube ich kaum. Ich habe ihn dazu gebracht, mir seine Lebenskatastrophe zu beichten, damit mein Komplize genug Zeit hatte, um seinen Lastwagen zu klauen. In seinem Herzen wird so eine Tat vermutlich niemals verjähren.

Aber das, was nach wie vor am meisten wehtut, sind Papa und Ralf. Beide sitzen immer noch in Untersuchungshaft, da sie sonst die Ermittlungen erschweren könnten, hat Oscar gesagt. Ich traue mich nicht, zu Ralf Kontakt aufzunehmen, aber meinen Vater habe ich ein paarmal angerufen. Er sagt, dass er absolut keinen Besuch bekommen möchte, aber dass es ihm gut gehe. Ich höre ihm an, dass er lügt, und kann mir den Gedanken nicht verkneifen, dass es ihm recht geschieht. Ich weiß, dass ich ihn damit konfrontieren sollte, wie er sich seit Sebastians Geburt verhalten hat, aber dazu habe ich gerade keine Zeit.

Und er läuft mir ja auch nicht weg.

61

Ich habe keine Ahnung, wie spät es ist, aber draußen dämmert es bereits, also muss es ungefähr halb zehn sein. Hier herrscht das totale Chaos, das Restaurant ist brechend voll, ein Bierfass ist leer, ich habe bestimmt ein Kilo Croûtons anbrennen lassen, weil ich sie ständig vergesse, ein paar Gäste sind gegangen, weil sie so lange warten mussten, die Tapas gehen uns aus, und ich muss seit halb sechs aufs Klo. Überall stapelt sich schmutziges Geschirr, weil Bente mit dem Spülen nicht hinterherkommt. Sie ist dabei, Paprika oder Gurke klein zu schneiden, die mit Sicherheit die ganze Gazpacho ruinieren. Wenn es heute Abend überhaupt noch Gazpacho gibt. Ich Idiot habe vergessen, den großen Behälter aus dem Gefrierschrank zu nehmen. Erst um sieben Uhr ist es mir wieder eingefallen, und die Gazpacho ist immer noch ein großer Eisblock. Wenn ich ihn erhitze, ist die Gazpacho im Eimer, und der Behälter passt nicht in die Mikrowelle. Ich habe sogar versucht, kleine Stücke rauszumeißeln, aber das war zwecklos. Ich bin für die Gastronomiebranche nicht gemacht.

Der einzige Trost ist eine Jungsclique, die schon den ganzen Abend hier ist und ganz vorne in der Mitte sitzt. Sie werden nicht müde, mein Essen zu loben, und spielen mit den Zahnstochern Mikado, wenn sie warten müssen. Keiner von ihnen beschwert sich, sie haben Verständnis dafür, dass viel los ist.

Ich stehe hinterm Tresen und fange an, die Zahnstocher eines Gastes zu zählen, komme aber etliche Male aus dem Konzept. Beim x-ten Versuch bin ich kurz davor, in Tränen auszubrechen, und höre selbst, dass ich genervt klinge.

„Entschuldigung, kann ich irgendwie helfen?“ Eine Stimme sticht aus dem Geräuschpegel hervor. Auf meinen Armen stellen sich die Härchen auf, ich suche nach dem Gesicht zu der Stimme. Da ist es.

„Ralf!“, schreie ich. Ich werfe mich nach vorne, beuge mich über den Tresen zu ihm hin und küsse ihn mitten auf den Mund.

Sofort grölen die Jungs los. „Wir wollen auch einen Kuss von dir!“

Bente glaubt, dass ich sie nicht mehr alle habe, als ich mit einem Gast in der Küche auftauche.

„Ich habe jetzt keine Zeit, dir das zu erklären. Geh bitte an die Bar, und kümmere dich um die Gäste. Bitte sie noch um ein bisschen Geduld, oder leg einen Striptease hin. Sorry, aber es geht nicht anders.“

Bente hat gelernt, sich nicht auf Diskussionen mit mir einzulassen, und geht nach draußen.

Auch auf die Gefahr hin, dass das total danebengeht, muss ich es Ralf einfach sagen. Darauf warte ich seit einem halben Jahr.

Ich halte ihn an den Schultern fest und schaue ihm in die Augen. Ich weiß nicht, ob ich mir das einbilde, aber sein Bart sieht grauer aus. „Hör mir genau zu, Ralf. Das hier werde ich nur ein einziges Mal sagen. Aber es ist sehr wichtig für mich. Kapiert?“

„Kapiert.“

„Das, was du für mich getan hast, das hättest du nicht tun müssen. Das ist das absolut Schönste, was jemals jemand für mich getan hat. Ich stehe auf ewig in deiner Schuld, und wenn du irgendwann etwas brauchst, das ich habe, dann bekommst du es von mir. Wenn ich dir helfen kann, werde ich es tun. Versprichst du mir, dass du mich um Hilfe bittest, wenn du sie brauchst?"

„Natürlich", erwidert Ralf. „Und du kannst gerne glauben, dass ich edelmütig bin, aber dein Vater hat von Anfang an gesagt, dass er mich ans Messer liefern wird, falls er auffliegt, um dich zu schützen. Also habe ich den Zaster versteckt und mich gestellt."

„Ist das wahr?"

„Sonst hätte ich es verdammt noch mal nicht gemacht", sagt Ralf und grinst mich an. Ich weiß nicht, ob er das ernst meint oder nicht, aber er sieht so ausgebufft aus, dass ich lachen muss.

Ralf sagt, dass die beiden sich nichts nachtragen und sich auf eine plausible Story geeinigt hätten.

„Dumm nur, dass er ohne Handschuhe gearbeitet hat, obwohl ich ihm sogar welche gekauft hatte."

Ich verstehe, dass Ralf meinem Vater die Schuld dafür gibt, dass er geschnappt worden ist. Aber er scheint nicht verbittert zu sein.

„Brauchst du etwas?", erkundige ich mich.

„Ein Job wäre nicht schlecht."

„Gut", sage ich und gebe ihm die Hand. „Du kannst sofort anfangen. Wasch dir die Hände. Dann kannst du anfangen, Zwiebeln, Gurken und Paprikas für eine Gazpacho klein zu schneiden", weise ich ihn an.

„Yes, chef."

Ralf findet auf Anhieb das beste Messer und einen Wetzstahl, an dem er das Messer schärft. Clever. Er opfert am Anfang dreißig Sekunden, um anschließend im höchsten Tempo arbeiten zu können. Es ist offensichtlich, dass er das nicht zum ersten Mal macht. Außerdem röstet er gleichzeitig die Croûtons an. Während ich versuche, die verflixte Gazpacho aufzutauen, indem ich sie mit einem riesigen Holzlöffel umrühre, frage ich Ralf, wie die U-Haft für ihn war.

„Nicht so schlimm, wie ich gedacht hätte. Man trifft einige interessante Leute, und ich habe die Zeit genutzt, um Shakespeares gesammelte Werke im Original zu lesen. Ich bin immer noch froh, dass ich mich getraut habe! Davon kann ich bis an mein Lebensende zehren."

Er erzählt, dass er vor ein paar Tagen entlassen wurde und bis zum Prozess im Herbst auf freien Fuß gesetzt ist.

„Und mein Vater?"

„Der nicht", sagt Ralf und schüttelt den Kopf.

„Weißt du, warum?", frage ich.

„Keine Ahnung. Sie gehen wohl von Verdunklungsgefahr aus", meint er. Aber er und ich wissen, dass das nicht stimmt. Sie lassen Papa nicht raus, weil sie Angst haben, dass er flüchtet oder sich das Leben nimmt.

Neulich Nacht habe ich geträumt, dass Papa sich in seiner Zelle erhängt hat, und als ich aufgewacht bin, war ich eher wütend als traurig.

Im Unterschied dazu hat sich das Verhältnis zu meiner Mutter um einiges gebessert. Wir haben nicht viel miteinander geredet, doch sie muss nur sehen, dass ich immer

Sebastians Tauflöffel um den Hals trage, und schon fängt sie an zu strahlen. Wir sind sogar einmal zusammen an Sebastians Grab gewesen.

„Jetzt tau schon auf, du verdammte Gazpacho!“ Wenn ich die Gazpacho schnell an die Gäste bringe, werde ich diesen Abend überstehen, glaube ich. Dann habe ich Zeit, die Tortilla aufzupeppen, und kann mit kalten Tapas improvisieren, bevor ich mich an die letzte Runde mache.

„Wenn du uns heute Abend rettest, Ralf, werde ich mich für dich anzünden, wenn du das nächste Mal frierst.“

„Kein Problem, wir kriegen das in den Griff.“

Ich lasse die Gazpacho in Ruhe und gehe in die Bar. Habe ich überhaupt noch irgendwelche Gäste, die ich bewirten muss?

Bente hat das gesamte Geschirr gespült und sich darum gekümmert, dass alle mit Getränken versorgt sind. Außerdem hat sie abkassiert und das Bierfass ausgewechselt. Ich habe eine Idee und bitte sie, in der Küche Zahnstocher in Ralfs Croûtons zu stecken.

Die Gäste bitte ich, sich noch einen kurzen Augenblick zu gedulden. Die Jungs sagen, dass ich mich nicht stressen soll, aber eine sechsköpfige Gruppe geht.

Ich laufe zurück in die Küche zu meiner Gazpacho. Eigentlich braucht sie noch mindestens eine Viertelstunde, um ansatzweise eine Chance zu haben. Aber die Leute warten schon seit zwanzig Minuten auf ihr Essen. Ich bin dabei, alles zu verbocken. Kann die weibliche Blase platzen?

Ich muss eine Sache ausprobieren, von der ich zwar noch nie gehört habe, die aber funktionieren könnte. Das ist meine letzte Chance. Ich gieße lauwarmen russischen

Schmuggelwodka in die Gazpacho und rühre um. Und siehe da, sie löst sich an den Rändern!

Ich rühre, so schnell ich kann, und spüre, wie die Milchsäure in meinen Oberarmen brennt. Noch kann ich die Gazpacho nicht servieren, aber die Idee ist richtig. Jetzt weiß ich, wie ich es mache. Nach Gefühl gebe ich noch eine Flasche Tomatensaft, eine Viertelflasche Worcestershiresauce und Tabasco dazu.

Ich rühre weiter, und es klappt! Endlich ist die Gazpacho dünn genug, um sie zu servieren.

Ralf gibt das Gemüse und frisch gepressten Zitronensaft in die Suppe, rührt um und trägt den Topf in die Bar.

Bente folgt ihm und bringt allen Gästen ein Glas.

Ich mache die Croûtons fertig und gehe mit zwei Tabletts nach draußen, die ich auf dem Tresen abstelle. Dann klatsche ich, so laut ich kann, in die Hände und bitte um einen Augenblick Ruhe. Als sich das Stimmengewirr gelegt hat, entschuldige ich mich für die lange Wartezeit. „Ich möchte Sie alle zur Premiere von Carolines Bloody-Mary-Gazpacho einladen!"

Bente hat alle Gäste mit Gläsern versorgt, und ohne dass ich etwas sagen muss, füllt Ralf ein Glas nach dem anderen, das die Leute ihm entgegenstrecken. Ich verteile die Croûtons.

Meine Gäste applaudieren und jubeln. Sie scheinen wirklich zufrieden und happy zu sein. Einer der Jungs ruft spontan, dass meine Kreation „traumhaft gut!" sei, ein anderer, dass er mich heiraten möchte.

Es scheint, als hätten wir dieses Mal die Kurve gekriegt. Und jetzt kann ich endlich meine Blase erleichtern.

UND SO GEHT ES WEITER

1

„Sie müssen den Polizeikommissar aufhalten", sagt Nancy mit schwacher Stimme.

„Ich verspreche, dass wir alles tun, was wir können", antworte ich.

Wie immer fällt es mir schwer, zu gehen. Ich nehme mir vor, nur kurz bei ihr vorbeizuschauen und ihr einen Kuss zu geben, aber ich bleibe immer bei ihr hängen. Heute hat der Polizeikommissar offenbar Nancys Velourskleid geklaut. Ich sitze auf einem Stuhl an ihrem Bett und halte ihre Hand. Der Rücken tut mir weh, weil ich schief sitze, und ich versuche, den schwachen Uringeruch nicht einzuatmen.

Der Radiowecker, der neben den Fotos ihrer Kinder und Enkel steht, die sie nie besuchen, zeigt 11:39 Uhr. Ich sollte jetzt ins Restaurant fahren, ich komme schon über eine Dreiviertelstunde zu spät.

Nancy war meine Lieblingsnachbarin, und wir haben oft zusammen Kaffee getrunken.

Im Winter hat sie einen Schlaganfall gehabt, als ich bei ihr war. Der Krankenwagen war schnell da, aber ihr Gehirn hat einige Schäden davongetragen. Ihre gesamte linke Seite ist gelähmt, gehen kann sie nicht mehr. Sie ist so gut wie blind und liegt jetzt in Zimmer 103 im Seniorenstift Sonnenuntergang und wird nie wieder nach Hause kommen. Außer mir und unter Zeitdruck stehenden Pflegekräften ist die Angst vor dem Tod ihre einzige Gesellschaft. Und natürlich ihre imaginären Freunde: der Polizeikommissar, der ihre

Kleidung stiehlt, ein netter Elefant, der Wuscheltrott heißt und in ihrem Schrank wohnt, sowie ein Mädchen aus der Psychiatrie in Beckomberga, das nachts über Nancys Bett läuft, deswegen wacht sie auch immer mit Rückenschmerzen auf. Die meiste Zeit ist sie verwirrt, aber hin und wieder hat sie klare Momente. Letzte Woche hat sie gesagt: „Caroline, wenn ich wiedergeboren werde, dann möchte ich als Ihr Kind zur Welt kommen." Das ist vielleicht das schönste Kompliment, das ich in meinem ganzen Leben bekommen habe.

Ich beuge mich zu ihr hinunter und küsse sie auf die Wange. Sie seufzt und will etwas sagen, aber ich muss jetzt wirklich los.

Maya kommt mit einem Stahlrolltisch ins Zimmer, auf dem ein Tablett mit Medikamenten steht. Maya ist Filipina, um die fünfzig, anderthalb Meter groß und lacht immer.

„Hallo, Caroline, wie geht es Ihnen?", begrüßt sie mich mit ihrem Akzent ohne R und den kunterbunt durcheinandergewürfelten Vokalen.

„Gut", lüge ich. „Und Ihnen?"

„Bestens, bestens!"

Maya geht an Nancys Bett und zieht vorsichtig die Decke zur Seite.

„Und wie geht es unserer Nancy heute?"

Nancy murmelt irgendetwas, dass die Leute hier wie die Raben stehlen.

Maya schraubt die Kappe von einem Insulinpen – wie diese Injektionsgeräte offiziell heißen –, nimmt eine Nadel aus einer kleinen weißen Verpackung, setzt sie auf den Pen und dreht an dem Rädchen an der Spitze.

„Das kann jetzt ein bisschen piksen." Sie hebt Nancys weißes Seidennachthemd hoch, drückt das bisschen Fettgewebe, das Nancy am Bauch hat, zusammen, hebt die Hautfalte an und setzt die Injektion direkt unterhalb des Nabels. Nancy reagiert nicht einmal. Nach ein paar Sekunden zieht Maya die Nadel wieder heraus. Mit routinierten Handgriffen sammelt sie Verpackungsmüll und Spritze ein und legt alles aufs Tablett.

„Ich komme gleich zum Füttern wieder."

Sie geht aus dem Zimmer und sagt, dass ich ebenfalls gehen muss. Nancy umklammert meine Hand. Ich weiß, dass sie nichts sieht, aber es fühlt sich an, als ob sie mich anstarrt. Sie sieht aus, als hätte sie Todesangst. Sie scheint Kraft zu sammeln, um etwas zu sagen. Ich lächele gequält.

„Nehmen Sie mich mit!", sagt sie, und ihre Stimme zittert nur ein kleines bisschen.

„Das würde ich gerne, aber Sie wissen, dass das nicht geht."

„Holen Sie mich bitte von hier weg."

„Das ist leider unmöglich, und hier haben Sie alles, was Sie –"

„Ich will nicht mehr …"

Sie seufzt tief und entspannt sich. Als hätte sie all ihre Kräfte verbraucht.

„Was wollen Sie nicht mehr?", frage ich, doch Nancy scheint eingeschlafen zu sein.

Ich sehe aus dem Fenster. Auf dem dicht belaubten Innenhof sitzt wie immer die Frau ohne Beine in ihrem Rollstuhl und qualmt eine Zigarette nach der anderen.

Was hat Nancy damit gemeint?

Ich bleibe noch ein paar Sekunden an ihrem Bett stehen, bevor ich mich verabschiede. Sie antwortet nicht.

Sobald ich die Tür hinter mir geschlossen habe, fange ich an zu laufen. So schnell ich kann, haste ich den Flur entlang, der etwas von einer Mischung aus Mietskaserne und Krankenhaus hat. Wahrscheinlich soll man sich wie zu Hause fühlen, aber mein Unbehagen wird im Gegenteil immer stärker. Und man weiß sofort, was passiert ist, wenn eines der Namensschilder verschwunden ist.

Ich werde langsamer, als ich am Aufenthaltsraum vorbeikomme, oder am Rollatorpark, wie ich ihn nenne. Dort sitzt Gösta, der immer Schach spielen möchte und für den ich sogar gelernt habe, wie man die Figuren zieht. Jedes Mal, wenn wir spielen, bin ich innerhalb von höchstens zwei Minuten schachmatt, oder wie das heißt. Doch heute sieht er, dass ich es eilig habe, und fragt nicht einmal.

Aber Barbro bleibt ihrem Stil treu. „Willst du meine Muschi lecken, meine Kleine?“, ruft sie so laut, dass es hallt.

„Hör endlich auf damit!“, murrt Rune, dessen Rücken so krumm ist, dass er aussieht wie ein Halbkreis. Freundlich, aber bestimmt lehne ich das Angebot ab und verlasse das Altenheim.

Hat Nancy das gemeint, was ich glaube, dass sie gemeint hat?

2

Ich jogge zum Restaurant, während in meinem Kopf verschiedene Szenarien ablaufen, wie ich Nancy ins Jenseits befördere. In der absurdesten Variante schlage ich ihr mit einem Hammer gegen die Stirn. Nein, Caroline. Wie kann ich überhaupt nur auf den Gedanken kommen, die alte Dame zu töten? Egal, ob sie es ausdrücklich wünscht oder nicht, das Risiko, erwischt zu werden, ist groß, und schließlich kann es nicht mehr lange dauern, bis sie sowieso von alleine stirbt. Außerdem habe ich mir geschworen, niemals wieder etwas Ungesetzliches zu tun, und soweit ich weiß, ist Mord immer noch eine Straftat. Ich habe zwei Tage meines Lebens in einer Zelle verbracht, und lieber sterbe ich, als das noch einmal zu erleben.

„Tut mir leid, dass ich zu spät bin!", keuche ich außer Atem, als ich durch die Tür komme.

„Kein Problem, du bist die Chefin, du bestimmst", sagt Bente.

Auch wenn sie sich die größte Mühe gibt, es sich nicht anmerken zu lassen, höre ich, dass sie sauer ist.

„Wir haben elf gesagt, und jetzt ist es Viertel vor zwölf. Sorry", entschuldige ich mich. „Aber wir haben alles im Griff, oder?"

„Absolut. Wenn wir pleitegehen, dann nicht, weil du an einem Sonntag fünfundvierzig Minuten nach der vereinbarten Zeit hier auftauchst."

Ich ignoriere ihre Bemerkung, aber ich verstehe, was sie

meint. Bente und ich haben Carolines Tapas auf der Sankt Göransgatan vor gut einem Jahr eröffnet. Ich liebe dieses kleine Fleckchen unversehrten Bauhaus-Charmes in unserem von Bausünden verschandelten Stockholm. Wir haben jeden Abend Gäste, die Leute reden über uns, wir bekommen Bestnoten in allen Zeitungen, aber es nützt nichts – der Gewinn bleibt aus. Ich habe mir seit einem Jahr keinen Lohn ausgezahlt. Bente bekommt natürlich ihr Gehalt, schließlich hat sie Hannes. Aber ich lebe von Resten. Seit einem Jahr habe ich mir absolut nichts gegönnt.

Am besten läuft das Catering, aber dafür habe ich im Restaurant keinen Platz. Mit unserem ehemaligen Vermieter habe ich einen Mietvertrag für einen leeren Lagerraum abgeschlossen, der neben der Küche liegt. Ein Tischler war hier und hat uns ein Angebot in Höhe von dreihunderttausend Kronen inklusive Einrichtung gemacht, doch die Bank will bessere Zahlen sehen, bevor sie den Kredit erhöht. Ich weiß nicht genau, was eine Pattsituation ist, aber ich glaube, ich stecke mittendrin.

„Ist Hannes hier?“, frage ich.

„Im Büro.“

Bevor ich ihn begrüße, betrachte ich ihn immer erst heimlich ein paar Sekunden, weil er so goldig ist. Er spielt irgendetwas auf dem Tablet, das er vor ein paar Wochen zum Geburtstag bekommen hat, und er hat seinen neuen roten Gehörschutz auf. In unruhigen Umgebungen braucht er den, weil der Lärm ihn sonst zu sehr stresst, aber in unserem schallisolierten Minibüro muss er ihn eigentlich nicht tragen. Ich vermute, dass er ihn nur aufhat, weil er ihn von mir bekommen hat. Am Tag vor seinem Geburtstag ist er mit Bente Geschenke kaufen gegangen, weil ihm Pakete mit unbekanntem Inhalt nicht ganz geheuer sind. Bente hat erzählt, dass sie ein Bild von seiner Geburtstagstorte mit angezündeten Kerzen gemacht und es ihm gezeigt hat, bevor sie morgens damit in sein Zimmer gegangen ist und ihm ein Geburtstagsständchen gesungen hat.

„Er ist ein junger Mann, der keine Überraschungen mag, und ich respektiere das“, hat sie gesagt. Sie tut alles für ihn. Er mag zum Beispiel keine quietschenden Türen, also hat sie immer eine Dose Multifunktionsöl in der Handtasche. Im Winter ist ihr aufgefallen, dass er für sein Leben gern Auto fährt, und obwohl sie weder Geld, Zeit noch Lust hatte, hat sie einen Kredit aufgenommen, um den Führerschein zu machen und ein Auto kaufen zu können.

Ich öffne die Tür und stampfe auf den Boden, damit Hannes merkt, dass ich da bin. Er nimmt seinen Gehörschutz nicht ab, steht aber auf und umarmt mich. Mir wird vor Freude ganz warm.

Ich war heute Morgen um sieben Uhr hier und habe zwölf Kilo Spareribs in eine sechzig Grad warme Marinade aus Ingwer, Kardamom, Lorbeerblättern, Knoblauch, Chipotle, Chili, Tomatenpüree, weißem, schwarzem und rosa Pfeffer und noch ein paar anderen Gewürzen eingelegt. Jetzt nehme ich sie mit meiner einen halben Meter langen Gabel heraus und lasse die dampfenden rosa Schweinerippchen abtropfen, bevor ich eins nach dem anderen auf das größte Schneidebrett lege, das meine Küche zu bieten hat. Sie sind genau auf den Punkt, und die dicke Fettschicht zeugt von ihrem glücklichen

Leben, das ein schnelles und humanes Ende genommen hat, oder wie immer es die Schweine in ihrer eigenen Sprache bezeichnen würden.

Das sollte man mit Nancy auch machen. Einen Schlachtschussapparat an die Stirn, während sie schläft. Jetzt habe ich schon wieder so seltsame Bilder im Kopf. Doch im Unterschied zu den Schweinen ist Nancy der Meinung, dass sie ihr Leben zu Ende gelebt hat, und das hat sie.

Ich versuche, mich auf das Gericht des heutigen Abends zu konzentrieren. Mein Plan sieht vor, den Bratensaft zu reduzieren, bis nur noch eine dunkle, zähflüssige Masse übrig ist, die ich mit zusätzlichem Ingwer, Kardamom und Honig abschmecke. Dann schneide ich die Rippchen so dünn wie möglich, lege sie kurz vor dem Servieren bei höchster Hitze auf den Grill und gebe die Sauce darüber. Sie kosten fünfzig Kronen pro Stück, und wenn die Gäste bezahlen wollen, zähle ich nur die Knochen, die sie auf dem Teller haben. Normalerweise servieren wir alle Gerichte mit Zahnstocher. Mundgerechte Happen quasi, aber das hier ist mal etwas anderes.

Bente steckt den Kopf durch die Tür und sagt, dass ich Besuch habe. Bevor ich mich erkundigen kann, wer es ist, ist sie schon wieder weg. Ich frage mich, welcher Verkäufer mir was andrehen will.

In der Bar sitzt ein Mann um die fünfzig mit hohem Haaransatz. Er strahlt, als er mich sieht.

„Caroline, hallo, wie schön!“, begrüßt er mich im melodiösen Dialekt der Einwohner von Dalarna, den ich sehr mag.

„Hallo“, antworte ich.

„Ich muss mich vorstellen“, sagt er und springt von seinem Barhocker. Der Mann ist kleiner als ich. Er nimmt meine rechte Hand in beide Hände und schüttelt sie. „Finn Bjurström, Ihr neuer Vermieter.“

„Jaaa, hallo, wie nett! Herzlich willkommen in unserem Haus, wenn ich es so formulieren darf …“

Mein Vertrag läuft noch fast vier Jahre, ich muss ihm also keinen Honig um den Mund schmieren, aber ich weiß aus Erfahrung, wie wichtig ein guter Kontakt zum Vermieter ist.

„Darf ich Sie zu einer Kleinigkeit einladen?“

„Nein danke. Ich wollte mich eigentlich nur kurz vorstellen und schauen, wie es bei Ihnen läuft.“

Wir reden über die Nachbarn, und er fragt, ob ich mich wohlfühle. Dann erzählt er, dass das Tabakwarengeschäft nebenan möglicherweise umzieht und dass er vorhat, die Wohnungen im Haus umfassend zu renovieren, weil sie so heruntergekommen sind. Bente und ich haben renoviert, als wir eingezogen sind, also sind wir Gott sei Dank nicht betroffen.

„Es heißt, dass Sie ziemlich gut in dem sind, was Sie tun, Caroline.“

„Ich bin die Beste in dem, was ich tue“, erwidere ich und zwinkere ihm zu. Er lacht und sagt, dass Selbstvertrauen neben Talent die zweitwichtigste Eigenschaft ist.

Ich frage, ob wir uns in der Küche weiter unterhalten können, weil ich noch einiges zu erledigen habe.

„Natürlich“, antwortet er. „Ich sehe mich gerne um.“

Ich führe Bjurström durch die Räumlichkeiten. Unser Minibüro lasse ich aus, weil ich Hannes nicht stören will.

„Er ist extrem geräuschempfindlich", sage ich nur. Als wir in die Küche gehen, kann ich es mir nicht verkneifen, über die Enge zu klagen.

„Das Brot und die Fonds mache ich zu Hause, weil ich hier nicht genügend Platz habe."

„Ich verstehe", sagt Bjurström. „Das muss umständlich sein."

Ich erzähle ihm, dass ich den Lagerraum gemietet habe, und wir gehen nach nebenan und sehen ihn uns an. Obwohl er nur siebzehn Quadratmeter misst, begreift Bjurström, dass er für meine Cateringzwecke ideal wäre.

„Aber momentan habe ich nicht das nötige Geld, und die Bank ist sehr vorsichtig …"

„Können Sie nicht einfach Ihre Preise erhöhen?"

„Die Preise sind am oberen Limit. Es war von Anfang an unser Ziel, dass jeder das nötige Kleingeld haben soll, um bei uns zu essen."

„Wie solidarisch."

Ich habe eine Idee und sage in wild zurechtgeschustertem Dalarna-Dialekt: „Sie haben nicht zufälligerweise dreihunderttausend Kronen, die Sie mir leihen könnten?"

Er lacht.

Schade, das hätte funktionieren können. Wir gehen zurück in die Küche, und ich bereue, dass ich gefragt habe. Gut, dass ich Dialekt gesprochen habe, so klang es eher nach einem Witz.

„Möchten Sie die Spareribs des heutigen Abends probieren?", frage ich, um das Thema zu wechseln.

„Gerne", antwortet er und schaut sehnsüchtig auf die dampfenden Schweinerippchen auf dem Schneidebrett. Ich erzähle ihm, wie ich die Reduktion zubereitet habe, aber dass die Spareribs natürlich auch so schmecken würden. Er nimmt ein Stück, und seine Reaktion fällt wie erwartet aus.

„Gott, wie lecker! Das ist besser, als ich es mir hätte vorstellen können. Und meine Erwartungen waren hoch! Unglaublich saftig, wow! Sie werden mich in Zukunft häufiger zu sehen bekommen."

Es ist immer noch ein herrliches Gefühl, jemanden auf diese Art zu schocken.

„Caroline, mir ist da gerade ein Gedanke gekommen. Möglicherweise kann ich Ihr Problem lösen."

„Ach ja?", erwidere ich. Vielleicht war es doch nicht so dumm, dass ich einen auf Märtyrer gemacht habe.

„Ich besitze eine leere Ladenfläche in Axelsberg. Die wäre für Ihre Zwecke ideal. Doppelt so groß und halb so teuer."

Warum habe ich mir überhaupt Hoffnungen gemacht.

„Nein danke, ich glaube nicht –"

„Denken Sie darüber nach, Sie müssen sich nicht direkt entscheiden. Für Ihren Cateringbetrieb, von dem ich annehme, dass er vermutlich der lukrativste Teil Ihres Restaurants ist, spielt es keine Rolle, ob Sie auf Kungsholmen sind oder etwas weiter außerhalb."

Hier gilt es, von vornherein einen klaren Standpunkt zu beziehen.

„Ich fühle mich wohl hier. Es ist nett von Ihnen, dass Sie mir das anbieten, aber nein danke."

Ich gehe nach draußen in die Bar, Bjurström folgt mir und hört nicht auf zu argumentieren.

Irgendwann halte ich ihm die Tür auf. Wir verabschieden uns, und ich mache mich wieder auf den Weg in die Küche. Als ich an Bente vorbeigehe, die in der Bar Gläser spült, fragt sie: „Bist du dir sicher?“

„Ganz sicher“, antworte ich. Seltsam, dass sie überhaupt fragt.

Ich gehe zu meinen geliebten butterzarten Rippchen. Jetzt sind sie so weit abgekühlt, dass ich sie in die Hand nehmen kann, ohne mich zu verbrennen.